멈춰진 시간의 기억

멈춰진 시간의 기억

박성규 소설집

도화

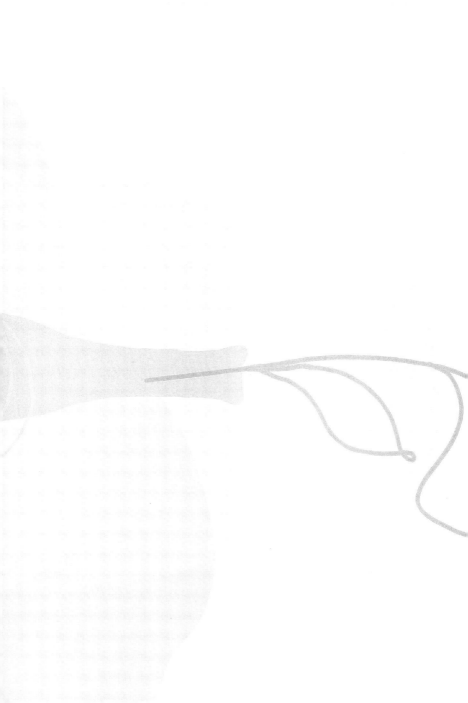

차 례

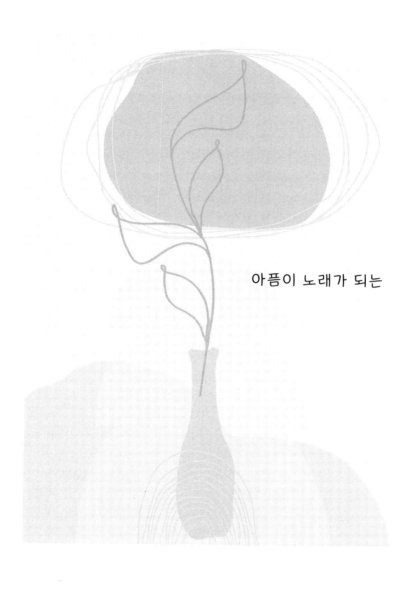

아픔이 노래가 되는

실눈을 뜨면서 잠에서 깨어났다. 아, 또 그 꿈이야, 그녀는 몸을 뒤척이며 중얼거렸다. 천장을 향해 반듯이 누워 어둠 속에서 조금씩 다가오는 두려움을 느꼈다. 방금 자신을 깨웠던 꿈은 짜증의 정도를 넘어 무서움에 이르렀다. 떨쳐내려 하면 막무가내로 달라붙는 아이처럼 이상한 꿈이 요즘 들어 계속 되풀이되고 있다.

꿈이야 누구나 꾸는 것이긴 하지만 이렇게 같은 꿈이 반복되는 건 좀 드문 일이기에, 별일이야 하면서 혹시 무언가를 암시하는 전조증상이 아닌가 하는 걱정이 들었다. 걱정을 베개 밑에 깊숙이 집어넣고 아직 어둠이 가득 찬 창밖에 귀를 열었다. 바람 소리가 은근하다. 마치 남들 눈을 피해 신호를 보내듯 조용히 창을 흔들고 지나갔다. 전해줄 비밀이라도 있다는 듯이. 궁금하면 얼른 일어나보라고 간헐적으로 창을 흔들었다. 그러나 오늘따라 이불 안이 더 따뜻하게 느껴졌다. 그녀는 기분 나쁜 꿈을 떨쳐내기라도 하듯이 몸을 뒤척여 돌아누웠다. 좀 전의 자세보다 한결 편해졌다. 이대로 계속 누워있으면 싶었다. 다시 눈을 감았다. 그러나 생각과는 다르게 의식은 점점 또렷해졌다. 안 돼, 이러면 안 되지 그녀는 선명해지는 의식을 붙잡고 놓지 않으려 했으나 이미 그녀로부터 자유로워진 의식은 방안 어둠의 커튼을 걷어내고 있다.

그녀는 아무래도 요즘 일어나고 있는 일들이 무언가가 자신의 몸 어딘가에 숨어 입을 크게 벌리고 히죽거리는 것 같았다. 밤에만 나눌 수 있는 은밀한 검은 언어들이 인터넷상의 악플처럼 줄을 이어 그녀에 대한 험담과 조소가 수영장의 불순처럼 떠돌아다니는 것은 아닌가 하는 걱정이 가슴을 조여온다. 그런 검은 말들이 오가며 소용돌이를 일으키는 게 사실이라 해도 지금 그녀로서는 달리 방법이 없는 처지다. 다시 자신을 깨웠던 꿈을 더듬어 본다.

악몽에 가까운 꿈속에서는 여자아이가 나타난다. 어렴풋

한 안개 속에 있는 것처럼 확실치는 않지만, 여자아이처럼 보이기에 그렇게 믿는 거다. 얼굴 모습이나 윤곽은 확실치 않다. 그 여자아이가 피아노 앞으로 다가가 연주를 한다. 조용한 침묵 너머로 피아노 음률이 흐른다. 처음 리듬은 안단테로 부드럽게 시작되어 높은 곳을 향하듯 숨 가쁘게 알레그레토로 바뀌다가 어느 순간 여자아이는 놀란 듯 오른팔을 흔들며 아프다는 몸짓을 한다. 객석에선 조소에 가까운 웃음소리가 들리고. 다시 정적이 흐른다. 잠시 후 아주 짧은 순간 고요를 깨는 날카로운 소리가 들리며 여자아이는 놀란 듯, 사라져 보이지 않았다. 정적이 다시 찾아오고 고요가 이어졌다. 고요는 음률이 되어 마치 사막의 모래언덕처럼 길게 굽이쳐 흘렀다.

결코, 떠올리고 싶지 않은 그 꿈은 그녀의 몸이 좋지 않을 때 나타났다. 꿈에서 여자아이의 행동은 늘 같았다. 세상이 멈춰진 듯 조용해지는 정적까지도. 거기다 여자아이는 아무도 없는 사막에 가끔 혼자 있는 모습이 보이기도 했다.

모래바람이 사막의 언덕을 수시로 바꾸고, 자신이 있는 곳을 가늠조차 할 수 없는 그런 곳이라면, 두려움이 되고도 남을 것이다. 그녀는 꿈속에서 여자아이로 인해 고요의 두려움에 몸을 떨었다. 도저히 저항할 수 없는 상황에 부딪혔을 때 느끼는 절망감을 꿈에서 매번 느꼈다. 처음엔 참 이상한 꿈도 있다 싶었는데 꿈이 반복되면서 알 수 없는 두려움이 점점 커져만 갔다.

그러다 어느 날부터 정말 큰 문제가 나타나기 시작했다. 꿈에서 여자아이가 팔을 흔들며 아프다는 몸짓을 하고 나서부터 그녀 역시 오른손이 제대로 움직여지지 않았다. 손가락을 한꺼번에 움직이는 것도 어둔해졌지만 2번 손가락 4번 손가락 하는 식으로 순서를 바꿔 꼽으려면 4번을 생각했는데 3번 손가락이 움직이는 식으로 마음대로 되지 않았다. 피아노를 공부하는 그녀로서는 이보다 더 큰 문제는 있을 수 없다. 그녀로서는 단지 꿈을 꾸지 않기를 바랄 뿐이다.

옛 어른들은 꿈 해몽을 하면서 그날의 운세를 짐작하기도 했다는데, 그건 어떤 사실에 의해서라기보다는 지나간 우연이라는 경험이라 그리 믿을 게 못 된다는 건 누구나 알고 있다. 그러나 간혹 좋은 꿈을 꾸었을 때는 무언가 기대해 보기도 한다. 일례로 복권을 산다든가 하는 평소에 하지 않던 행동을 할 때가 있기는 하다. 언젠가 신문에 난 통계에 따르면 복권 1등에 당첨된 사람 중에 꿈을 꾸고 당첨된 사람은 20%

에도 못 미친다는 거로 봐, 꿈은 그저 그런 거라 여기면 되는 것이리라. 그래서 개꿈이라고도 하지 않았던가. 그러나 나쁜 꿈일 땐 왠지 마음 한구석이 석연찮은 것도 사실이다.

그런 꿈에 대해 프로이트라는 학자가 연구를 시작했다. 뭐, 그렇게도 연구할 게 궁한지, 우리는 개꿈이라 여기는 그걸 연구하다니. 서양인들, 그들이 우리와 생각이 다른 것만은 확실하다. 그는 무의식을 거론하고, 오이디푸스 콤플렉스라는 생소하고 복잡한 이론을 들먹이면서 결국 꿈이란 현실에서 좌절된 욕망의 성취라는 그럴듯한 학설을 내놓고서야 그 난해한 법석은 마무리됐다. 다시 말해 현실에서 이루지 못한 또 다른 현실의 모습이라는 거다. 그렇다면 그녀가 이루지 못한 무엇이 그녀를 꿈꾸게 하고 손가락까지 제대로 움직이지 못하게 된 보이지 않는 연유는 무엇일까.

종합병원은 말 그대로 아픈 이들이 모두 찾는 곳이라 많은 사람으로 인해 복잡했다. 아픈 사람이 이렇게 많은가, 병원에 올 일이 별로 없었던 그녀는 여름철 소나기 지나듯이 빠르게 병원 통로를 지나치는 흰 가운들과 마주쳤다. 그들은 자기 일에 열중하느라 주위엔 관심도 없다. 관심을 두기엔 그들에게 주어진 시간이 여유가 없다. 또 어쩌다 옆에 관심을 줄 그런 기회가 주어졌다 쳐도 그건 쓸데없는 일이다. 자신이 하는 일 외는 알고 있는 게 별로 없으니 환자에게 도움이 되지 못한다.

사회구성은 어디서나 주류와 비주류로 나뉘지만 여기선 흰 가운을 입은 이들이 주류에 해당된다. 그들이 지침을 내리면 가운을 입지 못한 비주류는 그에 따라 일을 처리하는 방식은 어느 조직에서나 비슷하다. 조금이라도 차질이 나게 되면 조직 전체에 혼란이 생기면서 일의 진행이 곤란해지기에 모두 긴장 상태를 유지한다. 그러나 사람이 하는 일이다 보니 가끔 오류가 생길 때도 있다. 그럴 때 언론이 알게라도 되면 이때다 싶어 하이에나가 먹이를 사냥하듯 병원의 이런저런 일에 대해 물고 늘어지기도 하지만 그런 건 예전에 이미 몇 번씩 나왔던 얘기들이라 반응이 신통찮으면 제풀에 시들해지고 마는 일도 있긴 하다. 어쨌든 종합병원은 이런저런 말도 많고 탈도 많은 곳이다.

그들이 하는 일을 살펴보면 생산시설에서 제품을 생산하는 근로자들과 별반 다르지 않다는 생각이 든다. 각자 자신 앞을 지나는 생산 라인에 놓인 부품들을 순서에 따라 조립해 다음 단계로 보내는 과정이 많이도 닮았다. 생산 라인의 속도는 정해져 있어 근로자 개인이 조절할 수 없으며 그 속도에 맞춰 움직여야 하는 공정이다. 그렇게 완성된 제품은 최종 검사에서 합격품과 불량품으로 가려진다. 그럼, 이곳에서 합격품은? 완치된 환자? 아니면 가운을 입은 그들인지도 모른다. 그럼 불량품은? 생각을 거기서 멈추기로 했다. 불쾌하고, 불안한 마음 때문에.

정형외과 I, 의자에 앉아 차례를 기다렸다. 얼마를 그리 있었을까 염치없는 졸음이 조금씩 스며드는 순간 그녀의 이름이 불리고, 간호사를 따라 의사 앞의 의자에 앉았다. 검버섯이 귀 쪽으로 조금씩 자리를 넓혀가고 있는 의사가 안경 너머로 그녀를 맞았다. 세탁을 방금 한 듯 날을 세운 흰 가운이 청결하다는 생각보다는 차가운 느낌이 들었다.

"어디가 아픈가요?"

손을, 그녀는 자신의 손을 의사 책상에 올려놓았다. 길고 가느다란 손가락이 떨렸다. 의사는 그녀의 손을 보면서 그래서요? 하는 의문을 보냈다. 꿈 얘기를 꺼냈다. 여자아이의 팔과 피아노……. 말이 자꾸 겉돌고 있다. 의사는 미간을 찌푸렸다. 진료해야 하는 자신의 시간을 낭비하고 있기 때문인지, 아니면 요령 없는 설명이 확실히 와 닿지 않아서인지는 모를 일이다.

"그래서 어떤 증상이 나타납니까?"

"손가락이 마음대로 움직이지 않아서……."

의사는 손가락을 오므렸다 펴보기를 시켰다. 전체적으론 어둔하고 하나씩 하는 데도 어려움이 있었다. 어떻냐고 물었고 그녀의 대답 또한 어둔했다.

"일단은 검사를 한 다음 다시 얘기를 나눠봅시다."

밖에서 대기하던 간호사가 재빨리 데리고 나갔다. 문 앞에서 차례를 기다리던 사내가 나오는 그녀의 아픈 곳을 찾기라도 하듯 전신을 훑어보며 초진을 한다. 그래, 알아냈냐? 검사실로 향하는 간호사를 따라나섰다. MRA 촬영을 해야 한단다. 손가락이 좀 이상한 것뿐인데 무슨 MRA까지나? 간호사를 건네봤다. 그러나 그런 질문엔 이미 익숙해진 듯 신경계 전체를 봐야 하기 때문이라며 출입문을 닫아버렸다. 검사에 필요한 옷으로 갈아입고 방사선 촬영 기사가 가리키는 곳에 누웠다. 뚜껑이 닫히고, 고리를 고정하는 소리가 들렸다. 그녀가 누워있는 원통이 MRA 속으로 천천히 움직인다. 얼마 전 돌아가신 할머니의 시신이 장례식장에서 화장장 안으로 누군가에 의해 이끌리듯 서서히 사라지던 모습이 떠오르면서 오래전 춘천행 버스를 탔던 일도 함께 생각나는 건 웬일인지 모를 일이었다.

춘천행 버스는 한산했다. 평일이라 그런지 빈자리도 드문드문 눈에 들어왔다. 차창 밖으로는 늦가을 풍경들이 영화의 한 장면처럼 바뀌고 있다. 그런 모습들이 스산하게 느껴지는 건 가을의 처연한 모습 때문만은 아닌 것 같다. 졸업이 얼마 남지 않은 그녀가 오랜만에 그를 찾아가는 설렘이 예전 같지 않은 탓일까. 춘천에서 다시 화천행 버스를 갈아타야 했다. 최전방 철책선을 마주하는 군부대로 가기 위해서다. 저만큼 보이던 산이 급히 코앞에 와 닿아서 끝인가 싶었는데, 다시 시작되고 구불구불한 산골길은 가을 햇살처럼 느리게 이어지면서 길고 깊었다.

그가 면회를 오란다. 사방이 산으로 둘러싸인 골짜기 안에서 일 년을 복무한 보상으로 외박 휴가가 주어졌다면서. 가야 하나? 이리저리 생각해도 처음부터 답이 없는 문제라는 걸 알면서 꼬투리를 찾아본 거다. 이런 일이 있어 미안, 간단히 거절할 수 있는 이유가 마땅찮았다. 어쩌면 그냥 찾는 척했는지도 모른다. 그녀가 면회 요청에 응한 건 자신을 위로

하기 위한 일인지도 모른다는 생각이 들기도 했다. 털털거리는 버스는 노인의 가래 끓는 소리를 내며 한참을 더 간 다음 꽁무니가 벽에 닿아 돌아서지도 못할 듯한 시골정류장에 들어서서야 가쁜 숨을 멈추고 긴 한숨을 토해 놓았다.

　부대 정문 옆에 있는 위병소에서 면회 신청서를 작성했다. 이름 김성우, 계급……. 뭐더라, 생각이 어렵다. 사실 그녀로서는 계급엔 관심이 없었다. 면회 오기 전에 들은 계급이 아물거리기만 했다. 그를 만나기만 하면 되는데……. 그러나 계급은 성우가 속한 현재의 조직에선 너무나 엄격한 현실이다. 마치 오페라 관람에서 B석과 C석의 차이처럼 비록 주변 자리지만 그 차이가 엄청나다는 걸 알 리 없는 그녀는 기억을 되살려 신청서에 일병이라 적었다. 토를 달지 않는 거로 봐 바로 적은 모양이다. 대기실에서 기다렸다. 넘어가는 햇살이 산마루에 여학생 꽁지머리만큼 남아있다. 산 아래는 어슴어슴 땅거미가 찾아들고. 지나는 기간병들이 힐끔거리며 그녀를 훔쳤다. 그래 고생들 한다, 보고 싶으면 실컷 봐둬라. 뜨거운 시선을 모른 척, 산마루를 막 넘어서려는 햇살을 잠시 잡아둔다.

　나란히 누워 단순한 천장 무늬를 따라갔다. 할 말이 참 많

있는데 얘기가 궁해졌다. 그나마 저녁을 하면서 마신 술기가 긴장을 풀어줘 조금씩 편해져 갔다. 모텔로 들어올 때 사온 술과 안주가 종이봉투에 담긴 채 그대로 탁자 위에 놓여있다.

"아까 저녁은 왜 그렇게 먹지 못했어? 요즘 군대는 잘 먹나 봐?"

"널 보느라 먹을 수가 있니, 그렇담 남자도 아니지."

두 사람은 방에 들어서자마자 숨 돌릴 틈도 없이 곧바로 서로의 뜨거운 몸을, 아니 사랑을 확인하고 나서 처음 나눈 대화다. 근육이 더 단단해진 느낌이 전해졌다. 가슴을 쓸어내리는 그녀의 손을 잡고 이 귀여운 손이 생각대로 잘 움직여 주는지 물었다. 그렇다고는 했지만 자신 있는 대답은 아니었다. 그녀도 그의 '애덤스 애플'을 만지면서 물었다.

"여기서도 발성 연습을 할 수 있어?"

"무슨 소리, 여기서 테너 소리 냈다간 건방져 죽는 거지."

"그럼, 어떻게 말해?"

"군대 목소리를 내야지 크고, 짧은……."

"어쩌나, 성대 다 망가지겠네……."

성악을 공부하는 사람에게 목소리는 생명이다. 그보다 더

중한 게 어디 있을까? 그런데 지금 그는 뻣뻣한 군화 속에서 근육과 함께 목소리도 굳어지고 있다고 생각하니 걱정스러운 일이다. 남자라면 치러야 하는 과정이지만 제대 후에 고생 좀 해야겠다는 생각이 들었다. 그녀 몸을 감고 있는 팔을 가볍게 내려놓고는, 몸을 빼 탁자로 향했다. 맥주를 땄다. 하얀 거품이 흘러내렸다. 거품과 함께 넘어가는 맥주가 뜨거운 몸을 식혔다. 그의 입에 안주를 넣어줬다. 가장 행복한 모습으로 그녀를 바라봤다. 희미한 전등 아래서지만 얼굴이 더 커져 보였다. 전의 희고 멋진 얼굴은 어디에 있는지 찾아볼 수 없다.

"얼굴이 많이 변했어. 살이 쪘나?"

"머리를 짧게 해서 그렇지, 식사도 정해진 시간에 하니까 체중도 좀 늘었고."

"그러고 보니 군대도 좋은 점이 있네."

그렇게 허접한 군대 얘기서 시작해 점점 군의 영내를 무단으로 탈영해 세상 밖으로 나왔다. 그녀의 피아노 공부와 학교 전체에 돌아가는 분위기며 선배들 근황까지 시시콜콜하게 안주로 삼았다. 몸은 군에 있지만, 마음은 아직도 캠퍼스에 있는 모양이다.

한 학년 위였던 그와는 예고를 함께 다녔다. 예고라는 게 그랬다. 자유분방한, 말 그대로 자유스러움이 쫙 깔린 그런 분위기, 고등학생이지만 이성 간의 자유로움에 대해 다른 사람을 의식하지 않아도 되었다. 문제를 일으키지만 않으면 학교에서도 그냥 모른 척 관여를 않았다. 그는 성악을 공부했다. 남성 음역 중 가장 높다는 테너. 묵직하면서도 큰 음량을 지닌 그는 목소리를 가다듬고 있었다. 재능이 엿보이는 학생이라는 교사들의 이야기를 그녀도 들었다.

그녀가 피아노 연습을 하다 잠시 쉴 겸 익숙한 우리 가곡이라도 연주할 때면 언제 왔는지 옆에서 반주에 맞춰 노래를 부르던 김성우, 그때 그녀의 가슴에 무지개처럼 수놓았던 노래들, 향수, 목련화, 10월의 어느 멋진 날……. 당시 얼마나 그녀 가슴을 저리게 했던가.

너무 아름다웠던 시간이었다. 그렇게 둘은 가깝게 지내면서 몇 번 생애 처음인 경험을 할 뻔도 했지만 그래도 잘 넘겨 아무 탈 없이 졸업했다. 돌이켜보면 그렇게 귀하게 지켰던 그것도 그들이 대학에서 다시 만나게 되면서 그리 오래가지는 못했다. 그가 그녀의 멘토가 되면서 둘의 사이가 더 가까워졌을 무렵이었다.

  아침 햇살이 창을 넘어왔다. 찾아오는데 한참 걸리는 산골의 아침 햇살이다. 그녀의 전신을 따스하게 비춰주고 있다. 옆에 누워있는 그도 모처럼 행복한 늦잠을 즐기고 있다. 지난밤 그들은 서로를 위로하느라 에너지를 소진했다. 좁은 산골짜기서 철책선 너머로 경계의 시선을 보내야 하는 그가 안쓰러워 원하는 사랑을 다 받아줬다. 또 그는 그대로 그녀의 마음을 다독여 준다며 애썼고. 서늘한 밤 기온과는 달리 좁은 방은 그들의 열기로 뜨겁기만 했던 그런 밤이었다.

  햇빛에 눈이 부서 얼굴을 가렸다. 아니 부끄러워 그런지도 모른다. 햇살이 방을 가득 채웠지만, 지금은 서두를 일이 없다. 그는 오후에 귀대하면 되기 때문이기도 하지만 달리 갈 데도 없기 때문이었다. 시간이 이렇게 여유로운 건 모처럼 맛보는 색다른 사치였다. 느직이 모텔을 나섰다. 어젯밤 들어갈 땐 어두워서 몰랐는데 지은 지 오래된 낡은 건물이었다. 그래 아무려면 어때, 오래 간직할 추억이었으면 된 거지, 도로 쪽으로 발길을 옮겼다.

☆

　정형외과 I, 문 앞에 놓인 의자에 앉아 기다리는 어두운 얼굴들, 그중엔 환자를 데리고 온 가족도 있겠으나 약속이나 한 듯 같은 표정을 짓고 있다. 그녀도 그들과 비슷한 표정으로 자리에 앉아 검사결과에 대한 경우의 수를 짚어봤다. 그에 따른 대처 방법까지도. 그러나 그 대처 방법이란 게 마뜩잖다. 얼마가 지났을까 지루함이 신호를 보내올 무렵 자신을 부르는 소리에 진찰실로 들어갔다. 의사는 모니터 화면을 살피고 있다.

　"사진 판독상으론 아무 이상이 없는데……. 지금도 그렇습니까?"

　의사는 안경 너머로 짧은 스커트 위에 얌전히 포개져 있는 그녀의 손을 건너다봤다.

　고개를 끄덕이는 그녀, 의사는 고개를 갸우뚱하며 그녀의 손을 잡고는 물건 고르듯이 이리저리 살피면서 더 구체적으로 말해보란다. 다시 꿈 얘기를 했다. 여자아이의 팔과 피아노 연주, 손가락의 부자연스러움까지, 설명이 끝나고 나서야 물건을 고른 다음 내려놓듯이 잡고 있던 그녀의 손을 내려놓았다.

"신경정신과에 의뢰할 테니 그쪽서 진료를 받아보시지. 여기선 어떤 처방도 할 수 없어요."

뭐 정신 이상이라도 있다는 말인가? 그녀는 묘한 기분이 들었다. 신경정신과로 이관되어 기다리는 지루함을 다시 의자에 깔았다. 기다리다 이름이 불리고, 의사 앞에 앉는 과정이 복사되었다. 한 가지 다른 점은 의사였다. 오십 대 중반을 갓 넘어 보이는 여의사는 서두르지 않았다. 모니터에 뜬 차트와 그녀를 번갈아 살펴보았다.

"이상이 없는데, 이상이 있다?"

여의사는 마치 양파껍질을 벗겨내듯 찬찬히 그녀를 뜯어보기 시작했다. 그리고 아픈 증상을 말해보란다. 다시 꿈 이야기를 했다. 여자아이와 오른쪽 팔, 그리고 피아노, 객석의 웃음소리, 손가락에 대해 더 상세히 말했다. 이 여의사는 왠지 생산라인의 시간을 스스로 통제할 수 있을 것 같은 느낌이 들었기에 그때의 공포감까지 얘기했다. 심리학에서 말하는 '래포'가 이 여의사와는 쉽게 형성되겠다는 느낌이 왔기 때문이다.

"그래요, 많이 불안하겠네요. 정확한 건 심리검사를 해 보고 결과에 따라 다음 단계로 진행하도록 합시다."

"원인이 뭔지……?"

"일종의 심리적 내상에 의한 증후군이라 볼 수 있는데 자세한 건 더 알아봐야겠어요."

너무 걱정하지 말라는 의사의 말을 뒤에 남긴 채 다음 진료 예약을 한 다음 병원을 나섰다. 미세먼지가 없어 멀리까지 파란 하늘이 펼쳐진 모습이 눈에 들어왔다. 모처럼 푸른 하늘을 보니 우울했던 마음이 밝아졌다. 오후 햇살이 부드럽게 느껴졌다. 그녀는 어깨를 으쓱하며 지하철정류장 쪽으로 향했다. 손가락 펴보기를 애써 하면서.

일주일 후 다시 찾은 병원, 마치 어느 상류 가정집 거실처럼 꾸며진 심리검사실에서 여의사와 마주 앉았다. 차분하게 질문이 이어졌다. 그녀에게 일어난 일과 그때 느낌을 상세히 물었다. 어떤 것은 잘 생각나지 않았다. 아주 특별한 일이라면 다르지만, 그냥 일상에서 일어나는 사소한 것이라면 기억할 리가 없다. 어쨌든 겪은 일과 그녀의 감정을 묻고 답하는 시간이 점차 쌓여갔다. 시간이 지날수록 점점 무언가 숨겨져 있는 그녀 내면 깊이 다가가고 있다는 느낌을 받으면서 주 2회씩 진행된 심리검사는 벌써 두 달이 훌쩍 넘어서고 있었다.

"그동안 검사받느라 피곤했을 테니 휴가를 주겠습니다. 쉬다 2주 후에 다시 오세요."

그들은 전문가다. 그렇지 않아도 이거 계속해야 하나, 의문이 들 무렵이었다. 그녀의 그런 심리상태를 짐작하고는 쉬게 할 필요가 있기 때문이기도 했다. 그런 상태론 정확한 자료가 나오지 않을 테니 말이다. 또 지금까지 검사한 자료를 분석할 시간도 필요했기 때문이었을 거다.

휴가는 금세 지나갔다. 병원에 가야 하는 부담이 없는 시간이라 더 빨리 지나간 것 같다. 마치 아이들이 방학이 빠르게 지나갔다고 느끼듯이 말이다.

"잘 쉬었어요?"

"쉬는 방법을 알아가는데 끝났습니다."

여의사는 상냥하게 맞으며 오늘부터는 직접적인 원인이 뭔지를 찾아내는 일이라면서 전에 한 것은 지금부터 시작하는 심리분석의 기초자료에 해당한다고 했다. 그 자료에 의해 그녀의 마음으로 들어가는 열쇠를 찾았다는 거다. 이제 문을 열 수 있으니 안으로 들어가 원인을 찾을 것이라 했다.

"그런 꿈을 꾸기 시작한 바로 전에 겪은 일이 무언지 말해보세요."

생각이 잘 나지 않는다는 표정을 짓자, 명상실에서 천천히 생각해보라며 문을 열어줬다. 지나간 일을 재생해야 하는 곳, 명상실은 마치 음악 감상실처럼 은은한 조명 아래 몸이 묻혀버릴 것 같은 1인용 소파가 놓여있다. 사방이 벽이고 출입문에 붙어있는 작은 유리창도 선팅으로 검게 가려져 있어 들여다볼 수 없게 되어있다. 옆의 작은 테이블에는 컴퓨터가 놓여있고 스피커도 연결되어있다. 필요할 때 자료를 보거나 음악을 들을 수 있는 시설인 모양이다.

그래 여기서 지나간 나를 찾아보라는 거지, 소파에 엉덩이를 내려놓았다. 몸이 한참 아래로 꺼져 내려간다. 소파에 자신을 묻은 채 두 팔과 다리를 뻗어 기지개를 켰다. 움츠렸던 몸과 마음이 한껏 펴지는 것 같았다. 여기서 잠들면 안 되는데, 몸에다 주의를 보내면서 꿈에 대해 생각했다. 그런 꿈이 언제부터든가? 대충 어림잡아도 몇 달은 지난 것 같다. 금년 여름 무렵부터였으니까. 그때 일들을 꼽아보았다. 친구들과 만남부터 동아리 활동과 한나정의 공연을 도왔던 일이 떠올랐다. 그리고 또 하나 있긴 했다. 입 밖에 내고 싶지 않은 일이긴 했지만…… 초저녁을 지나면서 어둠 속에 개밥바라기 별을 시작으로 별들이 하나둘 뜨면서 밤하늘을 채우듯 지난

26

일들이 그렇게 차례차례 떠올랐다. 어둠 속에 갇혀 있던 지나간 일들이 밝은 햇살을 받으며 밖으로 나왔다. 뚜렷이 떠올랐다. 시간을 더 끌 필요가 없다는 생각이 들었다. 문을 열고 나오는 그녀와 이야기가 시작되었다.

"숨어서 나오지 않으려는 그 녀석들의 모습을 볼까요."

그녀의 시간 뒤에 숨어 있던 것들이 기억의 문을 열고 줄지어 나왔다. 그녀의 이야기가 거의 끝나갈 무렵 여의사는 무언가 놓쳐선 안 될 것 같다는 듯이 그녀를 낚아챘다.

"가만, 끝에 말이야 별로 하고 싶지 않은 얘길 하는 것 같았는데?"

"D 신문 콩쿠르 말인가요?"

"그래요, 그 대회엔 어떻게 나가게 됐지요?"

"선배의 권유가 있긴 했지만, 꼭 그런 건 아니란 생각이 듭니다."

"결과는 어땠나요?"

"대상은 아니었습니다."

"좀 불편한 질문인데, 대상이 안 된 까닭이 뭐라고 생각되나요?"

"그 점을 아직도 모르겠습니다."

여의사는 문제해결의 실마리를 찾아야겠다는 생각인지 그 대회를 권유했다는 선배와 당시 상황을 캐고 들었다. 그 질문엔 한나정의 발표회와도 연관되는 일이기도 하다.

☆

　삭막하기만 하던 풍경들이 연초록으로 물들면서 교정에도 점차 푸른 젊음의 활기가 감지되고 있다. 새 학기가 시작되면서 강의동 건물 벽엔 봄맞이 행사를 알리는 걸개그림과 포스터가 여기저기 붙여졌다. 그 안엔 음악 발표회도 물론 포함되어 있다. 그런 분위기처럼 학생들의 발걸음도 가벼웠다. 그녀도 그렇게 그들의 흐름에 합류하면서 발랄해져 갔다. 그런 분위기 탓에 요즘은 상승기류를 타는 듯한 기분이다. 그녀의 휴대폰에 번호가 떴다.

　"피아노 아르바이트 있는데……?"

　"어떤 일인데? 카페 같은 데서 연주하라면 사양하겠습니다."

　"그건 아니고, 신경이 좀 쓰이는 일이야."

　"피아노 아르바이트에 신경이 쓰이는 일이라면……. 혹시

'페이퍼 터너' 말인가요?, 페인 얼만데?"

"여전히 촉이 좋네, 용돈은 좀 될 거야, 그런데 함께 연습하는 시간을 가져야 해."

동아리 활동을 같이했던 선배였다. 사회에 대한 시야를 넓힌다는 목적으로 조직되어 연주를 위주로 하는 동아리였다. 이름하여 'For−5' 구성원 모두를 위한 동아리, 목적은 참 그럴듯하게 세워놨지만, 활동은 다분히 세속적이었다. 이를테면 출판기념회나 연회석 등에서 연주를 해주고 그들의 가벼운 지갑을 채워주던 동아리 책임자, 바이올린 연주자이기도 한 조두영 선배. 생각이 있으면 연락하라는 말이 끝나자 이쪽의 말은 들어보지도 않고 휴대폰을 꺼버렸다. 매너라고는…… 성격은 여전했다. 며칠 후 선배가 일러준 곳을 찾아 나섰다.

예술의 전당 출입문을 들어서자 양쪽으로 긴 회랑이 이어졌다. 'P−Ⅳ'연주실을 찾아보았다. 안쪽으로 좀 더 들어가서야 눈에 띄었다. 그곳 연주실은 발표가 예정된 이들만 시간을 정해 연습하는 곳이라 차분한 분위기가 통로에 흐르고 있다. 문을 가볍게 노크했다. 잠시 후 문이 열리면서 들어오라는 손짓에 따라 들어선 연주실. 흰 블라우스를 가볍게 입은 산뜻한 여인, 첫눈에 알아볼 수 있었다. 국내에선 정한나로 알려진 피아니스트 한나정이다.

한나정과 조 선배는 한동안 떠들썩한 소문을 캠퍼스 안에 바람에 날리는 꽃잎처럼 뿌리고 다닌 적이 있었다. 뜨거운 사이라는. 그럼 지금도 연락하고 있는 건가 하는 의문이 들면서 이 아르바이트를 하게 된 연유를 좀 알 것 같기도 했다. 한나정은 D 신문 피아노 콩쿠르 대상에게 주어지는 혜택으로 독일에서 공부하는 행운을 잡은 재원이다. 그러고 보니 좀 전 출입문 옆에 세워둔 배너에 '귀국 연주회'라는 걸 본 것 같다. 바람에 흔들려 자세히 보진 못했지만 바로 한나정이 그 주인공인 모양이다.

"안녕하세요? 첨 뵙겠습니다……. 사실 저는 벌써 알고 있습니다만."

"그래요, 반가워요."

피아노 위에 펼쳐진 악보가 눈에 들어왔다. 알에서 깨어난 올챙이들이 제멋대로 꼬리를 치며 움직이듯이 오선지 위를 까맣게 메워놓은 악보다. 혹시 그게 아닌가? 다시 살펴본 그녀는 움츠러들었다. 예상이 맞았기 때문이다. 라흐마니노프의 피아노 협주곡 3번. '피아니스트의 무덤'이라 불리는 그

악마 같은 악보다.

　그녀도 연습할 때마다 매번 한두 곳을 놓쳐버리는 라흐마니노프의 3번. 그는 정말 악취미를 가진 인물이 아닌가 하는 생각이 들 때도 있었다. 이런데도 도전해 볼 테야 하는 심보로 작곡을 했다는 생각이 들었다. 자신의 특이한 손으로, 피아노 건반의 다음 옥타브 '솔'까지 무려 12도를 짚어낼 수 있는, 자신만이 연주할 수 있는 곡을 쓰려고 했는지도 모른다. 그러기에 그가 미국에 망명해 친구로 지내던 피아니스트 호로비츠가 완벽하게 그 곡을 연주하자, 내 생전 이 곡을 다른 사람이 연주하는 것을 들을 줄은 몰랐다고 하지 않았던가. 따개비처럼 달라붙은 그 곡을 물 흐르듯이 연주하려면 1초에 60번의 날갯짓을 한다는 벌새처럼 손가락이 건반 위에서 날아다녀야 하는 그런 곡이라는 걸 피아노를 공부하는 사람이라면 다 아는 사실이다.

　그래, 역시 하는 마음으로 한나정을 바라봤다. 군말 없이 호흡을 맞춰보자는 눈짓에 따라 건반 옆에 섰다. 한나의 손이 날갯짓을 시작했다. 활주로에서 급히 솟구치는 전투기처럼 안단테에서 알레그레토는 그냥 뛰어넘어 알레그로 아사이로 직행하는 그 속도를 따라가려면 눈과 손이 여간 날렵하지 않으면 안 된다. 연주를 따라가다 보니 그녀의 몸도 뜨거워지는 것이 느껴졌다. 한나 언니의 길고 부드러운 손은 건반 위를 거친 파도를 헤치듯 격렬하게 지나치다가 갑작스레 조용조용 상처받은 마음을 위로하듯 그 경계를 자유롭게 넘나들며 따개비같이 붙어있는 음들을 건반 위로 불러냈다. 1악장이 끝났다. 한나는 간단히 한 마디를 건넨다.

"그 친구 사람은 제대로 골랐네."

스피드만 조금 더 맞춰보면 되겠다며 자리서 일어났다. 흰 블라우스에 걸친 코트 위로 긴 머리카락이 출렁이며 내려앉는다. 늘씬한 몸매에 세련된 한나가 손을 가볍게 흔들고는 연주실을 나섰다. 그녀도 조금 떨어져, 긴 회랑을 따라 나왔다. 그 후 몇 번의 연습 시간, 호흡을 맞춰가던 중 2악장에서 이어지는 곡이 쉴 없이 다음 장으로 넘어가는데 그녀가 한나의 속도를 아주 잠깐 놓쳐서 몇 번 되풀이 연습을 했다. 한나정은 차분했다. 벌써 여러 번 발표해 본 듯 막힘이 없었지만, 국내 발표는 처음이라 신경이 쓰이는 모양이었다.

드디어 한나정의 발표날이 되었다. 차가 막히는 걸 고려해 일찍 집에서 출발했지만 막히는 건 여전했다. 오늘 연주회에 어떤 옷을 입을까 생각하다 평범한 검은색 원피스를 입기로 했다. '페이퍼 터너'는 무대에서 관중의 눈에 드러나서는 안 된다. 그냥 그림자여야 한다. 연주회의 주인공은 오직 연주자뿐이다. 그러기에 그녀는 수수한 옷을 골랐고, 신발도 소리 나지 않는 평범한 색의 운동화로 택했다. 예술의 전당 출입문을 밀고 들어서자 반쯤 열린 문으로 관람석을 가득 메운 청중들이 눈에 들어왔다. 긴 회랑을 따라 'P-Ⅳ' 연주실로 갔다. 한나정은 아직 보이지 않았다. 그녀는 자리에 앉아 차분히 악보를 살펴보며 시간을 기다렸다. 잠시 후 나타난 한나정의 모습은 눈부시게 아름다웠다. 엷은 푸른색 바탕에 흰 꽃이 수 놓인 하늘거리는 드레스를 입고 무대 위를 가볍게 걸어가는 모습은 금방 날아오를 듯했다.

한나정은 경력에 걸맞게 무대 매너도 우아하고 품위 있었다. 관중들의 뜨거운 박수에 정중히 답하는 사이 그녀는 조용히 피아노 옆에 자리했다. 뜨거운 박수 소리가 잦아들고 잠시 호흡을 가다듬고 나서 한나정의 열정적인 연주가 시작됐다. 거친 파도를 헤치고 앞으로 나가듯, 창공을 날아오르듯, 상처받은 마음을 위로하듯, 격정과 평온을 자유롭게 넘나들며, 물 흐르듯 막힘없는 연주는 객석에서 숨소리조차 내지 못할 만큼 관중을 매료시켰다. 노쇼 없이 객석을 채운 관중은 깊은 감동의 표정을 숨김없이 나타내며 감상하고 있다. 연주가 끝나자 '브라바'를 환호하며 기립박수를 보냈다. 뜨거운 감동의 박수다. 관중들의 열광적인 박수에 만족스러운 표정으로 답례를 보내는 한나정을 뒤로 한 채 그녀는 그림자처럼 무대에서 내려왔다.

며칠 후 선배가 만나자는 찻집에서 탁자를 사이에 두고 마주 앉았다. 그가 주머니서 SG은행 마크가 선명한 봉투를 꺼내 그녀에게 밀어놓았다.

"그러잖아도 지갑이 얇았는데……. 고맙습니다, 오늘 좀 크게 쏴야겠네."

"열어봐, 주는 걸 그냥 받아왔어."

봉투 안에는 빳빳한 오만 원권 지폐가 예상외로 많아 보였다. 그녀는 방금 나온 커피를 서둘러 마시고는 선배 팔을 끌어당겼다.

"요즘도 'For-5'에 들리나요?"

"무슨……. 후배는?"

"저도 그만두고 나선 그렇습니다."

"이번에 일하면서 뭘 느꼈어?"

"그 언니 정말 대단하다는 거 다시 확인했지요."

"그건 다 검증된 사실인데 새삼스러울 건 없고……. 뭐 자극받은 거 없어?"

홀 안은 테이블마다 자신들의 이야기를 쏟아놓은 소음들이 매캐한 연기와 뒤섞여 뿌옇게 막을 치고 있다. 그런 분위기가 오히려 마음을 편하게 했는지 벌써 술을 몇 병째 비웠다. 둘은 한나정의 연주회에 대해 이러쿵저러쿵 나름의 생각을 술잔에 담아 비웠다. '도'에서 출발한 술잔은 시간이 지나면서 한 옥타브를 넘어섰다.

"선배 지금도 한나 언니 만나고 있어?"

"싱거운 소린 그만하고 후배, 그렇게 있지 말고 한번 해봐, 한나처럼 말이야."

벌겋게 달아오른 얼굴을 들이대며 침을 튀기는 선배를 택시에 태워주고 집에 들어 온건 꽤 늦은 시간이었다. 아침에 화장실에 가려고 일어나니 어지러웠다. 냉장고에서 꺼낸 물 한 컵을 단숨에 마시고 다시 자리에 누웠다. 막혔던 곳이 뚫린 것처럼 시원해졌다.

어제 일을 다시 생각해 봤다. 술자리가 끝나갈 무렵 선배가 그녀에게 한 말은 자기 자신에게 한 것인지도 모른다는 생각이 들었다. 선배도 재능이 있었는데 졸업 후 하는 일들이 제대로 풀리지 않았다. 연주 실력도 상당한 수준인데도 불구하고 국립관현악단이나 방송국의 관현악단 모집에서 고배를 마시기만 했다.

연주자들이 내놓고 말은 하지 않지만, 내적으론 국내파와 해외파로 나눠진다는 건 현실이다. 유학을 갔다 오지 않은 선배는 아무래도 밀리는 모양이었다. 특히 그 분야는 세계화된 구조다 보니 해외에서 시야를 넓히지 않으면 어려움이 더 심한 그런 곳이었다. 이런 현상은 문화계의 전반적인 모습이기도 하다.

지금 사립학교에서 임시 교사로 있는 선배가 안타까워지면서 선배의 모습이 그녀의 미래로 오버랩 되면서 자리에서 벌떡 일어났다.

"아……. 이야기가 그렇게 연결되는구나."

여의사는 무언가를 찾아냈는지 확신에 찬 표정으로 그녀에게 질문을 이어갔다.

이제 병의 원인을 찾았나 보다. 그럼 이런 불편한 증상에서 벗어날 수 있을까? 의사는 꿈에 대해 계속 질문을 이어갔다.

"똑같은 꿈이라 했죠? 어느 순간 여자아이의 연주가 멈춰지고, 팔을 흔들고……. 암흑 같은 고요가 온다는?"

"네, 고요 뒤엔 두려움이 오고요."

"그 음악을 아니, 음이 멈춰질 때 어느 음이었지?"

그게 참 궁금했다. 꿈이 시작되면서부터 생각이 날 듯하면서도 확실히 떠오르지 않았다. 여의사는 D 신문사의 콩쿠르 당시 연주를 다시 들어볼 수 있게 준비하라 했다. 그 자료를 구해야 했다. D 신문사에 별별 사정을 말하고 나서야 당시의 녹음을 USB에 담을 수 있었다.

1주일 후 다시 찾은 병원, 여의사는 그녀를 반갑게 맞았다. 당시 연주한 곡을 들어보고 그 음을 찾기 위해 명상실에 들어가 컴퓨터에 USB를 꽂았다. 볼륨을 맞춘 다음 재생 버튼을 눌렀다. 라흐마니노프 피아노 협주곡 3번이 흘러나왔다. 한나정이 연주했던 그 곡을 그녀도 D 신문사의 콩쿠르에 들고 나갔었다. 물론 당시는 그 곡을 연주하기 위해 모든 에너지를 쏟아부었지만 지금 생각해 보면 겁이 없는 짓이기도 했다. 겉으로 내색은 하지 않았지만 지금도 아쉬움이 남는 일이었다.

자신이 연주한 곡을 다시 듣다니 감회가 새로 왔다. 당시는 좌절감으로 다시 들어보고 싶지 않았다. 그녀를 알고 있는 주위 사람들이 얼마나 비웃을까 하는 생각에 이르자 두려워졌다. 그래서 자신이 연주한 곡을 다시 들어볼 용기를 내지 못하고 지금까지 왔다. 이제 다시 생각해 보니 그 자리에 오르려면 얼마나 힘든 노력이 필요한지 당시는 잘 몰랐던 것 같았다. 연주를 들으면서, 어, 괜찮은데 하는 생각이 드는 건 자신이 연주한 곡이었기도 하였지만, 그 어렵다는 곡을 끝까지 연주했기 때문이기도 했다. 다 듣고 나자 아주 작은 뭔가가 걸리는 느낌이 왔다. 원체 빠른 곡이다 보니 악보를 보면서 다시 확인해 봐야 할 것 같았다. 새까맣게 그려진 악보를 펼쳐놓고 자신의 연주를 다시 들었다. 듣고 또 들었다.

'아, 그랬었구나.' 그녀는 무릎을 치며 고개를 끄덕였다.

여의사는 명상실을 나오는 그녀의 대답을 기다렸다.

"'솔' 음인데……."

그랬다. 한나 언니와 맞지 않아 몇 번 다시 연습한 곳이다. 바로 이어지는 '솔' 음, 그 '솔'을 빠트리고 연주를 하다니, 실수였다. 너무 빠른 곡이다 보니 자신도 모르게 놓쳐버린 것이다.

"드디어 찾았군, 그 꿈의 원인을."

이해가 가지 않는 그녀에게 설명이 이어졌다. 어떤 일이 몸에 익숙해졌다면, 몸은 그것을 기억하고 있다가 필요할 때 자신이 기억한 대로 반응한다는 것이다. 연주자들이 같은 곡을 계속 연습하는 것도, 운동선수들이 같은 동작을 반복해 훈련하는 것도 몸이 기억하게 하기 위한 것이라 했다.

"혹시, 꿈에 나타나는 여자아이가 누구라고 생각해 본 적이 있어요?"

"의심은 해 봤습니다만, 그럼……. 저 자신이란 말씀인가요……?"

"맞아요, 그 여자아이는 바로 당신이에요, 콩쿠르에서 떨어진 원인을 말하려 한 거지요."

황당하면서도 믿어지지 않는 말이지만, 그렇다고 의사의 말을 믿지 않을 수도 없다. D 신문의 콩쿠르에서 놓쳐버린 그 음을 얘기하려고 몸이 꿈에 그렇게 나타났다니 그녀로서는 도저히 이해가 되지 않는 일이었다. 그러나 어쩌랴, 의사의 진단이 그렇다는데…….

병명도 나왔다고 했다. 정신과 몸의 불균형에서 오는 '분열정동 장애'의 초기 증상이라 했다. 몸과 정신 중 어느 쪽이 상대방 의사에 따라주지 않을 때 일어나는 현상이란다. 그러고 보니 언젠가 본 영화 '샤인'에서 주인공이 이 곡을 연주하고는 정신병원에 입원하는 모습이 떠올랐다. 주인공이 콩쿠르에 나가기 위해 이 곡을 선정하자 지도교수는 미친 짓이라 말렸지만, 그는 끝내 그 미친 짓을 해내고 정신병동에 들어간 그 병명이 바로 '분열정동 장애'였다. 그는 '피아니스트의 무덤'에 빠진 거였다. 그녀 또한 그 무덤에 빠져버린 거다.

한동안 소식이 없어 궁금했는데 연락이 왔다. 시간이 되면 저녁이나 같이하자는 김성우, 그의 전화다. 오케이 사인을 보내면서 무슨 좋은 일이라도? 궁금해졌다. 졸업 후 들어가기 어렵다는 국립합창단에 응시했으나 정단원이 되지 못하고 준단원으로 활동하면서 실력을 쌓아온 그다. 그러고 보니 정단원을 선발하는 때가 이맘쯤이란 생각이 들었다. 준단원도 1년에 칠팔 명 정도 뽑고 계약 기간도 1년 단위다 보니 정단원이 되려고 엄청난 노력을 하는 게 현실이다. 그러나 정단원은 바늘구멍을 지나기처럼 어렵다. 정단원의 정원은 40여 명인데 빈자리가 그리 나지 않기에 1년에 한두 명 정도를 선발하다 보니 그 경쟁이 얼마나 치열하겠는가? 그런데 좀전의 그 목소리는 무척 밝은, 무언가 자랑하고 싶어 못 견디겠다는 그런 느낌이었다. 그러고 보니, 혹시? 정말 그렇다면, 아, 얼마나 기다리던 소식이던가. 그녀는 자신의 기대가 틀리지 않기를 간절히 바랐다.

그녀가 다니는 음악 관련 출판사는 출퇴근 시간이 정해져 있는 그런 회사가 아니라서 다행이라는 생각이 오늘따라 들었다. 비교적 자유로운 프리랜서이기도 하지만 일종의 문화 산업인 출판사의 분위기가 일반적으로 그랬다. 그렇다고 일을 듬성이며 하는 그런 것은 아니다. 그녀의 일이라는 게 음악과 관련된, 일테면 유명 연주인의 공연 일정이라든가 세계 곳곳에서 일어나는 음악 관련 뉴스를 찾아내 그에 관한 글을 쓰는 그런 일들이었다.

잠시 동안 하기로 한 일이지만 그녀의 전공과 맞는 부분도 있어 열심히 하는 자신이 의외라는 생각이 들 때도 있다. 그렇게 일에 열중하는 건 일에 대한 열정도 열정이지만 그렇게 전념하다 보니 그녀의 몸에서 떨어지지 않으며 괴롭히던 꿈을 꾸는 횟수가 줄어들었고, 아프다고 팔을 흔들던 여자아이도 보이지 않았기 때문이다. 물론 병원의 치료를 꾸준히 받은 까닭도 있었지만, 그녀로서는 일과도 무관치 않다는 생각이 들었다.

화천에 갔던 일이 떠올랐다. 그 후 면회를 또 왔으면 하는 그의 희망을 들어주지 못했다. D 신문의 콩쿠르 준비 때문이기도 했지만, 졸업을 앞두고 자신의 미래가 왠지 불안한 생각이 들어 편한 마음으로 만날 그런 기분이 아니기 때문이었다……. 결국은, 그 콩쿠르 때문에 엉망이 되긴 했지만. 그 후 둘은 자주 만나지 못했다. 그도 제대 후 바로 복학하고는 연습에 열중하느라 바빠졌고, 그녀도 병원에 다녀야 하는 처지가 되었기 때문이다. 그러나 가슴에 서로를 담아두고 이해하면서 지내온 터였다.

그녀는 미로에서 출구를 찾은 것처럼 걸음을 재촉했다. 갑작스러운 전화라니 남자들이란 나이를 먹어도 뭘 모르는 것 같았다. 좀 여유 있게 미리 연락하면 안 되나, 하는 생각이 들면서 그러나 만일 그녀의 예상이 맞다면 오늘의 상황은 어쩔 수 없는 일이 아닌가? 생각이 바빠졌다. 집에 가서 맘에 드는, 그녀 맘이 아니라 그의 맘에 들 것 같은, 오래전 일이지만 언젠가 데이트할 때, 참 잘 어울린다며 칭찬해줬던, 옷으로 갈아입고, 머리핀이라도 예쁜 것으로 꽂고 나가려면 서둘러야 했다.

지금 곧장 만나도 되지만, 오늘 같은 날, 뭔가 기대되는 만남에 자신을 좀 돋보이게 하고 싶은 건 여자라면 다 그렇지 않으냐, 그러니 지금 자신의 행동이 특별난 건 아니라면서, 까닭 없이 허둥대는 모습이 우습기도 했다. 그런 그녀의 손에 들린 스마트폰에서 '붕…… 웅' 메시지를 알리는 긴 신호음이 울리고, 어떤 내용인지는 알 수 없지만, 확인하고 응답을 보내는 그녀의 손놀림이 전혀 어색해 보이지 않았다. 표정 또한 무척 밝아 보이고. 그런 그녀 어깨에 걸쳐진 검정 숄더백 가장자리로 피아노 콩쿠르 안내가 게재된 D 일간지가 언뜻 눈에 들어왔다.

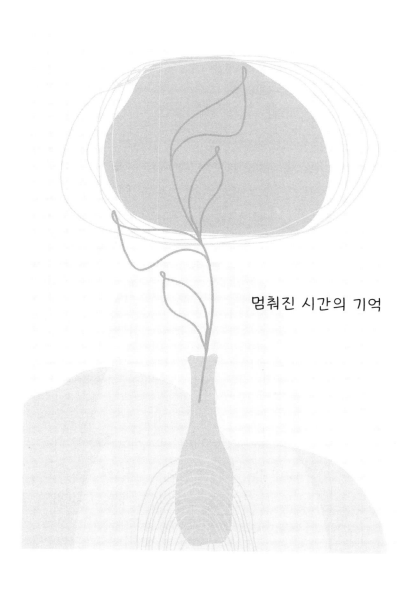

멈춰진 시간의 기억

강의실에 있던 시선들이 호기심으로 빛났다. 첫 시간은 으레 그렇다는 걸 알고 있었지만 보이지 않는 소슬함이 피부에 와 닿았다. 수강생들이야 자신들과 함께할 강사에 대한 호기심은 당연할 것이다. 그런 관심도 없다면 그 강의는 들을 필요가 없을 테니 말이다. 그들 호기심 어린 눈빛은 자신한테서 히말라야를 찾으려는 듯이 보였다. 산을 좋아하는 사람이라면 한 번쯤은 히말라야를 그려봤을 테니 이해는 갔다.

마나슬루의 밤이 떠올랐다. 파랗게 시린 하늘에 무수한 별들이 촘촘했던 밤이었다. 나도 별이 되었던 밤이었다. 마음의 평온과 안식을 찾은 밤이었다. 지금 수강생들은 내 몸에서 그런 평온이 아니라 히말라야의 만년설과 끝이 보이지 않는 크레파스의 어둠을 그려보는 눈빛이었다. K 대학 부설 '시민 교실' 담당자가 자신을 소개한다. 이강산 선생님은 유명한 산악인으로……. 소개말엔 히말라야 등정을 빼놓지 않았다. 담당자의 이야기를 들으며 곧추앉아 자신을 살펴보는 그들을 일별했다. 여성이 대부분이었다. 앞자리를 차지하고 있는 그들은 나도 어느 정도 알고 있다는 자신감을 드러내면서 호기심 또한 숨기지 않았다. 히말라야의 모든 것이 궁금했을지도 모른다. 그러나 그들의 그런 궁금증이 쉽게 풀릴지는 의문이다. 내 몸에서 히말라야를 지운 시간이 많이 흘렀기 때문이다. 그러나 기억이란 지우려 한다고 되는 게 아니기에 가슴 어딘가에 숨어있다고 하는 게 맞을 것이다. 화학반응에 의해 변하듯이 단단하게 변한 자신의 가슴을 저 눈빛들이 녹여 줄는지는 알 수 없었다.

첫인상이 혼란스러운지 표정들이 모호했다. 산 사나이처럼 보이지 않는 내 모습 탓이리라. 그도 그럴 것이 몇 년간 외국의 큰 산을 오르지 않다 보니 사실 몸이 깨끗한 편이었다. 검게 그을리지도, 근육질이 드러나지도 않았으니 그들이 상상했던 모습과는 거리가 있는 건 사실이었다. 그러니 그런 생각이 들 만도 했을 것이다. 나이보다 젊게 보이는 수강생들은 열정이 보였다. 그들의 표정으로 미뤄봐 어지간한 산은 거의 올라본 것 같았다.

첫 시간에 하는 강의는 늘 정해져 있다. 산의 품격에 대해서였다. 산의 품격이란 사람의 인품과도 같은 것이다. 산에 무슨 인품 그런 게 있느냐는 의문이 들 수도 있다. 그러나 그건 어떤 마음으로 산을 대하느냐에 따라 다르다고 했다. 산을 찾을 때 우리 선조들은 '입산'이라 했다. 거기엔 몸과 마음을 가다듬는 수신의 의미가 포함되어있다. 산의 웅장함에서 포용과 인내를 배우려고 산에 들어간다는 뜻이다. 불가에서 사용하는 '입산수도'라는 말도 부처의 뜻을 깨닫는다는 의미와 함께 산이라는 대자연의 웅장함과 자혜로움을 함께하면서 배워간다는 의미가 포함되어있다. 그러나 근대문명이 들어오면서 사용하는 '등산'이라는 용어엔 스포츠로서의 의미 외는 없다. 단지 오르고 정복한다는 의미만 있을 뿐이다. 중요한 정신이 빠져버린 것이다.

등산이라는 용어에선 산의 품격을 찾을 수 없다. 그러나 입산이라는 용어에선 품격이 있다고 했다. 산은 그들 나름의 질서가 있다. 인간이 보기엔 제멋대로 솟아 있는 것처럼 보이지만 그건 우리가 알지 못하기 때문이다. 높은 정상에 올라본 이들은 알 것이다. 산은 서로를 배려하면서 그들의 세상을 펼쳐 놓는다. 그들의 질서는 정연하다. 아래로부터 차례로 오르면서 자신들의 웅장함을 세워간다. 가장 큰 산이 뒤에서, 작은 산들을 어머니처럼 품는 자애로움이 있다. 그렇게 그들은 크고 작은 어깨를 맞대어 파도처럼 출렁이며 뻗어서 웅장한 대간을 이룬다.

그게 산의 품격이다. 느닷없이 중간에 끼어들어 질서를 어긋나게 하는 일은 없다. 간혹 그런 버릇없는 일탈자는 맥이 끊겨 외톨이가 된다. 자신과 어깨를 나란히 해줄 이웃이 없기 때문이다. 나는 그런 산의 품격을 세계의 지붕이라는 히말라야 정상에서 세 번이나 볼 수 있었다. 구름을 발아래 두고 솟아오른 산들이 서로의 등줄기를 출렁이며 인간이 그어 놓은 국경을 넘어 뻗어 나간 모습은 정말 놀라운 광경이었다. 산의 그런 웅장함을 설명하면서 이야기를 이어나갔다. 시간이 상당히 흘렀지만, 수강생들의 눈빛은 여전히 빛나고 있었다. 그때 강의실 뒷문을 조심스럽게 열고는 뒷자리에 앉는 수강생이 보였다. 무슨 사정이 있었는지 지각생이었다. 그냥 의식하지 않으려 하면서 잠깐 눈길이 스쳐 갔다. 얼핏

눈에 들어오는 모습이 어디서 본 듯한 기시감이 들었다. 그러나 아는 얼굴은 아니었다. 강의는 멈추지 않고 이어졌다. 산은 늘 열려있다고 했다. 한 번도 자신의 문을 닫은 적은 없다면서. 그러나 그 문을 열고 들어갈 때는 예의를 갖춰야 한다고 했다. 여기서 예의란 산을 대하는 마음이다. 열려있다고 함부로 했다간 뜻하지 않은 일을 당할 수도 있다고 했다. 수강생들은 고개를 끄덕였다. 많이 들었던 이야기지만 늘 마음에 담아두어야 할 말이기 때문이다.

자주 산을 찾았다. 오늘은 오른 지 두어 시간이 지나서야 몸이 제자리를 찾았다. 몸도 적응하는데 시간이 필요한 모양이다. 요즘 들어 적응속도가 조금씩 느려지고 있다는 생각이 들었다. 벌써 나이 탓인가? 어쨌든 가쁜 숨이 가라앉으면서 평상의 호흡으로 돌아온 건 다행이었다. 계속해도 좋다는 몸의 허락이다. 이런 상태라면 오늘 목표한 곳까지는 충분히 갈 수 있다는 생각이 들었다. 호흡이 제자리를 찾자 발걸음도 가벼워졌다. 정확히 말해 발걸음이 무거운지, 가벼운지에 대한 느낌을 잊어가고 있다는 말이 맞을 것 같다. 평온이 찾아온 거다. 걸음에서 발의 무게감을 잊는다는 건 바로 마음의 평온을 찾은 것이다. 평온하다는 건 소소한 일상에서 멀리 떨어져 있는 상태다. 불안과는 대비되는 말이기도 하다. 평온의 상태에 들면 일상에서 일어나는 거친 바람도 별것이 아닐 수 있다. 자신과 엉킨 복잡한 끈이 술술 풀린 느낌이 들 수 있다. 그 평온을 가져오는 게 침묵이다. 소리로부터 이탈, 그 침묵 안에서는 내면의 소리 외는 아무것도 들리지 않는다. 내면의 소리, 그 소리는 아무 때나 들리지 않는다. 매우 까탈스러워 자신에 딱 맞는 환경이 됐을 때라야 들을 수 있다.

지금이 그런 시간인 모양이다. 묻는 소리가 들렸다. 그때 생각나? 뭘? 아주 오래전……, 그런 모습들. 바로 그곳 말이야. 양쪽으로 돌담이 이어진 구불구불한 좁은 길, 아이들이 술래잡기하느라 와자지껄한 모습이 펼쳐졌다. 골목을 내달리는 아이들 함성이 들려왔다. 청보리밭 들녘을 바람이 물결을 이루며 지나갔다. 촉촉한 감성이 수채화가 되어 펼쳐졌다. 선명한 물감이 종이에 스며들었다. 마음은 아득한 다른 시간으로 달려갔다. 방목하듯 마음을 그냥 두었다.

감성의 길을 걷다 보니 정상 가까이 이르렀다. 벌써 이렇게? 걸어온 게 아니라 마음으로 왔다는 느낌이 들었다. 펼처 놓았던 사색을 거둬들였다. 바람이 시원했다. 축축한 땀이 증발하면서 시원해져 기분이 좋았다. 이런 느낌이 산행의 맛이다. 나는 혼자 자주 산을 찾는다. 자유로움. 그것 때문이다. 산을 오를 때 나무와 꽃을 보며 생각하는 시간이 좋았다. 그런 즐거움을 느끼려면 혼자가 제격이다. 자신만의 시간에 익숙해지는 연습이며 외로움을 익히는 시간이기도 했다. 삶은 혼자서 가야만 하는 길이다. 혼자됨에 익숙해져야 한다. 외롭다는 생각은 성숙하지 못하다. 외로움을 즐기는 삶도 괜찮지 않은가. 평일인데도 산을 찾는 이들이 심심찮았다. 적적하다는 느낌은 들지 않았다. 정상에는 남녀 산행 팀이 휴식을 취하고 있었다. 나이들이 그만해 보였으나 여자들이 더 젊어 보였다. 요즘은 불경기라 문 닫는 회사가 많다고 했다. 그러다 보니 직장을 떠난 이들이 갈 곳이 마땅찮아 산을 찾는 일이 많다고 하는데 그들을 백수 산행 족이라 부른다고 한다. 저들도 그런가 싶었다. 끈적한 그들의 대화에 거리를 두고 자리를 잡았다.

배낭에서 물병을 꺼냈다. 목울대를 꿈틀거리며 넘어가는 물이 파란 하늘만큼 시원했다. 파란 하늘, 그래 저 코발트색의 하늘을 거기서도 마주했었다. 지금의 저 푸름보다 더 시리게 푸르렀던 하늘. 하얀 눈을 머리에 얹고 있는 산봉우리에 닿을 듯 가까이 내려앉았던 그 시린 하늘과 함께했던 얼굴들. 자신이 히말라야 14좌 중 하나인 마나슬루 아래에 있는 작은 마을 쿰부에 갔을 때 감정은 남달랐었다. 시간을 되돌려놓은 것 같았던 기억은 지금도 그리움으로 아련하다.

거기엔 정지된 시간이 있었다. 그가 보냈던 지난 시간, 돌담 골목을 뜀박질하던 그가 있었고, 할머니와 어머니가 있었다. 잊고 지내던 시간으로 타임머신을 타고 왔다는 생각이 들었다. 동화에 나오는 이야기처럼 나는 양탄자를 타고 수만 킬로를 날아서 자신이 어릴 적 놀던 곳으로 온 것 같았다. 어쩌면 이리도 같을 수 있는지 놀라울 뿐이었다. 어려움이 비슷하면 사는 모습도 같은 모양이었다. 철없는 향수가 찾아들었다. 그런 잊을 수 없는 곳을 잊으려 하며 지내온 시간이었다. 아이들과 함께 어울리며 행복해하던 주희, 순수를 사랑했던 그녀의 미소가 떠올랐다. 그녀에 대한 회상의 날개를 펼치며 평온의 들에서 불어오는 바람을 마주했다. 그곳을 좋아했던 주희는 내가 히말라야를 찾을 때면 늘 함께했다. 연인처럼. 그러면서도 아직 미래를 약속하는 말은 꺼내지 못하고 있는 그런 상태였다.

좋아하면서도 뜨겁게 다가가지 못하는 것은 성격 탓인지 아니면 바쁜 일 탓인지는 알 수 없었다. 주희는 기다리고 있는지도 모를 일이었다. 어쩌면 자신이 기다리는지도 모를 일이었다. 성격에 햄릿형이라는 게 있다. 결정 장애가 있는 사람이다. 조금씩은 그런 문제를 다들 가지고 있다는 생각이 들기도 했다. 자신도 그런 형에 가까운 게 아닌가 하는 생각을 하면서 마나슬루를 다녀와서 결혼 이야기를 꺼내놓으려 마음먹었다. 인생을 함께하자는 말을 하기로……. 푸른 하늘은 여전히 눈에 가득 들어왔다. 수선을 떨던 산행 팀이 자리에서 일어나 배낭을 챙기고 있었다. 바람이 재킷을 흔들며 지나갔다. 잠시 어수선하던 주위는 다시 고요가 찾아왔다. 산의 침묵이었다.

쿰부에 밤늦게 도착해 가이드가 잡아놓은 숙소에 도착했다. 열두 시간이 넘는 긴 비행으로 피로에 지쳐 짐도 제대로 풀지 못한 채 잠자리에 들었다. 기내의 좁은 자리에서 긴 시간을 보냈으니 피곤하게 마련이었다. 잠에 빠진 그들을 햇살이 찾아와 깨워줬다. 쿰부에 아침이 밝았다. 몸을 털고 일어났다. 밤이라 마나슬루 모습을 어둠에 묻어 둔 게 궁금했는데 아침에 그 웅장함을 확인하기 위해 대원들은 밖으로 나왔다. 마을 뒤로 날카롭게 빚어 올린 봉우리들은 만년설이 덮고 있었다. 정상은 햇살이 내려 황금빛으로 빛났다. 눈이 부셔 보기 힘들 정도였다. 모두 그 웅장함에 놀라움과 감격의 시선을 보냈다.

마나슬루는 이곳에 사는 이들의 신앙이었다. 신이 사는 세상, 영혼의 땅이라 부르며 신성시했다. 산은 독수리 부리처럼 깎아지른 날카로운 모습으로 순박한 마을을 내려다보고 있었다. 만년설에 덮인 하얀 산을 마주하게 되면 누구든 경외감이 들지 않을 수 없겠다는 생각이 들었다. 거대한 자연 앞에 인간이 작게 느껴지는 건 어쩌면 자연스러운 일일 것이다. 이곳 사람들이 산을 경배하는 마음을 이해할 것 같았다. 자신도 여기 사람이라면 그리되었을 거라는 생각이 들었다. 대원들은 모두 감격스러운 모습으로 마나슬루를 몇 번이고 쳐다보고 또 쳐다봤다. 그렇게 시간이 흘러 일행이 자리를 뜨고 나서도 감격이 가시지 않아 남아있는 주희가 보였다. 그녀 곁으로 다가가 감동을 함께 나눴다. 둘의 가슴에 감동의 줄을 이어놓은 것처럼 서로의 마음이 전해졌다. 순간 행복하다는 생각이 들었다.

아침 햇살이 마을로 내려오자 밤새 움츠렸던 모습들이 조금씩 어깨를 펴며 자신을 풀어놓았다. 만년설은 이곳에 사는 이들에게 어려움을 주기도 했지만, 지금은 그로 인해 작은 변화가 오고 있다. 그들이 경배하는 산을 찾는 산악인들 때문이다. 그들이 두고 가는 얼마간의 지폐가 삶을 조금씩 변화시키고 있다. 돈은 장소를 가리지 않고 어디서나 힘을 발휘한다는 것을 다시 확인할 수 있었다. 돈은 인간이 만든 발명품 중 가장 강한 힘을 발휘하고 있다. 헤라클레스보다 강하다. 인간은 지금까지 그의 적수가 되지 못하고 있다. 참 아이러니가 아닐 수 없다. 자신이 만든 것에 예속되다니.

여기서도 아침은 분주했다. 여인들이 지나가며 미소로 인사를 건넸다. 인사치레로 하는 미소가 아니었다, 미소는 통역이 없어도 알 수 있다. 그런 미소를 본 게 얼마 만인지 가늠이 되지 않았다. 순수했다. 인간의 얼굴에서 가장 아름다운 모습이 미소라는 생각이 들었다. 숙소로 돌아와 하루 일정을 시작해야 했다. 우선 마을을 둘러보고 원로들을 찾아 인사하는 일이었다. 그런 다음 그들을 도와줄 셰르파를 구해야 했다. 그리고 그들로부터 날씨와 보급품에 대한 의견도 들어야 한다. 물론 이번이 예비 등반이긴 해도 본 등반을 대비하는 훈련인 만큼 빈틈이 없어야 했다. 그러기 위해 이곳 주민들로부터 도움도 받을 필요가 있었다. 그러기에 마을 원로들을 찾아보기로 한 것이다. 대장인 자신이 신경 쓰였다. 그런 자신을 주희가 곁에서 많이 도와주고 있다.

그들한테 전할 간단한 선물을 챙겨 길을 나섰다. 가이드의 연락을 받은 원로들은 벌써 마을 회관에 모여 있었다. 마치 어렸을 적 마을 어른들을 만난 듯 낯이 익었다. 문명의 거친 바람이 아직은 그리 스치지 않은 탓이다. 인사를 하고 준비해간 선물을 전하면서 이곳에서의 활동에 협조를 부탁드렸다. 그들은 순박한 미소로 답해줬다. 별문제는 없어 보였다. 찾아드는 산악인들을 자주 대하다 보니 이런 일에 익숙해진 모양이었다. 밖으로 나오자 마을 아이들이 그들을 반겨줬다. 볼거리가 없는 이곳에선 낯선 이들이 찾아오는 것만으로도 구경거리가 되는 모양이었다. 주희는 아이들한테도 가벼운 선물을 나눠주며 볼 인사를 나눴다. 아이들도 그런 그녀를 자연스럽게 받아줬다. 아이들을 좋아했다. 문명에 때 묻지 않고 순박해 좋다고 하는 그녀, 마음이 순수하다는 걸 다시 확인할 수 있었다. 예비 산행을 위해 머무는 사이 그녀는 시간이 날 때마다 마을 아이들과 어울렸다. 그녀의 그런 모습이 행복해 보였다.

　시간이 지나갔다. 햇살이 산 너머로 사라지자 봉우리를 덮고 있던 흰 눈은 푸른색으로 변했다. 어둠 속에 또 다른 아름다움이 차갑게 펼쳐졌다. 방금 칠을 마친 것 같은 하늘엔 무수한 별들이 빛을 발하며 나타났다. 밤은 신의 세계라는 말처럼 인간은 도저히 흉내 낼 수 없는 일이었다. 안드로메다은하였다. 은하수에서 가장 가까운 곳에 있는 은하, 1조 개의 별이 우주에 강렬한 빛을 발하고 있었다.

　서울에선 볼 수 없었던 광경이었다. 모든 별이 한자리에 모인 듯 하늘엔 별들로 가득했다. 추위도 잊은 채 그 놀라운 광경이 황홀하기만 했다. 별은 그들 가슴에 또 다른 별이 되어 빛났다. 말로 하기엔 표현력이 턱없이 부족했기에 입 밖으로 나오는 감격의 탄성뿐이었다. 그런 하늘을 늘 봐온 이곳 사람들은 우리의 별난 모습이 오히려 별나게 보였을 것이다. 그러나 어쩌랴, 우리에겐 감동이었는데. 그런 밤이 이어지던 어느 날, 별들이 창에 머물러 있어 잠들지 못하고 있을 때 방문이 조심스럽게 열렸다. 주희였다. 자신도 저 별들 때문에 잠이 오지 않는다면서 자신의 옆을 비집고 들어왔다. 그들 가슴으로 별이 스며들었다. 둘은 그렇게 가슴에 자신의 별을 품고 밤을 보냈다. 가슴 깊이 숨겨두고는 꺼내지 못했던 소중한 것을 서로에게 전해주는 밤이었다. 하늘의 별처럼 그들 가슴에서도 별이 빛나는 그런 밤이었다. 3주간의 예비 등반을 무사히 마쳤다. 정상을 오르는 데 필요한 자료와 정보를 가지고 서울로 돌아왔다.

어둠이 찾아들자 거리의 가로등이 하나둘 불을 밝혔다. 하루의 일과를 끝낸 셀러리맨들이 거리를 메웠다. 느슨하던 거리에 생기가 살아났다. 아침과 달리 느긋한 분위기였다. 그도 그런 분위기의 구성원이 되어 거리를 걸었다. 걷는 일은 그에게 큰 즐거움이었다. 산이 아니라 도시의 거리지만 넘쳐나는 인파의 숲을 헤치며 앞으로 나가는 일은 퇴근 후의 큰 즐거움이었다. 그런 즐거움을 멈춰버리게 하는 휴대전화 벨이 울렸다. 왜 빨리 오지 않느냐는 독촉이었다. '오르리' 산악회 총무였다. 무슨 특별한 일이 있어 만나는 게 아니라 퇴근하면 으레 들르는 곳이 있었다. 발걸음을 재촉했다. 그들의 아지트 '목마름'에 들어서자 주인의 환한 미소가 반겨줬다. 테이블엔 벌써 두서너 명이 술잔을 기울이고 있었다.

거기 처음 갔을 때는 주점 이름이 마치 운동권 모임 같다면서 구시렁거리는 이도 있었다. 하지만 당시엔 그런 운동권

부류의 흉내를 내는 게 또한 흐름이기도 했었다. 거기다 산악모임 장소 이름으로는 딱 맞기도 했었다. 산을 오르다 보면 목마름은 누구나 다 경험하기 때문이다. 그런 관계로 대학을 졸업하고도 그들의 모임터로 이용하다 보니 정도 들었다. 맥주잔을 비우고 있는 그들에게 일은 하고 왔느냐며 핀잔을 주었다. 그들의 응수가 한 수 위였다. 늦게 일하는 건 능력이 모자란다는 증거라 했다. 그런 그들한테 어디 능력 있는 사람 옆에 앉아보자며 엉덩이를 내려놓았다. 늘 그래왔던 것처럼 그날의 일과를 보고하듯이 상사에 대한 험담이나 좀 특별한 직원에 대한 일화를 한 순배 돌리고 나면 그들의 주 관심사인 산에 관한 이야기가 펼쳐졌다. 다들 거기에 대해서만은 자신들의 말을 멈추려 하지 않았다. 그만큼 자신에 차 있다는 말이기도 했다.

　오늘도 총무가 K2에 관해 이야기 문을 열었다. 한동안 거리에 이 상표 옷을 입고 다니는 이들이 많았는데 그 유래를 말하겠다고 했다. 우리 회원들은 알고 있겠지만 하는 수식어를 붙이면서. 그리고는 혹시 모르는 분이 계실까 해서라는 단서까지 덧붙인 다음 이야기를 꺼내놓았다. 그러니까 1856년 영국의 식민지였던 인도의 측량국 책임자인 몽고메리가 카라코룸의 고봉들을 차례로 K1, K2……. K32까지 기록하는 데서 K2라는 별칭이 생겼으며 현지에선 단상(dap sang) 또는 초고리(chogori)라 불리고 있다고 했다. 그리고 1954년 이탈리아 '리노 라체델라'와 '아킬레 콤파그노니'가 초등 등반을 했다면서 흐르는 물처럼 막힘이 없었다.

얼굴이 붉게 상기된 건 술 탓인 것만은 아닐 듯싶었다. 정말 그는 산을 사랑했으며 알고 있는 지식도 많았다. 그는 대학 시절 알프스의 마터호른을 등정했던 진짜 산악인이었다. 자신이 아는 것을 회원들에게 얘기하는 것을 좋아했다. 어쩌면 자신의 지식을 자랑하는 것 같이 보였지만 그는 그렇게 생각하지 않고 새로운 정보를 알려준다는 의미로 생각하는 것 같았다. 그러는 사이 회원 몇이 더 오고, 술은 몇 순배 더 돌았다. 사장은 알아서 안주를 내놓았다. 이런 자리에 거의 빠지지 않고 참석하는 주희가 보이지 않자 어찌 된 일이냐고 그에게 물었다. 그녀의 근황은 그가 잘 알 거라는 생각을 모두 하는 모양이었다. 어쩌면 그게 당연한지도 모른다. 그녀와 제일 가깝게 지내는 게 자신이니 말이다.

주희는 대학에서 산악회 동아리로 함께 활동해왔다. 활동적인 성격에다 열정적인 그녀는 당시로는 드문 여자 스키선수였다. 그것도 아찔한 점프 종목이었다. 겨울만 되면 대관령에 내려가 연습하느라 얼굴이 새까맣게 탔었다. 가끔 그런 모습으로 서울에 올라와 술을 사달라고 연락을 해왔다. 술을 좋아한다기보다는 그런 분위기를 즐기는 것 같았다. 그와 둘이 마주하면 술을 마시는 것보다는 이야기를 나누는 시간이 더 길었었다. 그러다 보면 자연스레 늦어지곤 했었다. 그때 자주 가던 주점이 바로 '목마름'이었다.

그는 시골에서 올라온 유학생이라 학비가 적게 드는 체육 심리학을 전공했다. 경기종목을 택한다면 거기에 드는 훈련비를 감당하기 어려웠기 때문이었다. 나중에 알게 된 일이지만 주희는 집이 서울인 데다 경제적으로 어려움이 없었다. 당시만 해도 학생이 오피스텔을 얻어 혼자 생활한다는 건 힘든 일이었는데 그녀는 학교에 오가는 게 멀다는 이유로 오피스텔을 얻어 독립해 생활하고 있었다. 그녀가 가끔 그에게 훈련과 관계되는 어려움을 상담해올 때 그의 짧은 심리학 지식이 도움을 주었는지 둘은 가까워졌다. 술을 마시다 늦은 날이면 그녀의 오피스텔에 신세 지는 일이 가끔 있었다. 주희는 국가대표인 태극마크를 달고 각종 대회에 출전해 상을 받았다. 그런 경력 덕인지 대학을 졸업하고 K 신문의 스포츠

기자로 일했다. 기자라는 직업은 바쁘게 마련이다. 그럼에도 그들의 모임인 '오르리'엔 빠지지 않았다. 오래된 회원들과 정이 들었기 때문이다.

오늘 그녀가 자리에 없는 것은 바쁜 일정 때문일 것이다. 시간이 된다면 궁금함을 참지 못하고 달려올 그녀였다. 대학을 졸업하고도 이렇게 모이는 동아리는 별로 흔치 않을 거라 생각하면서 회원들이 원하는 마나슬루 예비등정에 대해 다음 모임에선 계획을 확정 지어야겠다는 생각을 했다.

강의실을 향해 걸으며 생각에 잠겼다. 길옆 꽃밭엔 가을꽃들이 고개를 떨구며 졸음을 쫓고 있다. 가을 햇살이 자장가처럼 부드러운 모양이었다. 꽃 색깔이 조금씩 엷어지면서 계절이 중반을 넘어서고 있음을 알려주고 있었다. 그러나 그에겐 그런 모습들이 들어오지 않았다. 정말 떠올리고 싶지 않았던 일이 그렇게 일어난 것을 알 수 없다는 듯이 고개를 갸웃거렸다. 첫 강의 시간에 본 그녀가 가슴 깊이 묻어 뒀던 주희를 불러내는 참으로 정리가 안 되는 상황이었다. 자신을 바라보는 주희 모습이 아지랑이처럼 피어올랐다. 그러다 그녀의 마지막 절규가 여름날 소나기처럼 가슴을 후려쳤다. 정말 떠올리고 싶지 않은 일이었다. 그러나 생각은 마음대로 되는 게 아니었다. 아프더라도 그 순간이 지나가길 기다려야 했다. 무언가 한 가지 일에 빠져들면 다른 것은 생각하지 않는 습관이 아직도 그대로인 모양이다. 그런 습관이 시골에서 공부한 그가 첫해에 원하는 대학에 들어갈 수 있게 한지도 모른다. 그러나 한편으로는 한 가지 일에 집중한다는 건 좋은 습관이라 할 수도 있지만 어쩌면 그처럼 답답한 일도 없을 것이다. 다양한 경험을 겪으면서 세상에 대한 시야를 넓히면 좋을 텐데 한 가지 일만 하다 보면 마음 씀이 자연히 좁아질 수 있기 때문이다. 자신도 그랬다. 지금껏 산과 관련된 일을 하고 있지만, 한때는 다른 것으로 바꿔볼까도 했었다. 그러다 생각을 거둬들였다. 그 다른 것이란 것에 대해 잘 알지 못하기도 했지만, 또 다른 이유는 '오르리'에서 함께했던 그들에 대한 도리가 아니라는 생각이 들었기 때문이었다. 특히 주희에 대해선 그럴 수 없었다.

그렇게 생각에 잠겨 걷다 보니 어느덧 강의동 앞에 도착해 있었다. 긴 통로를 따라 몇 개의 강의실을 지나 자신의 강의실 앞에 멈췄다. 열려있는 출입문 안으로 몇씩 모여 담소를 나누는 모습이 들어왔다. 그가 들어서자 수강생들이 자리를 찾아 앉았다. 일단 강의 준비는 완료된 셈이었다. 그들을 보면서 쿰부에서의 밤이 떠올랐다. 고요가 죽음처럼 조용히 다가오던 밤이었다.

산의 침묵, 자연은 침묵의 대화를 나눈다. 내면에 있는 무수한 조각들을 모아 그 모양을 확인하며 가슴 안의 진실을 밝히려 든다. 침묵할수록 더 많은 소리가 들려온다. 밝혀야 할 게 없는데도 압박하는 때가 있다. 침묵의 강이 흐른다. 침묵이 두려울 때가 있다. 히말라야에서 느꼈던 두려움이 그랬었다. 달빛이 산의 등줄기를 타고 내려오는 밤의 고요. 거기서 오는 두려움은 경험해보지 않고서는 상상할 수 없다. 자연은 자신들만의 언어로 소통한다. 그런 소통을 멈춘 침묵, 그건 두려움과 마주하는 것이었다. 히말라야 14좌 중 여덟 번째로 높다는 마나슬루, 거기서 침묵이 가져오는 고요의 두려움을 느꼈던 기억은 아직도 날을 세워 다가온다.

정상을 향해 오르는 마지막 4 캠프에서 숙영하는 그날 밤, 그는 하얀 천지 위로 쏟아지는 달빛과 파랗게 날이 선 하늘에서 빛을 발하는 별들이 침묵이라는 블랙홀로 빨려드는 걸 보았다. 숨죽인 밤이었다. 떨어지는 작은 물방울마저도 쏟아지는 폭포 소리로 들릴 것 같은 고요였다. 침묵은 마나슬루봉에 멈춰 있는 달빛에도 흐르고 있었다. 침묵이 길어지면 두려움이 된다는 걸 알게 된 밤이었다. 사람들 사이에서도 그렇다. 서로 침묵이 흐를 땐 왠지 불편하지 않던가. 그는 그런 침묵의 두려움을 우리도 주위에서 언제든 느낄 수 있다고 하면서 첫 시간에 늦게 입실했던 그녀가 앉은 자리에 눈길이 갔다. 조용히 앉아 자신의 이야기를 듣고 있는 모습이 보였다.

강의가 끝나자 수강생들이 이야기를 나누며 한꺼번에 강의실 밖으로 나갔다. 두려움에 관한 생각도 없이 말이다. 침묵이 없어서일 거다. 그런 강의가 몇 주 이어졌다. 그녀는 늘 마지막으로 강의실을 나와 긴 복도에 또박또박 발소리를 남겨놓으며 사라졌다. 남겨진 발소리를 따라 캄캄한 크레바스의 어둠 속으로 사라지던 절규가 들려오는 것 같았다. 그때가 떠올랐다.

마나슬루 등정을 위해 머물던 쿰부 날씨는 영하 40도에 가까운 혹한이었다. 매서운 바람이 눈보라를 일으키며 휘몰아치는 밤을 보내고 아침을 맞았다. 날씨는 좋았다. 서둘러 등반준비를 모두 마치고 나자 갑자기 날씨가 변하기 시작했다. 참으로 예측이 어려운 게 날씨였다. 조금 전까지 좋았던 날씨가 갑자기 험하게 변하다니 모두 당황했다. 그렇게 많은 시간과 노력을 들여 여기까지 왔는데, 바로 앞에 우뚝 솟아 아래를 굽어보고 있는 마나슬루가 자신들에게 코웃음을 치는 것만 같았다. 정상 등정을 하는 건 오늘이 아니면 어려운 상황이었다. 대책회의를 열고 대원들의 의견을 듣기로 했다. 강행하자는 측과 연기하자는 측의 의견이 팽팽했다. 아직 자신의 의견을 내놓지 않은 대원은 주희와 대장인 자신이었다.

　모두 그녀를 바라봤다. 그녀는 잠시 생각에 잠겼다. 그 잠시의 시간이 대원들에겐 무척이나 긴 시간이었다. 침묵이 흘렀다. 침묵은 두려움이 되었다. 그 잠시의 두려움의 시간이 흐른 후 침묵을 깼다. 대원 모두 그녀를 주시했다. 답은 간단했다. 오르는 쪽이라고. 이제 그가 선택할 차례였다. 여기서 멈춘다면 지난밤의 그 두려움보다 더 큰 후회를 안고 지내야 할 것 같았다. 그는 셰르파한테 의견을 구했다. 올라도 괜찮을 것 같다는 의견을 내놨다. 오래된 그의 경험에서 나온 답이었을 것이다. 여기서 멈춘다면 그의 수입이 줄어들기 때문만은 아닐 것이라는 생각이 들었다. 등정하는 것으로 결론이 났다. 그렇게 결정하고 나자 그리될 줄 알았다는 듯이 바람도 잦아들면서 햇살도 드문드문 이웃집 나들이 가듯 찾아왔다. 대원들은 다시 등반준비를 서둘렀다.

산악인으로서 마나슬루 정상에 올랐다는 것은 대원들에게 엄청난 성취감을 가져다줄 것이다. 그뿐이 아니라 그들의 사회적인 스팩에도 도움이 되는 것은 사실이다. 벌써 어떤 대원은 인천공항에서 인터뷰하는 준비를 해야겠다며 너스레를 떨었다. 첫 출발부터 마나슬루는 그들을 방해하지 않고 순순히 받아주었다. 환영이라도 하듯이 살을 에는 매서웠던 바람도 잦아들고 햇살도 드문드문 찾아들어 체온이 내려가는 걸 막아줬다. 덕분에 자일을 잡고 오르는 대원들은 힘이 덜 들었다. 그러나 곳곳에 위험이 숨어있는 곳을 피해서 등반하는 건 힘든 일이었다. 그런 힘든 것을 이겨내며 5시간의 노력 끝에 8163M 마나슬루 정상에 올랐다.

이곳에 발을 디디기 위해 얼마나 많은 노력을 했던가. 발아래 멀리 펼쳐진 봉우리들이 작게만 보였다. 모든 것을 얻은 듯 성취감이 가슴을 가득 채웠다. 그동안 힘들었던 일들이 컴퓨터의 델 키를 눌렀을 때처럼 말끔히 지워졌다. 산소가 희박했기에 짧은 호흡을 했다. 산소호흡기를 이용하지 않고 자가 호흡을 했다. 인위적인 어떤 도움도 받지 않으려는 조치였다. 감격스러운 순간이었다. 그 감격을 대원들이 차례로 나눴다. 정상이 협소했기 때문에 올라온 순서대로 기념

촬영을 하고 내려오면 또 다음 대원이 하고……. 촬영 시에는 태극기와 '오르리' 산악회 깃발도 함께 들고 찍는 것을 잊지 않았다. 자신도 주희와 함께 촬영하면서 감격을 나눴다. 그렇게 기쁨의 순간을 나누고 있을 때 맑기만 하던 날씨가 변하기 시작했다. 고산의 날씨라는 게 수시로 변하는 것이기에 아쉽지만 기쁨의 시간을 거둬들이고 하산 준비를 서둘렀다. 하산 길도 올라온 순서대로 산악대장인 자신이 앞에 섰다. 그 뒤엔 셰르파가, 주희는 중간 부분이었고 맨 뒤엔 부대장이 섰다. 서로 연결된 자일을 확인했다. 눈보라를 일으키는 바람은 점점 강해지고 있었다. 산을 오를 때 그들을 맞아주던 태양은 어디로 갔는지 보이지 않았다. 눈보라가 낮을 조금씩 삼키고 있었다.

이런 날씨가 이어진다면 오르는 시간보다 더 걸리겠다는 생각이 들었다. 시간에 차질이 생길 수 있다. 안전을 위해서 어둡기 전엔 출발한 4캠프에 도착해야만 했다. 나는 뒤를 돌아보았다. 대원들이 바람에 묻어온 눈보라를 뒤집어쓴 채 일렬로 발길을 옮기고 있었다. 주희도 자신의 페이스를 유지하는 게 보였다. 그 뒤까지를 확인하고는 걸음을 조금 빨리 옮겨놓았다. 그렇게 해선 안 된다는 걸 알면서도 지금 상황에선 다른 선택의 여지가 없기 때문이었다. 하산을 마치지 못하면 비박을 해야 하는데 그건 너무 위험했다. 이런 날씨엔 자칫 눈사태가 날 수도 있지만 밤을 새우다 보면 체온이 내려가 위험해질 수 있기 때문이었다. 나는 올라올 때 기억해 뒀던 위험한 곳을 생각하면서 거리를 줄여나갔다.

그렇게 다섯 시간이 넘게 내려왔을 때 날씨는 눈보라로 인해 앞이 거의 보이지 않았다. 대원들 머리서 내뿜는 랜턴 불빛만이 어둠을 가르고 있었다. 이제 조금만 더 가면 되겠다는 생각이 들면서 서두르는 마음을 진정시켰다. 걱정이 조금 덜어지는 것 같기도 했다. 그러나 아직은 안심할 단계는 아니었다. 이제 마지막 위험지역인 크레바스를 지나야 하는 일이 남았기 때문이다. 어둠이 하얀 눈 위로 번지면서 바람은 더 거세졌다. 바람에 날려 오는 눈보라가 뺨을 따갑게 후려쳤다. 차가운 기온에 노출된 얼굴은 감각이 둔해졌지만 세차게 불어오는 눈보라가 뺨에 부딪히는 아픔은 느낄 수 있었다.

자신을 괴롭히는 눈보라와 어둠을 뚫고 건너야 할 마지막 크레바스 앞에 이르렀다. 랜턴 불빛이 검은 입을 벌리고 있는 크레바스 아래로 사라졌다. 그 깊이가 얼마나 되는지는 알 수 없었다. 그 벌어진 검은 입을 통과해야만 했다. 올라올 때와 다른 점은 입을 검게 벌리고 있는 크레바스를 건너기 위해 가로놓인 철 사다리가 꽁꽁 얼어붙어 더 미끄러워졌다는 점이었다. 자일이 양쪽으로 연결되어 있긴 했지만, 그것만 믿어선 안 되는 위험한 곳이었다. 거기다 주위가 어두워 각자 자신들의 랜턴에 의존해야 하는 것도 어려움을 더해주고 있었다. 모두 도착하기를 기다려 대원들에게 그 점을 주의 시키고 차례로 크레바스를 건넜다. 자신이 지나고 다음 셰르파가, 또 그다음 그렇게 조심스럽게 건넜다. 이제 대원들의 반 정도가 그 검은 아가리를 건너왔다 싶었는데 그 순간 '아ㅡ아ㅡ악' 어둠을 가르는 비명이 들려왔다. 목소리가 주희 같았다. 뒤돌아 달려갔다.

크레바스를 가로지른 사다리는 뒤틀려있었고 검은 아가리를 벌리고 있는 크레바스 아래쪽으로 작은 불빛이 흔들리고 있었다. 주희가 보이지 않았다. 작은 불빛의 주인은 주희였다. 순간 그는 어둠에 싸여있던 주위가 하얗게 변했다. 정신이 아찔해졌다. 그녀를 위해 정신 줄을 놓으면 안 된다는 생각이 들었다. 크레바스 아래를 향해 소리를 질렀다. 소리가 아니라 악을 썼다. 자일을 잡고 피켓으로 빙벽을 찍으라고.

응답은 들리지 않았다. 그녀와 연결된 자일을 앞뒤의 대원 모두가 힘껏 당겼다. 주희가 정신을 잃지 않았다면 버틸 수 있을 거라며 자일을 당겼다. 올라오라고 계속 악을 썼다. 주희가 아니라 위에 있는 대원들이 악을 썼다. 그중에서도 그가 가장 그랬다. 아무런 응답도 들려오지 않았다. 팽팽하던 자일이 갑자기 위로 솟구치며 검은 크레바스 안에서 무언가 부딪치는 소리가 멀리서 들려왔다. 그가 기억하는 마나슬루의 마지막 모습이었다. 그는 영원히 그 소리를 잊을 수 없었다.

마지막 강의 시간이 되었다. 시간은 빠르게 흐른다지만 강의를 진행하면서 빠르다는 걸 다시 느낄 수 있었다. 수강생들이 듣고 싶어 하던 히말라야 14좌에 대해서 들려줬다. 그들의 뜨거운 눈빛이 마음의 결빙을 풀어준 모양이었다. 은둔의 나라 네팔의 산에 에베레스트라는 서양 이름이 붙은 연유며, K2 봉과 셰르파에 대한 것도. 그곳을 찾는 산악인들을 안내하고 짐을 나르는 셰르파는 쿰부의 20여 계곡에 6,000여 명이 흩어져 살고 있다. 그들은 히말라야와 뗄 수 없는 삶을 살고 있다. 그러나 마지막까지 마나슬루에 관한 이야기는 하지 않았다. 그들도 어디서 귀띔을 했는지 그곳에 대해선 묻지 않았다. 그들도 이제 남을 배려하는 걸 익힌 모양이었다.

'정상으로 가는 길은
자기 자신으로 가는 길이다
혼자 가는 길이다.'

산악인으로 명성을 떨친 '알렉산드로 고오나'의 말을 잠언으로 들려주면서 강의를 마쳤다. 수강생들의 박수가 들려왔다. 만족스러운 모양이었다. 그들이 썰물처럼 빠져나간 복도를 뚜벅뚜벅 걸어가는 그의 뒤로 또박또박 귀에 익은 소리가 들려왔다. 기다렸다. 주희를 다시 자신에게 불러준 지각생 그녀. 둘은 따사로운 오후의 햇살을 가르며 길을 걸었다. 꽃밭엔 아직 제 모습을 지닌 꽃들이 드문드문 보였다. 길 건너 커피숍으로 갔다. 시간대가 그런지 조용했다. 창가로 향하는 그들 뒤로 잔잔한 음악이 따라왔다. 자리에 몸을 내려놓으며 그녀와 눈을 마주했다.

그때 함께했었죠? 빤히 쳐다보는 눈빛이 주희를 많이 닮았다. 다시 주희 얼굴이 떠올랐다. 환하게 웃던, 쿰부에서 아이들을 안고 행복해하던 그녀가 가슴으로 들어왔다. 그럼 둘은? 그녀는 주희의 사촌 동생이었다. 전할 게 있어 강의를 신청했다고 했다. 언니가 마나슬루 등정을 떠나기 전 며칠 동안 함께 지냈는데 선생님 얘기를 많이 해줬다고 했다. 그곳에 갔다 오면 언니가 마음을 결정지을 것 같은 느낌을 받았다면서 핸드백에서 편지 한 통을 건네주었다. 수신 난에 자신의 이름이 쓰인 봉투. 잉크색이 탈색돼 있었다. 언니 유품을 정리하다 발견했다면서 미처 부치지 못하고 쿰부로 떠난 것 같았다고 했다. 자신한테 이 편지는 무거운 짐이었다면서 망설인 시간이 길었다고 했다. 이제 그 짐을 내려놓고 싶었다면서 지금쯤은 전해도 될 것 같은 생각이 들었다고 했다. 흘러간 시간을 말하는 것 같았다. 그에게 지난 시간은 그때 시간에 멈춰진 것을 그녀는 알 리 없을 거란 생각이 들었다.

주희가 어떤 말을 남겼을까? 궁금하지 않았다. 궁금할 필요가 없었다. 편지를 받아 안주머니에 넣었다. 가슴이 따뜻해졌다. 주희와 함께하는 느낌이 들었다. 쿰부에서 별을 서로의 가슴에 담으며 새우던 그 밤처럼. 맞은편에 앉은 그녀를 바라보았다. 기억의 시간이 멈춰진 그에게 그녀는 낯선 시간임이 틀림없었다. 뭔가 전해야 할 것 같은 말이 멈춰졌다. 침묵이 흘렀다. 맞은편 유리창에 흐릿하게 손짓하는 실루엣이 보였다. 환상처럼. 그곳으로 가야겠다는 생각이 들었다.

침묵을 털어내며 출입문을 향했다. 커피숍 안을 잔잔히 울리던 타이스의 명상곡이 여운을 길게 남기며 따라오고 있다.

경북일보 객주문학상 수상작, 2021

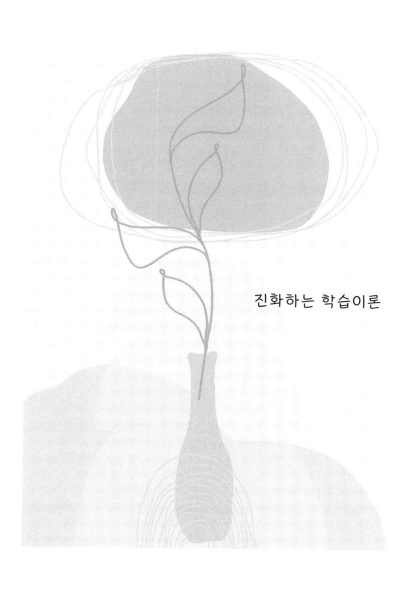

진화하는 학습이론

관성의 법칙이라는 게 있다. 움직이는 물체는 외부의 영향을 받지 않으면 그 상태를 유지하려 한다는 성질이다. 법칙이라는 말은 좀 무겁게 느껴지고 물리적인 현상이라는 게 더 합당하다는 생각이 든다. 어쨌든 뉴턴이 그렇게 명했으니 용어에 대한 거론은 넘어가는 게 맞을 것 같다. 우리가 일상으로 맞는 하루의 생활도 어찌 보면 관성의 법칙과 비슷하다. 아침 시간은 늘 갈라 써도 모자랄 정도로 바쁘다. 잠자리서 일어나 현관문을 나서기까지 시간은 아주 잘게 쪼개져 있다. 그 단위시간엔 이뤄져야 할 행동들이 있다. 매일 하는 일이지만 한 가지라도 빼놓을 수 없다. 화장은 필수다. 늦더라도 꼭 해야 한다. 정리되지 않은 모습으로 나갈 수는 없다. 그건 자신을 포기한 거나 마찬가지다. 거기다 일할 준비가 안 되었다는 의미도 추가될 수 있다. 복잡한 지하철 안에서 거울을 들고 들여다보는 짓은 하기 싫다. 옷차림도 신경 써야 한다. 여러 날 같은 것을 입는다는 건 자신도 지루하다. 명품이 아니더라도 변신이 필요하다. 그게 자신을 자신답게 하는 방법이다. 다음은 필요한 물품을 챙기는 일이다. 가끔 숄더백에서 찾는 물건이 없어 당황 한때가 있었다. 그날 사용할 자료들을 담아놓은 아이패드는 꼭 챙겨야 할 잊어서는 안되는 필수품이다. 손에 들고 다니는 스마트폰도 일단은 지하철을 타기 전까지는 백에 넣어둬야 한다. 복잡한 출근길에 부대끼다 손에서 놓을 수 있기 때문이다.

마지막으로 면접시험장으로 들어가기 전처럼 거울을 보면서 확인하고 자신한테 승낙을 받는 일이다. 그게 다 되었으면 부수적으로 따라오는 코스가 있다. 아침을 대신하는 커피를 마시는 일이다. 전장에 나가는 병사처럼 오늘 하루 결전의 준비가 완료되었다는 자신에게 보내는 신호다. 그러나 때로는 생략되기도 하고, 잔을 다 비우지 못하고 현관을 나설 때도 있지만 그건 마신 거로 한다. 그 외는 생략해도 될 만한 것은 전혀 없다. 모든 것이 순조롭게 진행되어야 한다. 그렇지 않으면 지하철을 타기 위해 달리기를 각오해야 한다.

그렇게 일상을 계속 되돌리는 게 삶이다. 그런 되풀이되는 단순함이 이어지는 시간이 쌓여 세월이 되고 나이를 먹는다. 그러나 되풀이되는 그 단순함에는 겉으로 드러난 모습처럼 그렇게 보편적인 단순함만은 아니다. 내면에는 드러나지 않은 복잡한 갈등의 강이 흐르고 있다. 저마다 형상과 크기가 다를 뿐이다. 다들 자신 안에 흐르는 강물 소리를 밖으로 드러내지 않을 뿐이다. 삶은 그렇게 소리 없이 흐르는 강이다. 어쩌면 자신이 그렇게 흘려보내는 것인지도 모른다. 속내를 드러내놓고 소리쳐봐야 쳐다볼 사람이 별로 없는 게 세상이다. 그러니 그냥 지나가게 내버려 두는 거다. 가끔 예외가 있기는 하다. 한강 다리 난간이나 빌딩 옥상, 까맣게 솟은 크레인 탑에서 용기를 내는 이들이 있기는 하다. 그러나 그것도 그때뿐, 그렇게 흘러가고 마는 걸 봐 왔다. 세상은 개인이 털끝만큼이라도 움직이기에는 너무 크고 무겁다.

틀에 박힌 생활을 하다 보면 습관이라는 관성이 몸에 밴다. 그녀는 일어나 전과 같이 아침 시간을 조각내려 하다 멈칫했다. 관성의 법칙도 외부 영향이 없을 때 그 성질을 유지

한다고 했다. 그녀는 지금 외부로부터 엄청난 충격을 받은 상태다. 그렇다면 그 관성이라는 법칙이 적용되어야 마땅하다. 그런데 이게 뭐야. 자신에겐 그런 물리의 법칙도 적용되지 않다니.

습관은 관성에 앞서는 모양이다. 그래서 습관이 길들면 고치기 힘들다고 한다. 서둘러 출근할 일이 없는데도 전과같이 일어나 몸에 익숙한 행동을 천연덕스럽게 하는 자신을 보면서 이런 바보 하며 놀라기도 한다. 그런 관성의 법칙을 깨는 작업이 몇 주째 계속되고 있다. 그런 노력 끝에 요즘은 느슨해졌다고 생각하는데도 몸은 아직 관성을 완전히 벗어나지 못한 것 같다. 지금쯤이면 어느 정도 적응이 됐을 만도 한데 아무래도 마음보다 몸이 느린 모양이었다. 회사를 출근하지 않은 지도 석 달이 지났다. 처음엔 이참에 푹 쉬어나 보자던 마음이 시간이 지나면서 이게 아닌데 하는 생각이 들기 시작했다. 시간을 쪼개던 그 아침이 조금씩 생각나기 시작했다.

유럽 심리학회에 연구의뢰가 들어왔다. 인간의 행동을 통제하는 방법에 대한 것이었다. 독일 G그룹의 CEO인 젠틀러 씨의 의뢰였다. 그는 자신의 기업을 세계 최고의 기업으로 만들고 싶었다. 그러려면 자신의 기업에서 일하는 직원은 자신의 말에 군말 없이 순종하고 따라야 이룰 수 있는 일이었다. 사람을 다루는 심리적인 기술이 필요했다. 그런 방법을 찾는데 돈은 아깝지 않았다. 엄청난 연구지원비를 제시했다. 경제적으로 어려웠던 학회는 지원비에 관심을 가졌다. 젊은 학자 몇이 나섰다. 그들에게 연구비 일부를 지급하고 결과를 지켜보기로 했다. 야심가인 CEO의 필요에 따른 연구였다.

명분이 필요했다. 사람을 의도한 대로 조종하고 예속시키려는 연구는 그리 떳떳하지 못했다. 젠틀러와 그를 추종하는 자들의 의도를 실현하려는 프로젝트였다. 그런 떳떳지 못함을 감추려면 학습이라는 순한 용어가 필요했다. 아이들 교육을 위해서라면 모든 게 허용되었다. 거기에 딴지를 걸 수는 없는 일이다. 만일 그랬다간 오히려 역풍을 맞을 확률이 높은 건 불 보듯 했다. 그러니 교육에 대한 것은 설혹 의심의 여지가 있더라도 관대했다. 대중은 정말로 아이들 공부를 위한 연구인 줄 알았다. 오해였다. 연구대상은 사람이었다. 아이와 성인의 구분이 없었다. 연구자들은 학습의 정의부터 평범하지 않았다. 인간이 어떤 행동을 익혀 습관화되는 것을 학습이라 했다. 아이들이 배우는 공부가 아니었다. 공부는 습관이 아니라 의지며, 지식은 육체가 반응하는 게 아니라 지능이 반응한다는 것을 간과했다. 합리적인 이론이나 윤리적인 문제는 무시했다. 목적에만 집중했다.

출발부터 연구에 철책은 없었다. 그들은 치밀하고 빈틈이 없었다. 인간에게 적용하려면 민주적인 방법으로 보여야 했다. 물리적 방법은 안 된다. 그건 무식한 방법이다. 무식으론 개체를 습관화시킬 수 없다. 감성에 멍이 들어서도 안 된다. 개체가 알아채지 못하는 사이 관성이 붙게 해야 한다. 겉으론 변화가 없어 보이면서도 CEO의 의지대로 모두를 움직일 수 있어야 한다. 간결한 말과 지시에 따르게 하는 단계가 최고선이지만 그렇지 못하다면 적어도 순응 단계까지는 가야 한다. 주어진 과업에 의문이나, 이유를 붙인다면 실험은 실패다. 단계를 아주 짧게 나눠 조건을 제시하고 반응을 관찰해야 한다. 나타나는 행동마다 그 특징과 원인을 분석한 후 다음 단계를 진행해야 한다. 실험은 단계마다 다를 수 있지만, 원칙적으로 같은 스텝이 적용되었다.

K 산업 총괄지원부에 근무하는 그녀는 오늘도 아침 시간을 조각내며 정해진 과정을 서둘러 마치고는 출근했다. 전과

다름없는 일과의 시작이었다. 컴퓨터 책상 위엔 자료들이 쌓여있다. 그래도 전에보다는 부피가 줄어 보였다. AI 시대에 무슨 페이퍼 자료가 저리 많다니 이해가 되지 않았다. 조직사회는 작은 것이라도 변화가 오려면 시간이 걸렸다. 총괄지원부는 수출업무 부서다. 세 개 부로 나뉘어있다. 미주, 유럽, 아시아로 나눠서 업무를 총괄한다. 그녀는 아시아 부에 근무한다. 말이 지원업무지 내용을 들여다보면 장기적인 기획 수립, 감독, 지시하는 업무가 대부분이다. 그녀는 아시아 여러 곳의 지점에서 들어오는 통계자료를 품목별로 분석하여 영업실적을 평가하는 자료를 만드는 일이었다.

업무 내용으로 보면 관료적인 냄새가 풍기는 관리, 총무 등의 팻말이 출입문에 붙었을 그런 부서였다. 전엔 실적이 떨어지는 곳에 대해 위압적으로 상대의 능력이 의심스럽다는 투의 말을 서슴없이 하면서 자존심을 건드리기도 했었다. 실적을 올리려는 심리전이었다. 그러나 세상이 바뀌어 지금은 많이 순화되었다. 이를테면 실적이 떨어졌거나 좀 다그칠 필요가 있는 곳이라 여겨지면 먼저 연락을 한다. 그쪽에 요즘 무슨 어려운 문제가 있습니까? 하는 식으로 말문을 열면 그쪽에선 영문을 잘 몰라 특별한 일이 없는데 왜 그러느냐는 식으로 나올 때쯤 이쪽의 의도를 꺼내놓는다. 별건 아니고 통계를 살펴보니 그쪽에 뭔가 좀 도와드려야 되지 않을까 해서 연락드렸다는 식이면 대부분 알아차린다. 자신들이 문제점을 찾아 해결하겠다고 나온다. 이럴 땐 본사에 근무하는 힘의 크기를 실감하면서 어깨가 조금 으쓱해질 때도 있긴 했다.

지금은 예전처럼은 하지도 못하고 하지도 않는다. 그랬다간 노조가 인권을 들먹이면서 시끄럽게 하면 정말 감당키 어려워지기 때문이다. 그녀도 노조원이긴 했다. 그러나 사무노조에 속해있어 생산노조와는 거리가 있었다. 그런 갈등의 빌미를 없애려고 회사에서 부서 이름 자체를 아예 낮은 자세로 지원부서라 바꿨다. 하지만 업무 내용은 별반 달라진 게 없는 실정이었다. 오전 근무가 끝나고 점심시간이 되자 사원들은 무리를 지어 구내식당으로 향했다.

요즘 들어 업무량이 눈에 띄게 줄어들고 있다. 세계적인 신종바이러스 영향으로 어려워졌기 때문이었다. 일이 줄어든 것만큼 시간은 남아돌았다. 시간에 여유가 생긴 그들로서는 오전 시간을 보내는 것이 지루했을지도 모른다. 그렇다고 업무 시간에 개인적인 일을 할 수는 없고 무척 답답한 시간을 보내면서 터놓고 말할 수 있는 점심시간이 기다려졌을 것이다. 사원들은 어깨를 앞뒤로 몇 번씩 돌리면서 그들의 관심사를 주고받았다. 그녀도 혜영이와 미리 약속을 잡아뒀다.

만나봐야 특별히 할 이야기가 있는 것은 아니지만 입사 동기이면서 대학 동기이기도 해 가깝게 지내는 터였다. 그러나 혜영이에겐 한 가지 흠이 있었다. 남자들한테 잘 보이려는 버릇이었다. 나이가 같은데도 남자 사원들과 함께할 때면 마치 자신이 더 어린 것처럼 행동하는 게 못마땅할 때가 있긴 했다. 그럴 땐 괜히 자신이 나이가 더 들어 보이는 것처럼 느껴져 속상할 때도 있었다. 그러나 한편으론 남자들은 그런데 전혀 신경 쓰지 않는데 괜히 혼자 그런다는 생각으로 그냥 모른 척 지나가기도 했다. 혜영이의 흠을 하나 더 말한다면 너무 외형적이라는 것이다. 멋 내기와 화려함을 좋아했다. 거기다 명품에는 아주 약해 헤어나지 못하는 형이었다. 어찌 보면 여자의 매력이라 봐줄 수도 있는 문제지만 그건 어디까지나 남자들 쪽에서 생각할 일이라 여겨졌다.

복도에서 만나 구내식당 계단을 내려갔다. 식당에는 먼저 온 직원들이 반 넘게 자리를 차지하고 있었다. 식판을 들고 배식대를 한 바퀴 돌아 식탁에 마주 앉았다. 오늘 메뉴에 무엇이 맛있고 어쩌고 하면서 식단 품평을 하면서 그녀들의 건강상태만큼이나 식판을 깨끗이 비웠다.

그녀는 자신이 맡은 아시아 쪽 실적이 떨어진다면서 미주 쪽은 어떠냐고 물었다. 혜영이도 전달보다 많이 떨어졌다면서 안 좋아 보인다고 했다. 지역 구분 없이 세계적인 현상인 것 같다고 했다. 반면에 몇몇 업종은 호황을 누리고 있다고도 했다. 신종바이러스로 인한 언택트 현상이 가져온 예기치 못한 일이라면서 세상일은 알 수 없다고 했다. 완전 날라리로 여겼는데 그래도 세상은 조금 읽고 있다는 생각이 들었다. 지금까지 자신이 가졌던 혜영에 대한 생각을 우회전하려는데 그녀의 별난 기질이 또 불쑥 파고들었다.

어제 퇴근하다 보니 백화점에 세일 안내가 보이더라. 오늘부터라는데 퇴근하다 들러볼까?

너 돈 많은가 보다. 난 쇼핑할 형편이 안 돼, 사양하겠습니다.

애는, 누가 산다고 그랬어? 그냥 구경, 아이쇼핑 하자는 거지. 그건 돈 들지 않잖아.

어쨌든 혜영이와 퇴근길에 회사 인근에 있는 백화점에 가기로 하고 잠시 업무에 관한 이야기를 이어가며 시간을 잡아두었다. 그러기를 한참, 자리서 일어나려는데 구내방송 마이크가 켜졌다.

알려드리겠습니다. 오후 2시부터 총괄지원부 직원은 10층 회의실로 모이시기 바랍니다. 회의가 있습니다.

뭔 일이래? 혜영이를 쳐다봤다.

글쎄. 요즘 들어 뭐 할 말이 있겠어? 회사 사정이 어렵다는 것밖에…….

2시가 되려면 아직 시간이 남아있었다. 그렇다고 업무를 시작하기엔 마뜩잖은 시간이었다. 혜영이와 구내식당을 나와 같은 건물 안에 있는 카페를 찾아 창가 쪽에 자리했다. 얼굴이 익은 총괄지원부 직원들도 몇씩 들어오고 있었다. 아마 구내방송을 듣고 오는 모양이었다. 얼마 뒤 주문한 커피가 되었다고 테이블 위에 놓인 알람이 드르렁거리며 번쩍거렸다. 혜영이가 일어나 카운터 쪽으로 갔다. 들고 온 커피 위엔 하트가 하얀 거품을 내면서 보글거렸다.

그녀는 우선 눈으로 맛을 느꼈다. 그런 다음 스푼으로 조금씩 떠 가볍게 입술에 대었다. 달콤하면서 쓴맛이 어우러져 맛과 향이 제대로였다. 맛에 빠져들었다. 맛을 보며 즐기는 걸 좋아하다 보니 그런 습관이 몸에 배었다. 커피만 그러는 게 아니라 다른 음식에서도 맛에 빠져들길 잘했다. 같은 음식이라도 주인에 따라 맛이 다르다. 그게 손맛이다. 그녀는 그런 다양한 손맛을 즐기는 층에 속한다. 말하자면 맛에 관성이 붙은 것이다. 그런 그녀를 친구들이 부럽다고 하기도 했다.

혜영이가 손가락으로 탁자를 톡톡 치면서 눈을 맞추려 했다. 정신을 딴 데 팔지 말라는 신호였다. 그러는 그녀들을 멀찍이 떨어진 남자직원들이 곁눈질로 훔쳐보는 게 느껴졌다. 그들 중엔 혜영이와 같은 부서에 있는 남자도 있었다. 의식적으로 눈길을 피했다. 그러나 흘끔거리면서 나누는 이야기는 간간이 들려왔다. 회사와 관련된 이야기였다. 그들이 주고받는 단편적인 말에 의문이 들었다. 그들 표정도 평소와는 달라 보였다.

재들 표정이 왜 저래?

글쎄, 감이 잡히지 않는데…….

자신보다 더 많은 회사정보를 가지고 있는 그들이다. 얘는 아직 경계선 밖인가? 그녀의 표정을 봐선 아는 게 없어 보였다. 그런데 저쪽 남자들의 표정은 무언가 심상치 않다는 느낌이 몸으로 스멀스멀 들어왔다. 얘가 지금 나한테 내숭을 떠나 하는 생각이 들다가 설마 하며 내려놓았다.

　같은 총괄지원부서지만 유럽, 미주 담당 직원들은 아시아 쪽보다는 경력도 많았지만, 소위 말하는 엘리트 출신들이 많았다. 혜영이는 경력과 출신 대학이 같은데도 어떻게 유럽 부서로 발령이 났는지 알 수 없는 일이었다. 어쨌든 그런 그들이다 보니 회사에 대한 정보를 많이 가지고 있다는 걸 그들 자신도 인정하고 있는 터였다. 커피를 다 마셨다. 처음의 달콤한 맛과는 달리 쓴맛만 입안에 가득 남아있는 느낌이었다. 다를 땐 그 맛을, 향을 즐겼는데 갑자기 쓴맛 외는 느껴지지 않았다. 감정은 맛도 변화시켰다.

　엘리베이터를 타고 10층을 향했다. 함께 탄 직원들도 말없이 침묵을 지켰다. 좁은 공간이 답답하다는 느낌이 들 무렵 엘리베이터는 육중한 몸을 멈추고 문을 열어줬다. 엘리베이터를 나서자 텁텁하던 공기가 몸에서 빠져나갔다. 안내 표지를 따라 긴 통로를 지나갔다. 회의실은 부서별로 마련되어있었다. 그녀는 아시아부라 써 붙인 묵직한 문을 열고 들어섰다. 널찍한 회의실 뒷부분 적당한 곳에 자리를 차지하고 앉았다. 적당한 자리라는 게 있을 수 없지만, 마음의 자리라는 게 있게 마련이다. 같은 공간이라도 조금은 편할 것 같은 자리, 사실은 조금 덜 불편한 자리가 맞을지도 모른다. 어쨌든 그런 자리를 찾아 자신을 내려놓았다. 다른 직원들도 그랬다. 시간이 되자 부장이 두툼한 서류 뭉치를 들고 나타났다. 앞자리에 마련된 탁자 위에 그것을 험하게 내려놓으며 자신의 감정을 투사시켰다. 직원들 앞에서 우선 기선을 잡겠다는 심리전일 것이다. 직원들은 저건 또 뭐야? 어려운 일이 있나 보네 하는 표정들이었다. 그녀도 같은 생각이었다. 부장은 무겁게 입을 열었다. 오늘 어려운 말을 해야 하는 자신도 무척 힘들다. 그러나 하지 않을 수 없는 상황이고 여러분의 신상과 직접 관계되는 일이니 잘 듣고 결정하길 바란다고 했다.

명분이 중요했다. 사람에 대한 것이라면 더구나 그랬다. 명분은 찌질한 허물도 덮어준다. 제대로 된 명분은 그런 것을 떳떳하고 당당하게도 해준다. 명분으로 가려지면 내용은 보이지 않는다. 오직 명분만 보일 뿐이다. 명분이 중요하다는 건 오래전 스페인 내전에서 증명되었다. 파시즘에 대항하는 저항군은 명분이 빛났다. 여러 시민단체가 참여했다. 세계의 젊은이가, 예술인들이 참전했다. 헤밍웨이와 조지 오웰이 그랬다. 지루한 지구전이 이어졌다. 그런 와중에 공산주의자들이 명분을 벗겨버렸다. 저항군은 사라졌다. 명분을 잃은 탓이다. 파시즘의 승리였다. 명분은 존립의 문제였다.

인간에 대한 프로젝트를 시행하려면 그럴듯한 명칭부터 있어야 했다. 학문적인 이름을 붙이면 탈이 없을 것 같았다. 연구자들을 행동주의 심리학파라 했다. 자극에 관한 반응 연구였기에 S−R 이론이라고도 했다.

지적인 학문이라는 명분을 갖게 되었다. 동물을 대상으로 하는 그들의 실험은 보이지 않았다. 그들은 사람에게 대놓고 실험을 하는 무모한 짓은 하지 않았다. 먼저 동물을 대상으로 했다. 개와 쥐가 간택되었다. 당시 동물보호단체는 없었다. 실험은 아무런 저항 없이 진행되었다. 종소리를 내면서 먹이를 주었다. 크게도, 작게도 했다. 종소리만 들어도 침샘이 반응했다. 종소리의 크기에 따라 침의 분비량도 달랐다. 실험은 순조롭게 진행되었고 결과도 나왔다.

인간에게 적용되는 차례가 되었다. 적용은 조용히 진행돼야 했다. 모두 몸에 관성이 붙은 다음엔 알려져도 무방하지만, 그전엔 실험이 적용되고 있다는 것을 알게 되면 안 되었다. G 그룹은 직원들에게 은밀히 적용했다. 결과가 느리긴 해도 눈에 띄게 나타났다. 의도된 지시에 군말 없이 따랐다. 기업 성장은 놀라울 정도였다. 이제 세계 제일의 기업이 되는 건 시간문제였다. CEO는 만족했다. 세계의 야심가들이 G그룹을 주시했다. 그중엔 정치인들도 있었다. 히틀러와 스탈린은 G그룹보다 더 빠르고 확실한 방법을 적용하기로 했다. 적용 기간을 단축하려고 물리력을 가했다. 집단을 가스실로 보냈고 따발총 세례를 퍼부었다. 최고의 의지를 따르라고 했다. 초기엔 그렇게 보였다. 그러나 오래가지 못했다. 몸에 관성이 접목되지 않았기 때문이었다. 그 일은 교훈이 되었다. 그 이후 학습이론의 적용은 더 조심스럽게 조용히 이뤄지고 있다.

본부장은 회사의 어려운 형편과 그에 따른 구조조정의 필요성을 가지고 온 서류뭉치를 들춰 보이면서 시간을 낭비하고 있었다. 부장의 장황한 이야기의 요점은 이랬다. 첫째 구조조정은 1, 2차로 나눠서 한다. 둘째 1차 구조조정 신청자는 6개월간 본봉의 70%를 지급하고 재택근무를 한다. 그 후의 신분은 회사와 협의 후 결정한다. 셋째 퇴직이 되었을 시 회사 사정이 좋아지면 복직 대상 1순위가 된다. 넷째 2차 구조조정 때는 이런 혜택이 없어진다. 그러니 이번 기회를 놓치지 말라고 했다.

1차 구조조정으로 부서별로 10명씩 배정됐다는 말을 하면서 직원들의 표정을 살폈다. 모두 꿀 먹은 입이었다. 10명이라니 이건 너무 심하다는 생각이 들었다. 이번에 지원하는 사람들한테 제공되는 특별 인센티브를 다음 기회로 미루다 놓치지 말라며 이번에 신청을 하는 게 유리하다고 했다. 그렇게 좋은 조건이면 당신이나 먼저 할 일이지 하면서 지치지 않고 주어지는 혜택에 대해 되풀이하는 부장의 얼굴을 바라봤다. 참 딱하기도 하지, 그리고 보니 부장도 정년이 얼마 남지 않았다는 생각이 들었다. 조금은 안 되어 보이기도 했다. 이 상황에서 측은지심이라니 분수도 모르는 자신이 정말 대책 없다는 생각이 들었다. 부장의 설명은 뉴스에서 반복되는 화면처럼 계속되었다. 그러나 직원들의 반응이 신통치 않자 지원자가 없으면 자신이 결정하겠다면서 그리되면 주어지는 인센티브가 없어진다는 사실을 똑똑히 알라는 말을 남기고 자리를 떠났다.

그녀는 머리가 무거워졌다. 나더러 어쩌라고? 부장의 말은 자신을 꼭 집어서 하는 것처럼 느껴졌다. 마음이 어두워졌다. 무거워진 몸을 자리에서 일으켰다. 다른 직원들도 말 없이 자리에서 일어나 묵직한 문을 열고 나왔다. 자신의 사무실로 돌아와 자리에 앉았지만, 왠지 낯설게 느껴지면서 자신이 앉은 자리가 평소 편하게 느껴지던 그 자리인지 의문이 들었다. 의자를 빙그르르 돌려봤다. 물리적인 자리는 변함이 없는데 심리적인 자리에 변화가 생겼다. 어색함이 지워지지 않았다.

답답하지? 지금 나가자. 오늘은 그냥 퇴근해도 된다잖아.

혜영의 전화다. 그러고 보니 옆자리 직원들 자리도 드문드문 비어있고 몇은 옷을 챙기며 나갈 채비를 하는 모습이 눈에 들어왔다. 그녀도 자리에서 일어나 지하 주차장으로 내려갔다.

혜영은 빨간 포르쉐 핸들을 급하게 꺾어서 지하 주차장을 빠져나와 백화점으로 향하는 도로에 들어섰다.

어떻게 할 거야?

버텨 봐야지, 첫 미끼를 덥석 물 수는 없고…….

혜영이는 뭔가 좀 알고 있는가 하는 의문이 들기도 했다.

2차엔 그 알량한 혜택도 없어진다며?

그녀는 대답 대신 액셀러레이터에 힘을 가했다. 자동차는 소리를 내지르며 엉덩이에 흰 연기를 내뿜었다. 백화점엔 화려한 옷차림을 한 사람들로 붐볐다. 다니기에 불편할 정도는 아니지만, 한눈을 팔다 보면 부딪힐 정도의 사람들이 양쪽으로 천천히 움직이고 있었다.

그녀들도 진열된 화려한 상품에 눈길을 주며 무리를 따라 이동했다. 명품들은 빛을 발하며 고객을 유혹했다. 마치 품에 안아보라고 하듯이 손을 내밀어 눈길을 끌었다. 골치 아픈 일은 집에 가서 생각하자며 혜영이 뒤를 따라갔다. 그러면서 명품 판매대에 붙어있는 가격표를 보고는 벌어진 입을 다물 수 없었다. 붙여진 가격은 그녀의 경제 개념과는 먼 다른 세상의 것이었다. 미쳤지 미쳤어, 중얼거리며 신이 난 혜영이 뒤를 따랐다. 그러다 멈춰선 혜영이 뒤에 그녀도 멈췄다. 혜영이가 눈을 반짝이며 바라본 명품 백은 가격이 천만 단위였다. 정신 나갔다는 생각이 들었다. 저 핸드백을 천만 원을 넘게 주고 산다니 그녀는 이해할 수 없었다.

너 지금 이 상황에 제정신이니?

혜영의 팔을 잡아당겼다. 그녀는 끌려오면서도 못내 아쉬운 듯이 다시 뒤돌아보면서 발길을 옮겼다. 백화점 지하 주차장에서 혜영은 자신의 빨간 포르쉐에 올라 시동을 걸었다.

두고 봐 저놈을 꼭 손에 넣고 말 거야.

아이고, 그러서. 이 엄중한 상황에서 아주 대단한 결심을 하셨구나.

빨간 포르쉐는 부르릉거리며 지하 주차장을 빠져나왔다.

지난날의 선거가 생각났다. 표를 얻기 위한 은밀한 방법의 변천사를 살펴보면 절로 웃음이 난다. 출발은 검정 고무신이 었다. 그러다 막걸리가 되었고 얇은 봉투로 진화되었다. 봉투 안엔 소주 두어 병값이 웃고 있었다. 모두 개인적인 일이 었다. 이웃 간 모두 알면서도 모른 척했다. 은밀함을 숨기는 척은 했다.

지금 생각해보면 참 순진하면서도 사람 냄새가 나는 일이 었다. 모든 일은 진화한다고 했다. 지금은 엄청난 진화에 놀 랄 뿐이다. 은밀함이 개방되고 개인에서 국가로 바뀌었다. 여기서도 명분이 중요했다. 전 국민에게 지원금이라는 돈을 지급했다. 신종바이러스 때문이라 했다. 선거를 앞둔 상태에 서 적절치 않다고 했지만, 명분이 앞섰다. 받은 사람들은 좋 기만 했다. 명분은 빛이 났다. 명분은 계속 진화되고 있다. 지 원금이라는 자극에 모두 달콤한 분비물을 흘리는 법을 배웠다.

진화는 모든 쪽에서 일어난다. 자극과 반응이라는 주체와 객체가 바뀌기도 한다. 벌써 오래전에 바뀐 곳도 있다. 잘 달리는 마차를 만드는 기업이 있었다. 그 기업의 노조는 50년 동안 매년 한 번도 쉬지 않고 파업을 했다. 정말 열심히 피나는 파업을 했다. 파업이라는 자극을 매년 회사에 주입했고 회사는 임금인상이라는 반응을 보였다. 파업에 관성이 붙었다. 그 회사는 장사가 잘되니 그렇게 버텨왔지만 다른 기업은 턱도 없는 일이었다. 사정이야 어찌 됐든 다른 기업의 노조들도 닮아갔다. 그쪽은 이제 완전히 객체와 주체가 바뀌었다. 진화의 결과였다.

아침 햇살이 쪼개지지 않은 시간을 열고는 느긋하게 방으로 들어와 어슬렁거린다. 그녀는 방바닥이며 벽에 어른거리는 빛을 따라가다가 이건 아니지 하며 자리서 일어났다. 회사에 출근하지 않은 지 벌써 5개월이 지났다. 아니 벌써가 아니고 이제 겨우 5개월이란 말이 맞을 것 같다.

시간은 절대 변함이 없다는 사실에 회의를 느끼게 되었다. 시간이란 절대적인 공간은 고정된 프레임이라고 알고 있었는데 그게 아니었다. 출근하지 않고 지내는 동안의 시간은 왜 그리 가지 않는지 모르겠다. 더디기만 했다. 회사에 출근했을 때는 빨리도 가던 시간이 집에서는 마치 출퇴근 시간 도심의 도로처럼 꽉 막혀 정체되어있는 느낌이었다. 책을 보다가도 시계를 보면 짧은 바늘은 느리기만 했다. 음악을 듣다가도 쳐다보면 뚝딱 하는 둔한 소리를 내며 돌아가는 긴 바늘은 늘 그 자리에 있었다. 시간은 절대적인 게 아니었다.

그녀는 지금 심리적인 시간의 프레임에 갇혀 있다. 아 이러면 안 되지 그녀는 거울 앞에 앉아 얼굴을 만져봤다. 아니 이럴 수가? 매끈하던 피부가 까칠해지면서 죽은 깨도 보였다. 집에서 지낸 지 5개월 만에 그녀에게 닥친 변화였다. 화장을 시작했다. 거울에 비친 자신의 얼굴을 바라보면서 '어이구 이 등신아, 좀 버텨 봐야지, 그래 첫 미끼를 덥석 물다니.' 1차 구조조정을 할 때 망설이다 신청서를 낸 자신을 향해 자책했다. 다시 생각해봐도 어리석었다. 그러나 그때 분위기로선 현명했는지도 모른다. 2차 구조조정까지 가면 그 알량한 인센티브가 없어진다는 것이 아깝기만 했기 때문이었다. 그게 미끼인 줄은 몰랐으니까. 그러나 무엇보다 그녀의 결심을 굳힌 건 회사 사정이 좋아지면 복직하는데 우선권을 준다는 조건이었다. 재택근무라는 명목으로 집에서 쉬다가 회사로 복귀하면 된다는 단순한 생각이었다. 그동안 시간이 없어 못 했던 것도 하면서 보내다 보면 6개월은 금방 지나가리라 여겼다.

그게 착오였다. 밀어낼 때까지 끝까지 버텨야 했다는 생각이 자꾸 들었다. 지금 상황으로 봐선 회사 사정이 그렇게 빨리 좋아질 것 같지 않았다. 재택근무 기간도 끝나고 나면 회사와 협의 기회가 있다고는 하지만 그건 형식상 절차고 결과는 회사에서 정해놓은 길로 가리라는 예상이었다. 그 길이란 해고가 되고 다음엔 기약 없는 시간이 그녀를 기다리는 일만 남는 상황이 되는 일이었다. 무언가 새로운 출발을 해야겠는데 확실하게 떠오르는 게 보이지 않았다. 그럴수록 생각을 다른 데로 돌리기 위해 화장에 열중했다. 공들여 한 화장을 죄다 지우고 다시 하고 그렇게 열중했다. 그녀를 가두고 있던 시간의 프레임이 문을 열어주는 듯했다. 여자가 화장에 열중하는 것은 무언가를 잊게 하는 방법이기도 하지만 새로운 무엇을 준비하는 것이기도 했다.

오늘도 화장에 열중했다. 바르고 두드리며 공을 들였다. 피부가 조금은 나아진 것 같았다. 시간의 흐름에도 적응이 되어갔다. 화장을 끝내고는 인터넷검색에 들어갔다. 우선 단톡방에 들러 새로운 소식부터 확인했다. 회원들의 관심사는 재택근무 기간이 끝난 후 자신들의 신분 문제였다. 회사에서 어떻게 할지 궁금해했다. 이제 기간도 거의 끝나가고 있었다. 자유게시판에는 해고만은 막아야 하지 않겠냐며 방법을 찾아보자는 내용도 있었다. 개인보다는 여럿이면 방법이 나올지도 모른다는 생각이 들기는 했다. 이외에도 글들이 많았는데 모두 해고에 대한 걱정이었다.

자신의 유튜브를 공개한 색다른 내용도 있었다. 많이 알려달라는 것과 '좋아요'를 부탁한다는 내용도 빼놓지 않았다. 원래는 여행지를 소개하는 내용이었는데 신종바이러스로 인해 관광지 소개가 어려워지자 산행으로 바꿔서 진행하고 있었다. 자신의 현실을 헤쳐나가는 모습이 보기 좋았다. 작은 일이지만 대단하다는 생각이 들었다. 유튜브에는 시간이 넘쳐나는 사람들이 별난 걸 다 올려놓는다. 개중엔 도움이 되는 것도 있긴 했지만 대부분 호기심만 불러놓고 내용은 기대에 미치지 못하는 것들이었다. 조회 수를 늘려 광고 수익을 올리려는 의심이 드는 내용도 있고, 성실하지 못한 것도 많았다. 그러나 단톡방 회원이 올려놓은 것은 볼 만한 내용이어서 '좋아요'를 빼놓지 않았다. 자신의 성격상 회원이라 하더라도 내용이 신통치 않으면 그렇게 하지 않는다는 걸 알고 있다.

스마트폰에 메시지 알림이 왔다. 내용을 확인하고는 가슴이 떨렸다. 갑자기 얼굴이 화끈 달아올랐다. 어떻게 대처해야 할지 답이 얼른 나오지 않았다. 회사에서 온 메시지였다.

'안녕하십니까? 그동안 회사를 위해 애써주신 점에 대해 감사를 드립니다. 귀하의 재택근무 기간이 끝나감에 따라 회사는 기간 종료 후의 일을 귀하와 협의하고자 합니다. 면담 일자를 정할 수 있도록 인사과로 연락 바랍니다. 참고로 이 내용은 본인만 알고 있기를 바랍니다. 자칫 본인에게 불이익이 갈 수도 있기에 미리 알려드립니다. K 산업 인사과장 드림'

몇 번을 다시 읽어봐도 내용은 달라지지 않았다. 그러고 보니 재택근무 기간이 딱 1주일 남았다. 벌써 하는 말이 입밖에 나왔다. 그렇게 지루하게 느껴지던 시간이었는데 반년이 지나갔다니 믿어지지 않았다. 이제 1주일이 지나면 K 산업과의 인연이 유지될지, 끝날지가 결정된다는 사실에 가슴이 떨렸다. 잘못하면 정말 순수 백수가 되는 일만 남았다. 뭔가 방법을 찾아보려 하는데 생각이 나지 않았다. 함께 근무하던 과장이나, 부장 아니 동료한테 연락해 볼까 하는 생각도 들었다. 순간 인사과장의 비밀이라는 말이 떠올랐다. 그러면서 과장이나 부장한테 부탁해봐야 별 도움이 되지 않을 거라는 생각이 들었다.

그들이 아직 회사에 남아있는지도 의문이었다. 동료에겐 더구나 못할 일이었다. 급한 김에 그리 생각했지만 그건 아니었다. 기댈 곳이 없었다. 그나저나 이걸 단톡방에 올려야 될지 고민이 생겼다. 혼자만 알고 있으라고 한 건 혹시나 있을지 모르는 단체행동을 미리 차단하기 위한 것이 아닐까 하는 의심이 들었다. 다시 단톡방에 들어가 내용을 확인했다. 면담에 관한 글은 보이지 않았다. 그럼 자신이 처음인가? 그럴 리는 없는데 이상하다는 생각이 들었다. 다른 이들도 나처럼 망설이는가? 머리가 복잡해지고 마음이 어수선해졌다.

그렇게 망설임이 며칠 지난 후 면담 날짜가 정해졌다. 다시 단톡방에 들어가 살펴봤다. 면담 관련 글은 없었다. 자신이 만일 정말 처음이라면 올려야 된다는 생각이 들었다. 올리지 않으면 숨기게 되는 꼴이라 나중에 별말을 다 들을 수도 있었다. 그러나 그게 두려운 게 아니라 작은 것이라도 숨긴다는 사실 자체가 싫었다. 한편으론 재택근무자들끼리 주고받는 단톡방에 내용을 올린다고 크게 흠이 될 일도 아니라는 생각이 들었다.

'내일 면담하러 갑니다. 어떻게 결정될지 걱정됩니다. 여러분들도 곧 가게 되겠지요? 면담 후 좋은 소식 올렸으면 좋겠습니다.'

면담 하루 앞두고 단톡방에 올렸다. 마음이 가벼워졌다. 뒤따라 힘내라는 응원 댓글이 올라왔다. 몇은 자신도 면담 일자가 잡혔다며 올렸다. 또 몇은 미안하다며 자신은 용기가 없었다고 했다. 이미 면접을 끝낸 회원들이었다. 위로와 격려의 댓글이 연달았다. 단톡방이 시끌벅적해졌다. 그 와중에 몇은 아무 말도 없이 단톡방에서 나가기도 했다.

K 산업 회전문을 열고 들어섰다. 자신이 익숙하게 다녔던 곳이었는데 왠지 어색한 느낌이 왔다. 사람들로 붐볐던 1층 로비는 전과 같지 않았다. 한산해 보였다. 카운터에서 안내를 보는 직원도 처음 보는 얼굴이었다. 10층까지 올라가는 엘리베이터가 느리게만 느껴졌다.

인사과 출입문을 열기에 앞서 잠시 숨을 고루었다. 인사과장과 마주 앉았다. 전에 보던 사람이 아니었다. 인사를 하면서 무슨 말이 나올지 과장의 입을 주시했다. 그는 덤덤한 표정으로 재택근무 종료 후의 일을 얘기했다.

퇴사와 복직인데 당신은 복직이 어렵다고 했다. 비밀유지 규정을 어겨 벌점 5점이 있어서라고 했다. 어긴 규정이라는 게 단톡방에 면담을 알린 것이라고 했다. 그들은 그런 것까지 전부 살펴본 모양이었다. 그건 단체행동을 유발할 수 있는 원인이 된다고도 했다. 무슨 그런 규정이 있느냐고 따졌다. 규정은 자신들이 만드는 것이라면서 사전에 공지한 점을 분명히 했다. 어떤 미안함이나 망설임이 없었다. 경리과에 들러 퇴직금 신청을 하라면서 일어나려는 과장을 쏘아보며 그녀가 분명하게 말했다.

그런 이유로 퇴직하라면 받아들일 수 없습니다.

받아들일 수 없다, 그러면 어쩌시려고?

그는 평온을 유지하며 할 말이 있으면 해보라는 표정이었다. 그녀도 맞받았다. 복직이 되지 않으면 법적인 모든 수단을 동원하겠다며 투쟁의 뜻을 확실하게 남기고 나왔다.

경리과에는 들르지 않았다. 집으로 돌아오면서 자신이 말한 법적 수단이란 게 무언지 생각해 봤다. 말은 그렇게 불쑥 뱉어놨지만, 방법이 얼른 떠오르지 않았다. 변호사는 비용이 많이 든다는 생각뿐이었다. 단톡방에 오늘의 일을 올렸다. 잘했다는 것과 걱정된다는 댓글이 반으로 나뉘었다. 노트북을 덮고는 침대로 가 누웠다. 몸이 물먹은 솜처럼 늘어지면서 잠에 빠져들었다.

면담을 하고 온 지도 며칠이 지났다. 냉장고 안이 헐렁해 슈퍼에 가야 했다. 반찬거리를 둘러보고 있는데 누가 반갑게 불렀다. K 산업 영업부에 근무하는 후배였다. 무슨 좋은 일이 있느냐면서 얼굴이 좋아졌다고 했다. 그냥 위로의 말이겠거니 여겨 시큰둥한 반응을 보였더니 정말 아니라고 했다. 그동안 화장을 열심히 한 효과가 나타난 모양이다. 후배는 새로운 소식이라면서 회사가 TV 홈 쇼핑 방송을 준비한다고 했다.

그동안 인터넷으로 운영하던 것을 방송으로 확대한다고 했다. 역시 K 산업이라는 생각이 들었다. 지금처럼 언택트 현상에서 발 빠른 정책 전환이라 여겨졌다. 후배는 TV 홈 쇼핑서 근무할 직원은 재택근무 기간이 종료되는 여직원 중에서 뽑는다는 소문이 있다고 했다. 지금 언니 모습이 너무 좋으니 신청해보라고 했다. 후배와 헤어지고 나서 의문이 풀렸다. 아, 그랬었구나. 고개가 끄덕여졌다. 세상 참 치사스럽다는 생각이 들면서 단톡방에서 탈퇴한 밴질거리는 얼굴들이 떠올랐다.

머칠 전 단톡방에 아직 남아있는 동료들과 저녁을 하기 위해 홍대 부근 식당에 갔었던 일이 생각났다. 홀 안은 손님들로 빈자리가 거의 없었다. 웬 사람들이 이리 많냐며 그녀가 놀라자 후배가 거의 우리와 같은 족속이라고 했다. 서울 곳곳의 카페나 음식점들은 갈 곳이 없는 사람들로 넘쳐난다고 했다. 얼른 감이 오지 않는 그녀에게 단톡방의 막내가 귀띔을 해줬다. 회사에서 나오는 인센티브로 버티고 있는 실험쥐라고 했다. 자신들 회사만 그런 게 아닌 모양이었다. 그 정도 돈이면 답답함은 달랠 수 있으니까 이렇게 몰려나와 시간을 소비하고 있다고 했다. 우리도 오늘 그렇게 나오지 않았냐면서 서로 얼굴을 쳐다봤다. 거기다 공공기관에서 주는 재난지원금이 타는 불에 기름을 부은 격이라고 했다. 언제까지 모두 써야 한다고 못을 박아놓으니 이럴 수밖에 더 있겠느냐고 했다.

할 일은 없고 시간은 남고 그래도 돈은 조금이나마 들어오고 있으니 놀기 좋아하고 일하기 싫은 사람들에겐 오히려 좋은 게 아니냐고도 했다. 이런 상황에 익숙해지면서 자신들이 요구하면 정부에서 뭔가 또 다른 것을 줄 거로 생각하는 사람들이 많아지고 있다고 했다. 자꾸 받다 보니 관성이 생겼다는 것이다. 이제 이런 상황이 계속되면 정부에서도 물러설 방법이 없다고 했다. 지원금은 계속되어야 할 것 같다고 했다.

이제 우리도 관성이 붙는 것 같잖아? 이렇게 사는 거 말이야.

'이렇게 산다'라는 말이 공짜로 산다는 말로 들렸다. 나도 정말 그리되어가는가 하는 의문 부호를 길게 자신에게 보냈다. 우리와 같은 회사가 그렇게 많은지 정말 몰랐다. 노조에 몸담았던 R이 새로운 소식이라며 입을 열었다. 정부에서 고용유지를 위해 재택근무 기간을 1년 연장하는 방안을 기업과 협의하고 있는데 곧 발표가 나올 것 같다고 했다. 거기 드는 비용은 정부 예산으로 한다면 기업으로선 손해 볼 일이 아니라고 했다. 덧붙여 노조에서는 완전고용을 위한 투쟁을 준비 중이라고 했다. 완전고용이란 해고할 수 없는 고용을 말한다고 했다. 그럼 우리도 해당되느냐는 질문이 한꺼번에 쏟아졌다. 당연히 그리돼야 하지 않느냐는 대답이 돌아왔다. 모두

R의 말이 확정된 것처럼 좋아했다. 모임의 분위기는 신기루 같은 희망으로 바뀌면서 잔이 넘치도록 맥주를 따라 부딪쳤다. 그녀에게 돌아올 혜택이 무언지는 정확히 모르지만, 잔을 갖다 댔다. 가볍지만 날카로운 유리잔 소리가 귀를 파고들었다. 맥주의 짜릿한 쾌감과 함께 한동안 움츠렸던 본능의 움직임이 감지됐던 날이기도 했다. 그날의 대화들을 다시 떠올리면서 화장을 마쳤다. 오늘은 왠지 지우고 싶지 않았다. 그냥 두기로 했다. 앞으로도 그럴 것 같다는 느낌이 들었다.

　주체와 객체가 바뀐 곳은 기업 쪽만이 아니었다. 여의도 쪽은 더 빨랐다. 재난지원금을 주고 나서부터 변화의 조짐이 보였다. 공공기관 앞에서 머리띠를 두르고 소리치는 단체가 늘어났다. 무엇을 내놓으라 정치권에 자극을 주고 있었다. 여의도는 그들의 눈치를 살폈다. 그들의 요구를 깔아뭉갤 수는 없는 일이었다. 자칫 잘못하다가는 선거에 영향을 미칠 수 있기 때문이다. 정부에다 해결하라고 압력을 넣어야 했다. 미래보다는 현재가 중요했다. 항상 권력이 먼저였다. 미래를 위해 현재를 참자는 말은 꺼낼 엄두를 못 냈다. 그들에게 권력이 없으면 미래도 없다. 권력은 선거에서 나온다. 선거에 이기는 방법에 집중해야 했다. 머리띠에 힘이 실렸다. 힘의 중심이 변하고 있다. 학습이론은 주체와 객체를 그렇게 바꿔가면서 진화하고 있다. 언젠 또 바뀔지는 예상할 수 없는 일이었다.

스마트폰이 울리면서 그녀를 불러냈다. 빨간 포르쉐가 기다리고 있었다.

뭐야, 출근은 안 하고?

나도 2차 구조조정대상이었잖아. 아직 몰랐어?

잘 나가는 너를 내가 어찌 알겠어. 그런데 2차 대상이면 인센티브는 못 받았겠네.

이 천진무구 아가씨야, 못 받긴 왜 못 받아.

그녀는 갑자기 머리가 멍해졌다. 세상에 속았다는 생각이 들었다. 아니 속은 것이었다. 아, 역시 나는 바보가 확실한가 봐 자신한테 되물었다.

어디로 가려고?

어디긴, 전에 찍어둔 거 있잖아, 같이 보러 가자. 그리고 나 다음 주에 개국하는 TV 홈 쇼핑에서 호스트로 일하게 됐다.

뭐……? 차 세워, 세……워.

멍해 있는 머리에 혜영이 년이 연거푸 펀치를 날렸다. 어지러워졌다. 의자에 기대어 세워, 세워 소리쳤지만 입안에서만 맴돌았다. 빨간 포르쉐는 엉덩이서 요란한 소리를 토해내며 도로 위를 내달렸다.

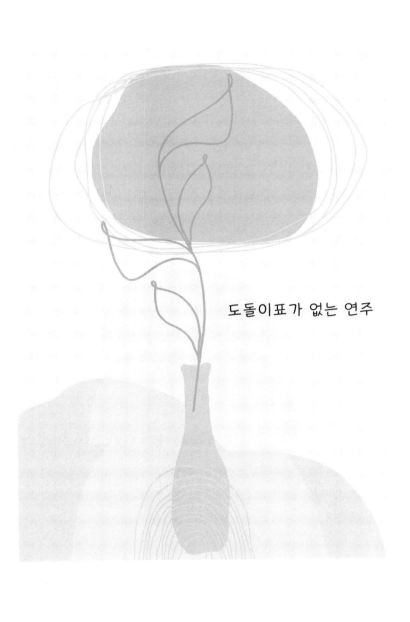

도돌이표가 없는 연주

병원에 있다는 메시지를 확인한 건 시간이 한참 지난 후였다. 부재중 전화를 확인하다 애리가 보낸 메시지를 보게 되었다. 강의 때는 휴대전화를 연구실에 두기 때문이다. 할머니가 다쳐서 병원에 있는데 크게 다친 것은 아니니 걱정은 하지 말라고 했다. 가슴이 덜컥 내려앉았다. 놀랄까 봐 그리했을 거라 여겨졌다. 생각이 깊은 아이다 보니 그리했을 거라 짐작을 하는 것은 어쩌면 당연하다. 나이 든 사람이 아프다면 걱정이기 마련인데 병원에 있다니 놀랄 수밖에 없었다. 남아있는 강의는 조교한테 부탁하고 병원으로 달려갔다. 차들이 심하게 막혔다. 이 시간에 무슨 차들이 하면서 미음이 조급해졌다.

경숙이 병실 문을 급히 열고 들어서니 애리가 보였다. 얼굴에 걱정이 가득 서린 애리가 말없이 손을 잡았다. 걱정스럽다는 것이었다. 애리 옆에 양미화라는 이름표가 붙은 병실 침대에는 착 가라앉은 엄마가 누워 있었다. 겉으로 봐선 어디를 얼마나 다쳤는지 알 수 없었다. 몸이 약하다는 것은 알고 있었지만 이렇게까지 여윈 줄은 몰랐었다. 가슴이 울컥해지는 것을 겨우 참았다. 잠이 들었는지 눈을 감고 있었다. 제대로 돌봐드리지 못한 후회가 새삼스러웠다. 그런 후회는 누구나 일상으로 접할 수 있는 일이지만 늘 그 순간뿐이다. 지나고 나면 자기 일에 묻혀 잊어버리게 된다. 사람 사는 게 다 그렇다. 결정적인 어떤 순간이 아니면 그저 그렇게 잠시 아픈 마음을 지니다 잊게 된다. 어쩌면 그게 맞을지도 모른다. 안타까움이나 아픔을 지닌 채 지낼 수는 없는 일이다. 경숙은 오늘은 잠시의 그런 마음이 아닐 것 같다는 생각이 들었다. 걱정스러운 모습으로 옆에서 바라보던 애리가 입을 열었다. 학교에서 돌아와 방에 있는데 현관에서 무슨 소리가 나는 것 같아 나가봤더니 할머니가 쓰러져 있었다고 했다.

고모, 할머니가 현관 계단에서 왜 그렇게 쓰러지셨는지 모르겠어요.

평소에는 이상한 점이 보이지 않았어?

그럼요, 달리 이상한 것은 보지 못한 것 같았는데…….

할머니 곁에 종일 있지 않기 때문에 자신 있는 대답은 못하지만 함께 있는 동안은 그랬다고 했다. 여러 가지 검사를 했는데 결과가 나오는 데는 시간이 좀 걸릴 거라고 했다. 애리가 고마웠다. 이런 상황에서 애리가 없었다면 어찌할 뻔했을까 생각하니 가슴이 서늘해졌다. 그랬다면 달리 방법을 취했겠지만, 그렇다 하더라도 자신이 출근한 다음에 일어나는 일은 어쩔 수 없는 일일 것이다. 같이 있겠다는 애리를 집에 들어가 쉬라고 했다. 할머니를 급히 모시고 온 후로 내내 병원에 있느라 피곤도 하고 해야 할 일도 많은 아이다.

애리는 미국에 사는 창수 오빠 딸이다. 오빠는 대학을 졸업하고 미국계 회사에 입사해 근무하다 미국 지사로 가면서 미국 생활이 시작되었다. 지금은 영주권이 나와 미국인이 되었다. 그동안 가끔 귀국해 엄마를 만나고 가기는 했는데 지금은 자신도 나이가 들면서 귀국하는 일이 뜸해졌다. 그래도 고국은 잊지 못했는지 딸을 한국에 보내 공부시켰다. 애리가 입학한 대학에는 외국에서 온 학생들을 위한 기숙사가 있었지만, 애리는 할머니 집으로 왔다. 자신의 아버지가 살았던 집이기도 했다. 엄마는 좋아했다. 미국 손녀딸을 못 볼 줄 알았는데 함께 생활하게 되었다니 반가울 수밖에 없었다. 애리는 미국에서 태어났음에도 의사소통에 문제가 없었다. 집에서 한국어를 사용하는 창수 오빠의 영향이리라.

엄마가 애리에 대해 더 살갑게 생각하는 것은 따로 있었다. 키운 정 때문이다. 애리가 태어났을 때 맞벌이인 오빠 부부는 아기를 돌봐줄 사람이 마땅치 않았다. 고심 끝에 엄마를 미국으로 불러들였다. 엄마의 미국 생활이 시작되었다. 애리가 성장해서 유치원에 다니면서 더 있으라는 아들 부부의 부탁을 거절하고는 한국으로 돌아왔다. 영어가 서툴긴 하지만, 의사소통은 되어 그곳 생활에 어려움이 없었는데도 한국에 오고 싶더라고 했다. 아들 며느리와 그만큼 살았으면 됐다는 생각이 들기도 하고. 거기다 한국에는 살가운 딸이 있고 마음 터놓을 친구도 있는데 낯선 곳에서 살 일이 아니더라면서, 사람은 어렸을 때 익힌 습관대로 사는 게 마음 편하다고 했다. 그런 엄마가 지금 아무 말 없이 누워 있다.

딸과 같이 살겠다며 붙잡는 아들 손을 놓고 자신한테로 왔는데 자신은 그렇게 하지 못했다. 남편의 일로 충격에서 벗어나지 못했기 때문이기도 했고, 자신의 일 때문이기도 했다. 거기다 엄마가 건강하기도 했기에 마음을 세세히 쓰지 않았다. 또 자신이 젊었기 때문인지도 모른다. 모든 일은 나이를 들어봐야 알게 된다. 지나놓고 보면 서운했을 그런 일을 그때 알았더라면 후회는 없었을 거다. 그러나 세상일이 어디 그런가.

저녁 무렵이 되어서야 담당 의사가 보호자를 불렀다. 진료실에서 검사한 차트를 보고 있던 의사가 말없이 그녀를 맞았다. 왜 그런 느낌이 들었는지는 모르지만, 의사와 눈이 마주치는 순간 예감이 좋지 않았다. 가슴이 답답해졌다. 속이 울렁이는 것 같기도 하고 갑자기 혈압이 오르는지 얼굴이 화끈거리는 것 같았다. 이마에 열도 있었다. 의사는 그런 경숙을 바라보며 말문을 열었다.

지금 당장은 걱정하지 않으셔도 될 것 같습니다. 넘어진 부분의 뼈에는 다행히 큰 이상이 없습니다만, 그런데…….

의사가 말끝을 맺지 않고 흐리자 경숙은 마음이 더 움츠러들면서 '지금 당장'이라는 의사의 말이 자신을 옥죄였다.

말씀드리긴 뭐하지만, 검사 결과에는 알츠하이머 증세가 보입니다. 어느 정도 알고 계시겠지만 이 병은 상황에 따라 진행속도가 달라질 수 있는 거니까 우선 약물치료를 하면서 관리해보도록 하시지요.

충격이었다. 나이 들어 가장 피하고 싶었던 일이 엄마한테 일어났다니 믿어지지 않았다. 정신을 놓고 있는 그녀에게 의사는 몇 가지 말을 더 얹어놓았다. 환자한테 지금 알려줄 필요는 없다. 시간이 지나면서 천천히 알아채도록 해야 한다. 중요한 것은 그 시간을 놓칠 수도 있다. 어느 날 갑자기 병세가 나빠져 기억이 돌아오지 않을 수 있는데 그때는 늦다. 그러기 전에 알 수 있도록 해야 한다. 그 시간이 참으로 애매했다. 너무 빠르면 충격이 심할 테고, 자칫 반발로 아니라고 억지를 부릴 수도 있는 일이었다. 그러다 늦으면 무슨 말인지 알아듣지 못하니 정말 어려운 시간 선택이다.

예전에 살았던 고향 집을 찾아갔다. 엄마의 부탁도 있었지만, 그녀 자신도 궁금했는지 모른다. 다만 그걸 경숙이 자신이 느끼지 못했을 뿐이라는 생각이 들었다. 정말 오랜만의 걸음인데도 마음은 조용했다. 기억이 너무 많아 그런가? 경숙은 그런 자신이 이상하다 여겨졌다. 아무런 설렘도 없다니, 작은 그리움 같은 거라도 있어야 하는 게 아니냐고 자신한테 물어봤다. 그렇게 할 이유는 충분한데 이렇게 담담하다니 가슴이 상처의 딱지처럼 굳어버린 게 아닌가 했다. 마음이야 어찌 됐건 발길은 유년의 시간이 쌓여있는 통천 댁에 멈춰섰다. 경숙이 어린 시절을 보낸 곳이다. 기억을 하나하나 되짚었지만 새삼스러운 일렁임은 없었다. 마음이 이렇게 평상심인 것은 시간을 함께해온 이들이 떠났기 때문이라 여겼다. 그녀와 함께했던 사람 중에 마지막인 엄마도 같이할 시간이 그리 많지 않아 보였다. 그리움, 사랑, 미움, 질투 같은 감정의 덩어리들이 파편으로 부서지는 일은 부대끼며 함께하는 사람에게 있는 마음이다. 없는 사람한텐 그런 감정이 생기지는 않는다. 사랑도 미움도 살아있는 사람의 몫이다.

열린 쪽문으로 통천 댁 안이 보였다. 마당은 깨끗했다. 풀을 뽑아 한곳에 모아둔 모습이 눈에 들어왔다. 사람이 사는 것 같지는 않아 보였지만 관리하는 이는 있는 것 같았다. 마당 안으로 들어섰다. 옛날과는 조금 달라진 모습이었다. 그래도 안채와 사랑채가 이어진 마루는 옛 모습 그대로였다. 사랑채는 많은 기억이 쌓인 곳이다.

대학생이던 오빠가 방학 때면 친구들과 나누던 철학적인 이야기들이 지금도 들리는 것 같았다. 그들의 대화를 알지도 못하면서도 옆에서 귀를 기울이던 앳된 소녀의 모습이 어른 거렸다. 한때는 젊음이 빛나던 곳이었는데 조용하기만 했다. 그곳은 그녀에게 잊을 수 없는 곳이다. 어느 여름이었다. 참 매미 울음소리가 한낮의 더위를 식혀주는 소나기처럼 들리 던 때였다. 그런 어느 오후 오빠 친구 되는 대학생이 찾아왔 다. 박민수 그였다. 둘은 친한 친구였다. 멀찍이 있는 그녀를 오빠가 불렀다.

경숙아, 이리와 오빠 친구한테 인사하렴.

오빠 친구가 아는 체를 했다.

이렇게 예쁜 동생이 있는 줄은 몰랐네, 만나서 반가워요.

너도 사람 보는 수준은 있구나, 중학생이야, 이제부터 배 워야 할 게 많아.

공부 잘하는 오빠가 있는데 무슨 걱정이야, 네가 가르쳐주 면 되지.

통천 댁에서 그와의 인연은 그렇게 시작되었다. 삶이란 어 찌 보면 참 허망하기 그지없는 일이었다. 그 인연이 오래가 지 못했으니 말이다. 그래도 추억은 모질게도 가슴에 생생히 남아있다. 때로는 그런 생생함이 슬프다는 생각이 들기도 했 지만. 한편으로는 삶의 시간이 길어지면 누구나 그런 아린 추억을 하고 있을 거라는 생각이 들어 위로가 되기도 했다.

마당을 나와 주위를 살펴보았다. 전에 모습이 그리 남아 있지 않았다. 초가집들이 옹기종기 모여 있던 시골의 정겨운 모습은 지붕이 뾰족한 전원주택들로 바뀌었다. 당시 통천 댁은 동네에서 보기 드문 기와집이었다. 제일 좋은 집인 셈이었다. 지금은 전원주택들 숲에서 작아 보이기까지 했다. 시간은 세상 모습을 바꿔놓았지만, 지금도 전에처럼 택호가 불리는지 궁금해졌다. 마침 마주 오는 아주머니한테 물어보았다.

모르겠어요. 이사를 와서. 그런데 어디서 오셨어요? 집 판다는 소리는 못 들었는데.

그게 아니고, 옛날 이 동네서 살았기에 지나다 들러봤어요.

그러세요, 주인은 모르겠고, 좀 전에 관리인을 봤는데 다시 올지도 모르겠네요.

말을 뒤에 남겨놓고 맞은편에 있는 빨간 지붕의 전원주택으로 사라졌다. 통천 댁은 집을 부르는 택호였다. 사람이 아니라 집에 붙여진 이름이다. 그녀의 윗대 할머니 중에서 친정이 통천인 분이 계셨던 모양이었다. 그에 관한 이야기는 어렸을 때 들은 것 같기도 한데 기억이 어렴풋했다. 관리인이라는 사람을 볼 수 있을까 하여 마을을 살피며 시간을 보냈지만 나타나지 않았다. 아쉬웠다. 그를 만났으면 지나간 추억의 언저리를 조금 더 볼 수도 있었을 거라는 생각이 들었다.

병원에서 며칠간 입원했다 집으로 돌아온 엄마는 아무 일도 없었던 것처럼 평온한 일상을 보냈다. 그 평온한 일상이 늘 조심스러웠다. 병원에서 타온 약은 잊지 않고 먹고 있었다. 약을 그렇게 먹는 일은 지금은 별일 없이 잘 되고 있다. 그 별일 없는 일이 언제까지일지는 알 수 없는 일이지만. 애리가 미국으로 출국하기 전까지는 곁에서 지켜보니 당분간은 걱정을 않아도 되었다.

그렇게 몇 달이 지나갔다. 가끔 기억이 단절되는 때가 있는 것 같은데 엄마는 내색하지 않았다. 애리 말로는 언제 할머니가 물었다고 했다. 왜 약을 계속 먹어야 하느냐고. 애리는 엉겁결에 나이 들면 뼈가 약해지기에 먹는 거라고 둘러댔다고 했다. 그때 할머니는 조금은 미심쩍은 표정을 짓는 것 같았다고 했다. 아마 당신도 이상하다는 것을 느꼈던 것 같았다. 애리가 학교에 가고 둘만 있을 때 조용히 물어봤다.

엄마, 전에 쓰러졌을 때 기억나? 그때 현관으로 왜 나갔어?

한참을 망설이다가 입을 뗐다.

그때 너희 아빠가 찾아왔더라. 현관에서 날 보고 손짓을 하잖니. 얼마나 놀랐는지.

그래서 어떻게 했어?

어떻게 하긴, 반가워서 달려갔지.

그래서 만났어?

만나려는데 너희 아빠가 자꾸 멀어지면서 앞이 캄캄해졌어. 그다음엔 생각이 안 나. 그때 내가 헛것을 본 모양이야. 별일도 다 있지.

이해가 갔다. 그렇게 현관으로 나오다 발을 헛디뎌 넘어진 것일 거다. 병원에서 퇴원하고 나서 애리가 기억이 난다면서 한 말이 떠올랐다. 할머니가 가끔 알 수 없는 혼잣말을 하는 걸 봤는데 그게 아마 병의 시초가 아닌가 생각된다고 했다. 그런지 몇 개월은 되었다고 했다. 엄마의 몸에 이상이 온 것은 상당한 시간이 흐른 셈이었다. 가슴이 아팠다. 그런 엄마의 변화를 알지 못하고 지나친 자신이 죄스럽기만 했다. 생활이 바빴다고는 하지만 어쩌면 그건 이유에 불과할 수도 있었다. 엄마도 그런 자신을 조금은 느꼈을 텐데 아무 말 없이 지난 걸 보면 딸이 걱정할까 봐 그랬을 거라는 생각이 들었다. 아니면 자신한테 그런 무서운 일이 일어나는 것이 두려웠을지도 모른다. 그런 사실을 인정하고 싶지 않아 아무렇지도 않은 듯 지냈는지 모른다. 그동안 소홀했던 것이 후회스러워 엄마를 자주 찾았다. 그렇게 1년을 보내는 동안 어려운 일도 많았다. 혼자 외출했다가 집을 찾지 못해 경찰의 도움을 받은 일이 몇 번 있고 나서는 외출을 하지 않았다. 두려웠던 거다. 그러나 그것도 정신이 맑을 때의 이야기고 어느 순간 정신 줄을 놓았을 때는 그렇지도 않아 늘 조심스러웠다. 애리가 고생했다. 한국에서의 공부도 끝나가고 있었다. 몇 달 있으면 미국으로 가야 하는데 아픈 할머니를 두고 떠난다는 게 마음에 걸리는 모양이었다. 애리도 고민이 깊어졌다.

  엄마도 정신이 맑았을 때 자신한테 일어나는 일을 알게 된 것 같았다. 애리가 미국으로 가야 하는 일도, 경숙이 학교 일로 시간이 자유롭지 못하다는 것까지 인지하고는 스스로 결단을 내려야겠다는 결심을 했던 모양이었다. 정기적으로 가는 병원 의사한테서 더 늦기 전에 보호자한테 자신 생각을 밝히라는 조언을 들은 것 같기도 했다. 애리의 대학 졸업이 얼마 남지 않았을 때 둘을 앉혀 놓고 입을 열었다. 맑은 정신이었다.

애리야, 그동안 고생 많았다. 이제 집으로 가야지. 그리고 경숙이도 바쁜 시간에 고생했다.

할머니, 어떻게 할머니를 두고 가겠어요.

걱정하지 마라, 이참에 부탁이니 꼭 들어줘야 한다. 너희들을 더는 고생시키고 싶지 않다. 이렇게 제정신으로 있을 때는 정말 미안하고 부끄럽다. 날 그런 부담감에서 벗어나게 해줘야겠다.

엄마는 당신의 고향인 바닷가에 있는 요양병원에 가겠다고 했다. 바다가 보이는 풍광이 좋은 곳이라고 했다. 지금 다니고 있는 병원에 부탁해 벌써 다 알아봐 놨다고 했다. 더 나빠지기 전에 준비한 모양이었다. 어찌 될지 모르는 남은 삶의 시간을 추억이 쌓인 고향에서 보내고 싶었던 것 같았다. 엄마의 마음에 이해가 갔다. 태어나고, 결혼해 아이들 낳아 기른 곳, 남편을 저세상으로 먼저 보낸 곳에서 남은 삶의 시간을, 그것도 온전치 못한 시간을 보내겠다는 마음이다. 이런 결정도 지금 정신이니 가능하지 나중에는 어찌 될지 모르는 일이었다. 엄마는 자신한테는 그리 시간이 많지 않은 것 같으니 서두르라고 했다.

그리고, 애리한테 부탁인데, 미국 가면 아비한테 나 때문에 찾아오지 말라고 해. 괜한 걸음 하지 말라고. 약속해줘야 해.

　엄마의 부탁은 단호했다. 어쩌면 아들한테 자신의 그런 모습을 보이고 싶지 않은 심정인지도 모른다. 또 한편으로는 힘들게 한국에 와 자신을 만났는데 아들을 알아보지 못하면 아들은 얼마나 마음 아파하겠는가. 그것까지도 생각한 모양이었다. 딸인 자신을 보고는 당신이 요양병원에 가면 되니, 학교 일을 계속하라고 당부했다. 평소 엄마처럼 아프면서도 엄마의 역할을 다 하려는 마음 씀에 가슴이 저렸다.

　당신이 원하는 대로 고향인 바닷가에 있는 요양병원에 입원했다. 거기서 몇 달 지나고 나니 마음도 안정되어가는 듯했다. 다른 환자들과도 어울려 이야기도 나누고 했다. 처음엔 주말마다 찾아갔다. 엄마는 그러지 않아도 된다고 했다.

　경숙아, 며칠 전 애리한테서 전화가 왔더라. 거기서 다시 대학에 다닌다면서 할미 걱정을 하기에 내 걱정은 말라고 했다. 참 정이 많은 아이야. 그런데 너 언제 시간을 내 통천 댁에 한번 갔다 와, 어떻게 되었는지……?

　당신의 젊은 시절을 보낸 거기가 궁금했던 모양이었다.

통천 댁을 떠난 것은 아버지가 돌아가신 후였다. 그때의 기억은 시간이 많이 흘렀는데도 또렷했다. 중학교를 졸업할 무렵이었다. 수업이 끝나자면 두어 시간이 남았는데 담임 선생님이 자신을 불러 빨리 집에 가보라고 했다. 그 무렵 학교에서는 좀처럼 조퇴 같은 것을 허락하지 않던 때였다. 순간 집에 무슨 일이 생겼다는 생각이 들어 부리나케 달려왔다. 집에는 엄마가 보이지 않았고 집안일을 도와주던 아주머니가 아버지에게 큰일이 났다며 병원을 알려 줬다. 엄마가 병상에 누워 있는 아버지한테 정신 차리라며 어쩔 줄 몰라 했다. 갑작스러운 일이라 제정신이 아니었다. 경숙은 아버지 손을 잡고 눈을 맞추었다. 자신을 알아 보는 것 같은 느낌이 들었다. 무슨 말인가 하려고 입을 움직이는 듯했지만 가쁜 숨소리만 들렸다.

아빠, 정신 차려봐. 엄마, 어떻게 된 거야? 의사 선생님은 뭐래?

한꺼번에 쏟아놓는 딸의 다급한 물음에 엄마의 힘없는 대답이 돌아왔다.

나도 모르겠다, 어쩌다 이런 일이, 아버지가 빨리 깨어나

셔야 하는데…….

그렇게 말하는 엄마는 넋이 나간 모습이었다. 여기저기 검사를 방금 마쳤다고 했다. 오빠와 삼촌한테는 연락했다면서 더듬더듬 사정을 말했다. 낮에 집에 들어와 어딘가 전화를 하다가 쓰러졌다고 했다.

아버지는 건설회사의 이사였다. 이사라는 자리는 회사에 돈을 투자하고 수익을 나눠 갖는 자리다. 지역의 작은 회사들은 거의 그렇게 했다. 지역 업체라 큰 규모의 사업은 직접 하지 못하고 대기업에서 하도급을 받아서 했다. 그러니 일을 끝내도 수익이 그리 남지 않았다. 수익이 많아야 가져오는 몫이 커지는데 그렇지 못하자 회사 사정도 나빠졌다. 거기다 사장은 적은 수익도 제대로 나누지 않는 모양이었다. 아버지가 그런 일로 사장과 전화로 다투는 것을 몇 번 본 적이 있었다. 갑자기 이렇게 쓰러진 것도 그와 관련이 있지 않나 하는 의심이 들었지만, 제정신이 아닌 엄마한테 얘기할 상황은 아니었다. 아버지는 의식이 깨어나지 못하고 있었다. 의사가 병실로 와 보호자를 찾았다. 엄마는 겁먹은 얼굴로 의사를 쳐다봤다.

환자분은 뇌출혈로 인한 신경마비입니다. 지금은 의식이

꺼져 가는 상태입니다.

선생님, 아버지를 깨어나게 해주세요. 제발 부탁드립니다.

중학생인 딸의 애원을 물끄러미 바라보던 의사는 엄마를 보며 말을 이었다.

수술 방법이 있기는 하지만 지금은 그것도 어려운 시점에 와 있긴 합니다. 수술한다고 해도 결과가 좋지 않을 확률이 높습니다. 그래도 하겠다면 빠를수록 좋습니다.

선생님, 수술 후 결과가 좋지 않다는 말은 무슨 뜻인지……?

그렇습니다, 말하기 어렵지만 나쁜 결과일 수도 있습니다.

그럼 수술을 안 하면 어떻게 되는지요?

지금 상태로 봐선 뇌사상태가 될 것 같습니다. 호흡만 하는 상태인데 사망은 아니지요.

보호자가 잘 생각해서 결정하기 바란다는 말을 남겨놓고 병실을 나갔다. 위험 부담이 되더라도 수술을 하느냐, 의식이 없더라도 생명을 유지하느냐의 선택은 어떻게 할지 정말 어려운 문제였다.

엄마, 이러고 있으면 어떻게 해? 아빠가 깨어나지 못하면 어떡해.

이것아, 난들 이러고 있는 게 속이 어떻겠니. 애가 타는구먼.

엄마 혼자서 결정하기는 어려웠다. 엄마와 둘이 서로 부둥켜안고 눈물을 흘렸다. 아빠는 점점 의식을 잃어가는 것 같았다. 몇 시간 전만 해도 겨우 자신을 알아보는 듯했는데 지금은 눈을 아예 뜨지 못하고 있다. 밖에는 갑자기 눈이 내리기 시작했다. 그것도 굵은 눈이 세차게 내렸다. 온천지를 하얗게 덮으며 쌓여갔다. 갑작스러운 눈에 차들이 뒤엉키며 오도 가도 못하는 모습이 창 너머로 들어왔다. 아빠의 갑작스러운 일처럼 어지러운 모습이었다. 그때 병실 문이 열리며 오빠와 삼촌이 들어왔다.

아버지 저 왔어요, 눈 좀 떠보세요.

형님, 이게 무슨 일입니까? 정신 차례 보세요.

두 사람의 간절함에도 아버지는 눈을 뜨지 못했다. 엄마는 두 사람이 숨돌릴 사이도 없이 지금 당장 중요한 결정을 해야 한다며 그동안 사정을 말했다. 이야기를 들은 오빠는 수술하자고 했다. 삼촌은 결과도 확실치 않고 위험하다는데 하면서도 엄마와 오빠의 결정에 따르겠다고 했다. 엄마도 아들의 의견에 따르기로 했다. 나도 오빠와 같은 생각이었다. 어린 마음에도 그냥 손 놓고 보고만 있을 수는 없다는 생각이 들었다. 수술 이후 잘못되었을 때 일어나는 일에 대해서는 생각할 겨를도 없었다. 오직 아버지가 깨어나기만 바랐다. 의사에게 수술하겠다고 밝혔다. 수술 준비는 빠르게 이뤄졌다. 아버지는 바로 수술실로 옮겨졌고, 엄마가 수술결과에 대해 아무런 문제를 제기하지 않겠다는 서약서에 서명하고 나서 바로 수술이 시작되었다.

수술이 끝나기를 기다리는 시간은 초조했다. 엄마는 아무 말이 없었다. 그런 엄마를 삼촌이 위로하고 있었다. 오빠는 몸을 떨고 있는 나를 안아주며 괜찮을 거야 하며 달래주었다. 그 말은 나에게보다 오빠 자신에게 하는 말이기도 했다. 4시간의 긴 수술을 끝내고 나오는 의사는 지쳐 보였다. 수술결과가 궁금한 자신들을 향해 최선을 다했다면서 기다려보자고 했다.

아빠는 깨어나지 못했다. 그래도 심장은 계속 뛰고 있었다. 의사가 말한 두 번째 우려였다. 수술 이후에 대해 생각지 못한 일이었다. 어쩌면 삼촌은 거기까지 생각했을 거라는 짐작이 갔다. 수술 얘기가 나왔을 때 잠시 망설인 게 그런 게 아닌가 하는 짐작이다. 그래도 의식은 살아있는지도 모를 일이다. 수술 이후의 시간은 고스란히 엄마의 시간이었다. 경숙이도 학교를 서울로 옮겨 다니게 되었다. 중학교를 졸업하고 고등학교에 가야 할 때 삼촌이 찾아왔다.

형수님, 경숙이 학교는 서울서 다니게 하지요.

경숙이 말도 들어봐야지만, 그럴 수 있으면 좋기는 한데.

삼촌이 자신을 서울로 데리고 간 것은 엄마를 위해서였다. 아니 아버지 때문이라는 게 더 정확한 말일 것 같다. 딸을 서울로 보내면 엄마가 아버지 간호에 전념할 수 있기 때문이었다. 그렇게 되어 고등학교는 서울서 오빠와 함께 다니게 되었다.

아무 말도 못 하고 누워 있는 아빠의 병간호는 오롯이 엄마 몫이었다. 아들과 딸은 자신의 시간에 쫓겨 엄마의 시간 어디쯤을 나눠 가지지 못했다. 엄마는 응답이 없는 아빠와 일 년이 넘게 함께하다 보내드렸다. 아빠와는 이별의 말을 나눌 수 없었다. 그러나 엄마는 어쩌면 나눴을지도 모른다. 그 긴 시간을 함께하며 이야기를 했으니 이별의 말도 있었을 거란 생각이 들었다. 엄마만의 일방적이었겠지만, 아빠도 거기에 대한 응답을 어떻게든 했을 거란 생각이 들었다.

모처럼 강의가 없어 시간에 여유가 생겼다. 창으로 들어오는 햇살이 연구실 안을 환하게 밝혀주고 있다. 의자를 돌려

눈이 부신 햇살을 피하면서 주말에 만나게 될 엄마를 생각했다. 살아간다는 것이 엄중하다는 걸 느끼면서 자신을 뒤돌아봤다. 모든 게 우연으로 이루어진 것 같았다. 그러나 그 우연은 정말 우연이 아니고 이미 정해져 있었던 것 같다는 생각이들었다. 그것을 모르는 우리는 처음 가는 길에서 이정표를 따르듯이 그렇게 가는 것일 거다.

우리는 그것을 운명이라 부른다. 운명은 정말 피할 수 없는 것인가? 인생은 그렇게 정해놓은 길을 따라가야만 하는 것인가? 그렇다면 삶에 무슨 의미가 있다는 말인가. 놓여 있는 철로 위를 달리는 기차와 같은 처지라면 굳이 길을 찾을 고민을 할 일이 없을 거다. 그래도 알고 있는 게 있다면 가는 방향 정도일 거다. 그런 것을 의식이라 한다. 그래 의식이 있다고 해서 달라질 것은 별로 없다. 단지 철로 위를 가고 있다는 것을 인식할 뿐, 달리 선택할 길은 없다. 엄마와 자신이 살아온 길이 마치 철로 위를 따라가는 것과 닮았다는 생각이 들었다. 오빠도, 남편 민수도 다 그렇다는 생각이 들었다.

남편의 일은 오래되었지만, 아직도 생생하다. 대한항공 007편 격추사건. 사고현장인 사할린의 파도는 거칠기만 했다. 남편의 영혼이라도 달래주려고 찾아가 바다에 던진 꽃들을 하얀 이빨을 드러낸 파도가 금세 삼켜버렸다. 파도는 슬픔을 달래주려는 어떤 몸짓도 없이 뱃전을 후려치며 쫓아내려고 했다. 소련의 거친 짓거리와 빼닮았다. 남편은 미국 출장에서 처남이자 친구인 창수 오빠를 만나고 한국으로 돌아오는 길이었다. 김포 공항으로 향하는 비행기는 앵커리지를 지난 후 소식이 끊어졌다. 소련 전투기에 의해 격추되었다. 탑승객 269명 전원이 사망했다. 그녀의 남편 민수도 그중 한 명이었다. 민간 항공기를 격추한 세상이 놀랄 일이었다. 경숙은 그렇게 결혼 3년 만에 남편과 이별해야만 했다. 지금은 남편도 자신 앞에 놓인 길을 따라갔을 뿐이라 생각하면서 아픔을 덜어내고 있다.

통천 댁에서의 시간은 아버지의 장례로 끝이 났다. 엄마가 서울로 오면서 다시 가족이 합치게 되었다. 엄마로선 아빠와 함께했던 그곳을 떠나기 힘들었을지도 모른다. 그러나 아빠가 없는 집에서 혼자 지내는 것도 힘든 일일 것이다. 거기다 미혼인 아들과 딸을 두고 혼자 지낼 일도 아니었다. 엄마가 올라와 가족이 합쳐지면서 다시 생활이 안정되었다. 아빠를 돌보느라 힘들었던 엄마가 쉴 시간이 생겼다. 경숙은 엄마한테 그런 시간을 많이 주기 위해 될 수 있는 한 일찍 들어와 집안일을 거들었다. 엄마도 아버지를 잃은 슬픔에서 조금씩 벗어나는 것 같았다. 그런 엄마한테 통천 댁은 어떻게 처리하고 왔는지 물어볼 생각은 못 했다. 자신의 생활이 바쁘기도 했지만, 자칫 엄마의 마음을 다칠까 염려에서였다.

대학 3학년 마지막 학기가 끝나갈 무렵이었다. 그날따라 강의가 일찍 끝나 캠퍼스 정문을 향해 걸어가는데 뒤에서 자신을 부르는 것 같았다. 돌아보니 모르는 남학생이었다. 관심 없는데 무슨 데이트 신청인가하는 생각으로 상대를 쳐다봤다.

혹시 해서인데, 경숙이 아닌지?

거긴 누구신데 내 이름을 아세요?

아 맞네, 통천 댁 경숙이 맞지? 나 초등학교 동창 순철이야, 김순철.

반가워하는 그를 보면서 자신의 기억을 더듬어야 했다.

그래 맞아, 이제 기억난다. 같은 동네에 살던 김순철. 어떻게 날 알아봤어.

그와는 초등학교 때의 기억이 전부였다. 중학교부터는 만날 일이 없었다. 남녀 중학교가 따로였다. 동네에서 어쩌다 마주칠 때도 있었지만 그냥 지나쳤다. 그런 순철이를 같은 대학에서 그것도 몇 년이 지나서 우연히 만나게 되었다니 놀라운 일이었다. 자신의 인문대와 순철이의 상경대는 캠퍼스가 언덕을 사이에 두고 있어 약속하기 전에는 만나기 어려운 일이었다. 정말 우연한 만남이었다. 그의 반가움에 비해 그녀의 마음이 따라가지 못했다. 공통의 대화를 찾기도 어려웠고 서먹하기도 했었다.

순철이의 반가움을 접으며 다음 약속을 남겨두었다. 발길을 옮기면서 새삼스레 통천 댁에서의 시간으로 잠시 돌아갔다. 동네 사내아이들의 쭈뼛거리던 모습이 떠올랐다. 그들은 다른 여자애들한테 하듯이 자기한테는 그렇게 하기가 어려웠던 모양이었다. 동네 부잣집 딸이라 만만치 않았던 것 같았다. 가끔 자신의 집으로 심부름이라도 온 사내아이들이 어쩌다 마주치기라도 하면 눈길을 어디에다 두어야 할지 당황하던 모습이 떠올랐다. 같은 학년이기도 한 순철이도 그랬었다. 학교를 같이 오가면서 말을 먼저 건 것은 늘 경숙이었다. 순철이는 묻는 것만 대답할 뿐 별말이 없었다. 숫기가 없는 아이라 여겼다. 그랬던 순철이가 같은 대학이라니, 엄마한테 이야기했다.

세상이 참 좁구나. 같은 대학에 다닌다니. 김 씨가 그렇게 열심이더니 성공했네.

　성공은 무슨, 대학만 가면 성공인가?

　배우지 못한 게 한이었는데 자식이 원하는 대로 됐으니 잘
된 일이지.

　그러면서 알지 못했던 이야기를 들려주었다. 통천 댁을 순
철이 아버지가 샀다고 했다. 늘 우리 집을 보면서 부러워했
는데 엄마가 이사한다는 소문을 듣고 제일 먼저 찾아왔었다
고 했다. 그때 삼촌이 일을 맡아서 했는데 나중에 하는 말이
참 성실하고 무서운 사람이더라고 했다. 얘기를 듣고 나니
순철이를 다시 생각하게 되었다. 그런 아버지한테서 자랐으
니 성취욕도 강하리라는 생각이 들었다. 전에 한 약속을 지
키기로 했다. 대학생이 되어서 그런지 말도 많아졌고 활달해
보였다. 다른 사람처럼 느껴졌다.

　많이 변했네, 어렸을 적엔 왜 그렇게 말이 없었어.

　그땐 그냥 말문이 막혀버리더라. 귀여운 부잣집 딸이라 그
랬던 거 같아.

　그래, 의외의 이야기네. 혹시 날 좋아했던 건 아니고?

　그때 동네에서 널 좋아하지 않은 사내 애들은 없었다며 웃
었다. 순철이와는 그 후 만남이 계속 이어졌다. 그러는 사이

잊혔던 고향에 관한 이야기도 나누면서 함께 있는 시간이 많아졌다. 마음도 편안해져 갔다. 영화도 보고 밥도 같이 먹었다. 가슴이 뜨거운 청춘이 만나다 보니 감정도 같이 뜨거워지는 건 자연스러운 일이었다. 고향 친구에서 연인으로 바뀌는 만남이 시작되었다. 서로의 정체성을 알아가는 과정이었다. 자신의 마음 한구석에는 통천 댁 부잣집 딸의 모습이 보일 때가 있었다. 순철이도 통천 댁 앞에 살면서 부잣집 딸을 보면 주눅 들었던 일이 마음 한편에 남아있는 것을 느낄 때가 있었다. 두 사람에겐 마음에 새겨진 그런 흔적을 지워야 했다. 엄마가 둘이 사귀는 눈치를 채고는 다그쳤다.

경숙이 너, 요즘 순철이 만나고 있니?.

왜, 만나면 안 돼?

그 애는 안 돼. 말 안 해도 알 거로 생각했는데.

엄마는 단호했다. 그런 엄마를 경숙은 이해할 수 없었다.

엄마, 순철이는 왜 안 되는지 이유를 모르겠어. 그 까닭을 말해 봐.

그걸 꼭 말을 해야겠니. 너희들 가슴에 개운치 않은 그런 문제들이 있잖니. 차마 이 말은 하지 않으려 했는데 할 수 없구나.

마름이라고 했다. 순철이 아버지가 자신의 집안일을 맡아 하던 마름이라 했다. 이제 그런 일로 반상을 따지자는 것은 아니지만 그런 사람들한테는 '마음의 결핍'이 있다고 했다. 거기다 너는 '숨어있는 선별의식'이 있는 것도 인정할 거라면서 화합할 수 없는 마음이라고 했다. 꼭 맞는 비유는 아닐지 모르지만, 소설 '토지'에 나오는 서희와 길상은 부부로서는 그렇게 행복하지 않다는 생각이 든다고 했다. 너도 순철이와 결혼하면 그럴 가능성이 있어 미리 막자는 거라 했다. 경숙은 할 말을 잃었다.

엄마의 반대에 마음 상해 지내고 있을 때였다. 오빠 친구 민수가 들렀다. 그는 대학을 졸업하고 무역회사에 다니고 있었다. 오빠와는 회사는 다르지만 하는 일이 같아 자주 만났는데 주로 자신의 집이었다. 그날도 우울해 있는 자신을 보고는 민수가 무슨 일인가며 물었다. 엄마는 웬일인지 기다렸다는 듯이 '저 아이 데리고 나가 마음 좀 어떻게 해보게' 하면서 민수 등을 떠밀었다. 그날따라 창수 오빠도 늦겠다는 연락이 왔다. 둘은 맥줏집으로 향했다.

이쁜 숙녀가 무슨 일로 이렇게 우울할까? 뜨거운 청춘 문제인가? 아니면 졸업이 다가와 걱정인가? 속 시원히 말해 봐,

오빠가 해결해 줄게.

말은 쉽네, 오빠가 어떻게 해결해 줘 말도 안 돼.

혹시 알 수 있어, 해결할 수 있을지.

맥주가 답답한 가슴을 시원하게 내려주었다.

오빠, 한잔 더 줘봐. 막힌 가슴이 내려가는 것 같네.

술기운인지 아니면 답답한 마음을 털어놓고 싶었던 것인지는 모르지만 그동안의 이야기를 했다. 말없이 듣고만 있던 그가 입을 열었다.

사랑하려면 마음의 그림자가 없어야 해. 작은 것이라도 있으면 그걸 넘지 못하는 때도 있어, 별거 아닌데도 말이야. 어머니 말씀도 틀린 건 아니고…… 먼저 자신한테 물어봐 확신이 서냐고? 그런 다음에 결정하는 게 순서겠지.

시간이 필요했다. 그 정도의 아량은 있는 엄마였다. 확신을 확인하려 순철이를 만나면서 잠시 뜸했던 마음을 되돌려 보려고 했다. 둘은 여러 가지 이야기를 나누었다. 그러나 끝내 통천 댁에 관한 이야기는 꺼내지 못했다. 그게 마음의 그늘인 모양이었다. 앞으로 나가지 못했다. 순철이도 자신도 어렸을 적 기억이 발목을 잡는 것 같았다. 순철이한테는 아버지의 일로 다가갈 수 없는 여자라는 생각이 마음 깊은 곳에 자리하고 있는 것 같다는 느낌이 들었다. 자신 앞에서 활달한 척, 수다를 떠는 것도 마음의 그늘을 숨기려는 방어기제인지도 모른다는 생각이 들었다.

확신이 서지 않았다. 둘 사이 마음을 흐르는 강은 깊고도 넓었다. 건너기 힘들었다. 엄마의 반대만은 아니었다. 경숙은 대학을 졸업하고 교사로 나갈 수 있었지만, 대학원 진학을 택했다. 마음을 쓸고 간 허전함 때문인지 그냥 캠퍼스에 남고 싶었다. 그런 마음을 민수가 자주 찾아와서 달래주었다. 사람의 마음은 알 수 없었다. 대학원을 마치고 그녀는 민수와 결혼을 했다. 엄마와 창수 오빠는 기뻐했다. 아마 그렇게 되기를 기다렸는지도 모를 일이었다.

바다가 내려다보이는 언덕에 몸을 낮추고 있는 요양병원을 해풍이 쓸고 지나갔다. 듬성듬성한 풀들이 몸을 흔들며 바람을 보내준다. 현관을 들어서자 통로는 조용했다. 아니 고요하다는 말이 맞을 것 같았다. 조용하다는 말은 전제가 있다. 소란스러운, 시끄러움 같은 흐름이 있고 난 뒤다. 고요는 그런 앞의 흐름이 없다. 처음부터 아무것도 없는 침묵의 흐름이다. 소리의 어둠이라 해도 되겠다. 햇빛이 프리즘을 지날 때는 일곱 가지 스펙트럼으로 나뉘지만 결국 밝음으로 통합된다. 소리도 그런 스펙트럼을 지나면 침묵으로 합쳐진다. 그 고요의 가운데를 지나서 엄마, 양미화 여사의 방 앞에 걸음을 멈췄다. 당신이 사랑하던 딸, 경숙을 알아보고 반길지가 궁금함에 앞서 걱정이었다. 알아보지 못하면 혼자 말하다 돌아서야 한다. 그런 실망감을, 허무를 마주하기는 싫었다. 지난 경험으로 그건 고통이었다.

오늘은 그런 일이 없기를 바라면서 문을 열었다. 침대에서 조금 몸을 일으키고 있던 엄마가 반기는 표정을 지었다. 오늘은 정신이 맑은 것 같았다. 바로 찾은 날이었다. 이럴 때는 지나간 시간을 기억하고 있었다. 제대로 말이 통한다. 묻는 말에 대답도 하고 당신의 생각을 말하기도 했다. 이렇게 맑은 정신일 때 당신이 살아왔던 세상의 모습을 가슴에 담아주고 싶었다. 엄마에겐 하찮은 풀 한 포기, 스치는 바람마저도 아름다울 것이다. 다시 볼 수 없는 것은 모두 아름다움이다. 떠나는 이도 마찬가지다. 바람의 소리, 정원에 피어있는 꽃과 풀들이 엄마에게는 살아있는 생명의 모습이다. 휠체어 손잡이를 밀며 현관을 나섰다. 무릎 위에 걸쳐 놓은 얇은 덮개 천이 바람에 나부꼈다.

엄마, 밖에 나오니 어때?

말수가 줄어든 엄마는 햇살에 눈이 부신 듯 얼굴을 찡그렸다. 그래도 기분은 좋아 보였다.

저기 바다 좀 봐. 파도가 하얗게 밀려오네. 엄마는 바다를 좋아했잖아.

그랬었니? 밖에 나오니 좋긴 한데 너한테 미안하구나.

엄마 무슨 소리야, 나도 엄마랑 같이 있는 게 좋은데…….

엄마는 통천 댁 이야기를 들을 때면 기분이 좋아졌다. 지나간 기억도 찾으면서. 오늘도 그 이야기를 해야 할 것 같았다.

엄마. 통천 댁에 갔다 왔어. 여전히 그대로 잘 있던데.

그래, 지난 시절 말이야, 내가 많이 미안했다. 그때 그냥 있었더라면 네가 지금 이렇지 않았을지도 모르는데.

힘이 없던 엄마가 여기에선 목소리가 분명해졌다.

엄마 무슨 소리야, 나 행복했었어. 그리고 우리가 살아온 날을 다시 할 수는 없잖아.

엄마의 시선은 파도가 줄을 세워 밀려오는 바다를 향하고 있었다.

엄마, 통천 댁에서 엄마 냄새를 맡고 왔어.

아버지는 잘 있고?

아버지? 그럼, 엄마를 보고 싶다고 했어.

그래, 나도 빨리 만나야 할 것 같아.

바다에서 불어오는 해풍이 그녀의 허전함을 쓸어갔다. 가슴이 아려왔다. 엄마를 등 뒤에서 안았다. 그렇게 오래 있었다. 체온이 전해지는 것 같았다. 파도가 악보의 '도돌이표'를 연주하듯 파도를 다시 일으키며 철썩였다. 그렇게 계속 철썩였다. 언제부터였는지 엄마의 고개가 힘없이 앞으로 숙어져 있었다. 엄마가 파도 소리를 따라간 모양이었다. 휠체어를 천천히 밀어 고요가 흐르는 침묵 속으로 향했다.

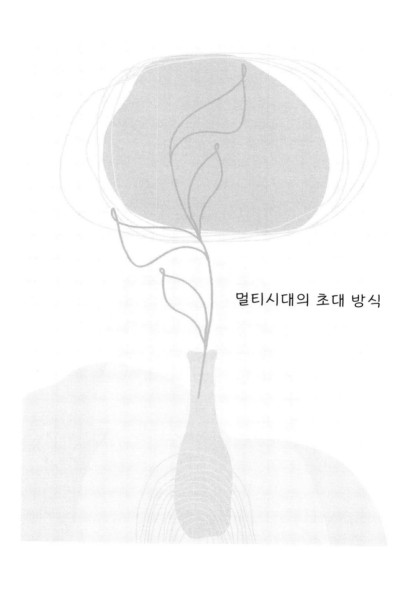

멀티시대의 초대 방식

오늘은 '프로타콘 F' 신제품 발표날이다. 텔레비전 모니터 앞에는 G 그룹의 중역들과 IT 개발팀이 자리했다. G 그룹 미주 본사인 TH(Tomorrow House의 약칭) 빌딩 앞에서 앵커가 실황을 중계하고 있다. 화면은 내부로 이동하며 IT 관련 제품이 한눈에 들어오는 전시실 긴 통로를 지나갔다. 기자들이 카메라를 들고 이리저리 옮겨 다니고 있다. 좋은 자리를 찾는 모양이다. 발표장 전면의 대형 화면에는 '프로타콘 F'를 3D 빔으로 보여주고 있었다. 우리 팀에서 개발한 제품이 세계시장에 선보이고 있다는 사실이 몸에 와 닿지 않았다. 긴장 때문이다. 모니터를 바라보는 실내 분위기는 서리가 내린 아침처럼 긴장감이 흘렀다.

잠시 후 김승우 총괄이사가 무대 중앙으로 나왔다. 미국 태생에 하버드 출신인 그는 감성까지 전달하는 언어의 마술 사라 했다. 그의 옷차림이 별났다. 연미복에 지휘봉까지, 신제품 발표장에 저건 뭐지, 음악회인 줄 착각했나? 발표장에 있던 사람들과 모니터를 바라보던 이들도 의문이 든 것은 마찬가지였다. 중역들 표정이 굳어졌다. 김 이사는 그런 의문은 아랑곳하지 않고 관중을 향해 입을 열었다.

오늘은 제가 우리 삶을 지휘하겠습니다.

그가 뒤돌아서 화면을 향해 두 팔을 들었다. 지휘봉이 침묵을 가르자 '프로타콘 F'의 화면이 열리면서 오케스트라 연주가 나왔다. 'Symphonic. No. 9'. '운명'이라 부르는 교향곡이었다. 연주하는 모습이 확대되면서 스마트폰에서 발표장 화면으로 옮겨졌다. 이어질 다음이 궁금해졌다. 저 곡을 전부 연주하려면 70분 정도는 필요한데 설마 그걸 다 ……?

김 이사는 화면의 오케스트라를 향해 지휘를 이어갔다. 장엄함이 플루트와 호른의 부드러운 음을 타고 마치 우주의 시작을 연상하는 신비로움을 자아내며 펼쳐졌다. 1악장이었다. 순간 짧게 '프로타콘 F'의 모습이 화면에 나타났다 사라졌다. 아주 짧은 순간이었지만 그 모습을 본 사람은 신비로움을 잊을 수 없는 강렬한 이미지였다. 나는 기자들 반응을 살폈다. 현장에서 실시간으로 중계되는 화면에 취재진의 표정이 나타났다. 그들의 반응을 보면 신제품의 미래를 가늠할 수 있다.

오케스트라는 빠르게 연주되었다. 2악장이다. 바이올린, 비올라, 첼로, 콘트라베이스 같은 현악기의 연주 모습이 확대되었다. 악기를 연주하는 부드러운 손과 현의 섬세한 떨림이 화면에 나타났다가 멀어지면서 '프로타콘 F' 화면으로 바뀌었다. '프로타콘 F'에서 이뤄지고 있음을 알리는 영상이었다. 악장은 주요부문만 연주되면서 빠르게 진행되었다. 전달할 이미지 중심이었다. 3악장이 이어졌다. 클라리넷, 바순, 호른 같은 악기들이 노래하듯 안단테로 연주되었다. 화면은 꽃, 새, 폭포, 눈 덮인 산과 같은 자연이 차례로 나타났다. 선명한 색상으로 꽃은 바로 앞에 있는 듯, 새는 금방 날아오르는 듯했다. 폭포의 물방울은 얼굴에 튕겨 오는 것 같은 입체감이었다. 설산은 손이 시린 느낌마저 들었다. 화면은 다시 '프로타콘 F' 안으로 사라졌다. 나는 화면에 잡히는 기자들에 집중했다. 그들은 화면을 보면서 중간중간 눈을 크게 뜨기도 하고, 입을 벌려 놀라움을 표시하는 모습이 화면에 잡혔다. 예상하지 못한 일이었다.

김 이사의 지휘는 마지막 4악장을 열었다. 관악기와 팀파니의 격렬한 음이 잔잔한 분위기를 바꾸었다. '환희의 송가'에서 독창 다음에 이어지는 혼성합창의 웅장함은 듣는 이를 압도했다.

'다이네 차우버 빈데 비더, 바스 디 보테 슈트렝 게타일트. 알데 멘셴 벨르덴 브뤼터, 보 다인 잔프터 풀 뤼겔 바일트……'

'프리드리히 실러'의 시에서 가져왔다는 노랫말은 독일어의 딱딱한 어감이 환희에 묻혀 가슴이 확 뚫리는 시원함을 주었다. 'Symphonic. No. 9'를 연주하며 '프로타콘 F'의 모든 성능을 보여주고 있었다. 연주자와 악기, 혼성합창단의 정보를 한순간에 처리하고, 실제처럼 생동하는 선명함, 각각의 악기음을 구별해 내는 음력은 지금까지 찾아볼 수 없는 '프로타콘 F'만의 기술이었다. 신제품 발표를 파격적으로 'Symphonic. No. 9'를 소환한 이유는 이 교향곡이 주는 의미도 있었다. 바로 도전정신이었다. '프로타콘 F'가 세계를 향해 도전한다는 뜻이기도 했다. 연주가 끝나고 김 이사가 지휘봉을 내려놓았다. 발표장 분위기는 오케스트라의 실제 공연장처럼 기립박수를 보내며 '부라보'를 외친 것은 맨해튼과 본사 모니터 앞에서 동시에 일어났다.

그의 말처럼 우리 생활의 일부가 된 스마트폰, '프로타콘 F'의 모든 것을 보여주었다. 세계 IT 시장을 이끄는 제품은 현재로선 스마트폰이었다. 세계의 IT 기업들이 신제품을 앞다퉈 내놓으며 치열한 경쟁을 하고 있다. 그중에 선두는 세계적인 IT 기업 '오로라'다. 기술력뿐만 아니라 판매전략도 뛰어나 세계시장을 움직이고 있었다. 그 뒤를 G 그룹이 몇 년 사이 빠르게 쫓고 있다. '오로라'는 거기에 맞서 신제품 개발 기간을 단축하며 따돌리고 있었다. 두 달 전에도 신제품을 발표했다. 그때 기자들은 '혁신'이란 용어를 인용하면서 높이 평가했다. '오로라'는 지금 날개를 펼쳐 날아오르고 있다. 그런 상황에서 G 그룹이 새 제품을 내놓는 건 위험했다. 그렇다고 '오로라'가 시장을 넓혀가는 것을 그냥 보고만 있을 수는 없는 일이었다. 경영진에서 논의를 거듭한 뒤 '프로타콘 F'를 출시하기로 했다.

'프로타콘 F'가 나오기까지의 개발과정은 능력의 한계를 실험했다고도 할 수 있었다. 연구원들은 신제품 개발 프로젝트 공모를 모두 기다린다. 공모전에 채택되면 인센티브가 주어져 그들 수입과 승진에 직결되기 때문이다. 개발한 제품이 일정 수익 이상을 가져오면 성과급이 나온다. 운이 좋으면 목돈을 만질 수도 있었다. 신기술을 사용했다면 특허권을 인정했다. 개발자에겐 큰 혜택이었다. 거기다 승진 가산점도 있었다. 평생 연구원으로만 지낼 수는 없었다. 전무나 이사가 된다는 것은 아주 매력적이었다. 연구원들은 그런 기회를 잡으려고 신제품 공모를 기다렸다. 개발부는 다섯 개 팀으로 이루어져 있다. 연구원만 백여 명이다. 그들 중에는 미국 실리콘밸리에서 연구하다 온 사람도 있었다. 그런 경력자들과 경쟁해야 했다. 개발 1팀장인 나는 신제품 공모가 나오자 팀원들과 계획을 세웠다. 개발계획을 '프로젝트 F'라 부르고 목표를 세 가지로 정했다.

첫째. 기계라는 느낌이 아니라 친구 같은 느낌이 들것.
둘째. AI를 인용하되 너무 앞서지 말 것.
셋째. 눈과 손, 마음이 편하게 느끼도록 할 것.

목적에 맞는 제품개발을 위해 부서를 나누고 이름을 붙였다. '관포지교', '괴테', '음악 카페'로 정했다. 이름은 제품이 추구하는 목표를 나타냈다. 이름을 생각하면서 친구처럼, 따뜻한 마음, 편한 느낌이 들도록 개발하자는 의미였다. 나는 총괄 책임을 맡았다.

스마트폰 구조는 CPU (정보처리), GPU (그래픽 연산), ROM (저장공간), RAM (빠른 구동) 4개의 큰 프레임으로 구성되어있다. 신제품 개발은 그 프레임 각각에 무엇을, 어떻게, 얼마만큼, 변화를 주느냐와 디자인은 어떻게 할 것인가의 문제였다. 작은 기능 하나를 추가하는데도 새로운 기술이 필요했다. 디자인 문제도 까다로운 일이었다. 자칫 특허권 분쟁에 휘말릴 수 있기 때문이었다. 6개월의 노력 끝에 결과물이 나왔다. 제품명을 '프로타콘 F'로 했다. 'pro+top gun' 최고의 1 인자라는 뜻의 합성어다. F는 개발 1팀의 여섯 번째 제품이라는 뜻이었다. 신제품 채택을 위한 프레젠테이션이 있었다. '프로타콘 F'와 마지막 순간까지 경쟁을 벌였던 제품은 노 팀장이 이끄는 개발 3팀의 '아르곤 Z'였다. 최종적으로 '프로타콘 F'가 채택되었다. 노 팀장의 '아르곤 Z'의 탈락은 부적절한 AI 적용이었다. 현실을 생각지 않은 AI 적용은 소비자들을 혼란케 한다는 평가였다.

맨해튼 TH 빌딩서 선보인 '프로타콘 F'의 발표회는 나의 구상이었다. 신제품을 세계시장에 내놓을 때는 개발자의 의도와 제품 성능, 기능에 대한 협의가 있었다. 김승우 총괄이사가 맨해튼으로 나를 불렀다. 발표 현장을 보고 감을 잡으라는 뜻이었다. 수년 전 캘리포니아서 했던 신제품 발표가 떠올랐다. 그때도 '오로라'와 경쟁 관계였다. 캘리포니아는 '오로라'의 메카였다. 그들은 신제품 발표를 아름다운 경치를 자랑하는 캘리포니아서 했다. 그들의 본사인 모던 캠퍼스가 있는 곳이었다. 기자들에겐 모든 비용과 편의가 제공되었다. 그 자체로 '오로라'는 벌써 한 수 따고 들어가는 셈이었다.

G 그룹은 그런 일로 신제품 발표를 어디서 할 것인가를 두고 고민하다 맞불을 놓자며 캘리포니아 발표를 선언했다. 인기 연예인을 불러 화려한 축제로 세계의 시선을 끌어보자면서. 준비단이 구성되었고 나도 포함되었다. 준비단에서 나는 막내였으며 입사 동기는 채지혜뿐이었다. 지혜는 미국서 공부했으니 그쪽 사정이 밝아 선발됐을 테지만 나는 뽑힌 이유

를 모르다가 나중에 알고는 씁쓸했었다. 머슴이었다. 말하자면 궂은일을 맡길 참이었다. 그런 나를 지혜가 구해 주었다. 그녀가 맡은 업무는 연예인 섭외, 초청 인사 선별 및 참석 여부 확인 등 업무가 많았다. 혼자 어렵다면서 나를 콕 집어 인원을 더 요구했다. 동기가 편했던 모양이었다. 준비단에서 허락했다.

그녀와 하는 업무 중 가장 어려웠던 일은 당시 인기가 끝 모르게 높았던 가수 '마리아 캐리'를 섭외하는 일이었다. 그런 대형 가수를 불러야 세계의 시선을 집중시킬 수 있다는 이유였다. 그러나 그런 인기가수를 채 한 달도 남지 않은 공연 일정에 맞춘다는 것은 어려운 일이었다. 사정이야 어찌 됐든 꼭 데려와야 한다는 게 본사의 지시었다. 신제품 성공 여부는 '마리아 캐리'에 달린 것처럼. 그녀가 행사장에서 멋진 노래를 불러주기만 하면 신제품의 성공은 보장된다고 여기는 듯했다. 대형 연예프로덕션을 찾았다. '마리아 캐리'와의 출연 교섭은 6개월 전에 해도 성공률은 50%라고 했다. 지금은 출연료와 상관없이 불가능하다면서 인기 있는 다른 가수를 소개하겠다고 했다. 난처했다. 준비단에선 본사의 지시를 기다렸다. 시간이 꽤 걸렸다. 나는 지혜와 답답한 마음을 달래려 바다로 나갔다.

캘리포니아의 바다는 거친 파도가 하얗게 줄을 이어 해안으로 밀려왔다. 서핑을 즐기는 이들이 많았다. 그들도 바다로 뛰어들었다. 둘이 시간을 보내다 보니 스스럼이 없어졌다. 함께 지내는 시간이 많아 마음이 통했다. 저녁을 함께 먹으며 많은 이야기를 나누었다. 서로를 알아가는 시간이 되었다. 와인을 곁들인 저녁은 아름다웠다. 다음날 준비단에서 불렀다. 어떤 방법을 쓰던 그 여가수를 데려와야 한다고 했다. 해결될 때까지 준비단에 나타나지 말라고 했다. 말하자면 하늘이 두 쪽 나더라도 그 여가수를 데려와야 한다는 뜻이었다. 본사의 지시가 엄했던 모양이었다.

아무리 그래도 안 되는 일을 어쩌란 것인지? 어려울 때는 여자가 더 용감해지는 것 같았다. 지혜는 안 되는 일에 힘쓸 일이 없다면서 바다로 나가자고 했다. 바다에서 즐기다 해안 도로를 따라 드라이브를 했다. 태평양의 푸른 바다가 그들 곁을 따라왔다. 얼마큼 달렸을까 도로변에 한적한 카페가 나타났다. 지혜는 가늘고 하얀 손가락으로 그곳을 가리켰다. 둘은 커피를 마시며 서로의 얼굴을 보며 눈을 맞췄다. 사랑의 파도가 일렁였다. 그녀 입술이 가까이 다가왔다. 달콤했

다. 아니 황홀했다. 우리는 '마리아 캐리'는 잊어버렸다. 캘리
포니아 출장은 사랑의 시간이 되었다. 그런 어느 날 불쑥 그
녀가 물었다.

귀국하면 잘리겠지?

새 일자리를 찾아봐야 할 거야.

이미 각오하고 있었던 일이었다. 그런 마음을 불꽃처럼 타
오른 사랑이 그나마 지탱해 주고 있었다. 그러던 어느 날 지
혜가 공부할 때 친했던 미국 친구를 만나고 왔다. 며칠 뒤 그
친구가 다시 만나자는 연락이 왔다. 이유도 없이 장소를 알
려주고는 전화를 끊었다. 그날 저녁 친구를 만나고 온 지혜
는 숨 쉴 틈도 없이 나를 껴안으며 뜨거운 키스를 퍼부었다.

자기야 이 일을 어쩌면 좋아…… 호호호.

무슨 일인데 그래 진정하고 말해 봐.

나, 지금 진정이 안 돼. 자기야, 어서 사랑부터 하자.

지혜는 옷을 급히 벗어 던지고 나를 침대로 끌어당겼다.
그날따라 유난히 들떠있었다. 황홀한 시간이었다. 폭풍이 지
나자 그녀가 입을 열었다.

오늘 무슨 일이 있었는지 알아? '마리아 캐리'를 만났다는
거 아니야. 놀랐지?

무슨 말이야, 지금 장난하는 거야?

　'마리아 캐리'는 미국 친구의 이모라 했다. 지혜의 이야기를 듣고 마침 이모가 휴가 기간이라 사정을 말했다고 했다. 휴가를 철저히 지키는 그들이지만 귀여운 조카 부탁을 거절할 수 없어 허락했다고 했다. 지혜는 직접 만나 그날의 프로그램을 확정하고 왔다고 했다. 미국 친구가 '마리아 캐리'의 조카라니 행운이었다.

　그렇게 신제품 발표는 화려한 축제로 끝났다. 행사에 대한 평가는 조금씩 달랐지만, 관객의 시선이 여가수에게 집중되는 바람에 신제품 홍보 효과가 떨어졌다는 점에는 이견이 없었다. 발표회가 끝난 후 지혜는 미국지사에 남았다. 지혜와 헤어지기 싫었지만, 둘의 인연은 거기까지였다. 그런 인연의 시간도 3년이 훨씬 지난 일이었다.

　나는 맨해튼의 TH 빌딩을 찾아 발표장소를 둘러보며 자신의 구상을 점검했다. 발표장 내부의 경사와 무대의 크기, 음향 시설의 각도와 음량, 조명 수와 밝기 등 모든 자료를 전자 측정기로 수량화했다. 소소한 작은 것도 놓치지 않았다. 측정한 수치를 종합한 결과는 만족이었다.

　김승우 총괄이사는 나의 구상을 듣고 한동안 말이 없었다.

뭔가 잘못 짚었구나 싶어 조심스레 그의 얼굴을 살폈다. 심각하던 그는 얼굴에 미소를 지으며 무릎을 쳤다.

굿—이야, 굿······. 아이템이 아주 좋아. 첨단 기기 스마트폰과 심포니와 융합이라, 얼마나 환상적이야! 놀라운 아이템이야.

긍정적으로 생각해 주셔서 감사합니다.

감사는 내가 해야지, 그런데 이거 특급 비밀로 하자고. 정보가 새면 실패할 요인이 많은 아이템이야. 우리 외에 누구도 알면 안 되는데, 약속할 수 있지?

'프로타콘 F'가 출시된 지도 반년이 지났다. 나의 직속 상사인 IT 총괄부의 오 부장은 요즘 신바람이 났다. '프로타콘 F'가 세계시장에서 인기를 끌면서 주문이 쏟아졌다. 그의 어깨에 힘이 들어갔다. 이사 승진을 노리고 있는 그에게 더없이 좋은 기회였다. 신제품 판매가 늘어나는 만큼 회사에서 그의 주가도 뜨거운 주식시장처럼 상장가였다. 발언권도 슈퍼마켓의 '1+1' 상품처럼 덤으로 커졌다. 그런 그가 느닷없이 나를 불렀다.

이길수 팀장, 인도 출장을 다녀와야겠습니다. 출장 목적은 현지에 가면 알게 될 겁니다.

더 이상의 설명은 없었다.

달라진 공항 모습에 놀랐다. 스산하다 할 정도로 한산했다. 신종바이러스가 일상의 모습을 바꿔 놓았다. 2층 휴게실로 천천히 올라가 아래층이 보이는 자리에 앉았다. 뉴델리행은 아직 1시간이 넘게 남아있었다. 지혜를 기다렸다. 그녀와 동행이라 혹시 캘리포니아 감성으로 마음이 복잡해지지 않을까 염려가 되었다. 어쩌면 지혜가 더 할지도 모르겠지만. 지난 일이니 설마 했지만, 사람의 마음은 알 수 없는 일이다. 그러면서 이번 출장은 이해가 되지 않는 점이 많았다. 출장 목적을 알려주지 않는 것도 그렇고, 기술적인 문제라면 혼자 가도 될 일인데 둘이 가는 이유도 알 수 없어 혹시 하는 의문이 들었다. 해외 출장 시 기술 보호를 위해 감시자를 함께 보내는 경우가 있는데 그런가 하다가 설마 했다. 인도에는 지금 신종바이러스가 대책 없이 번지고 있다고 했다. 나는 팀장 중에서는 수석인 셈이다. 회사에는 곧 있을 승진 인사 시기와 맞물려 있다. 팀장 중 근무평점이 가장 높아 차기 부장 승진 대상의 1순위였다. 그런 중에 자리를 지키지 않고 출장이라 걱정이 되었다.

채지혜, 그녀는 미국지사에서 본사로 오면서 개발 5팀을 맡았다. 제품개발에 새로운 아이디어를 내놓아 위로부터 신임을 받고 있다. 거기다 IT 업계의 흐름을 예측하는 능력도 뛰어났다. 2층으로 올라오는 지혜가 보였다. 미국풍의 자유로움이 아직도 몸에서 풍겼다. 사람은 사는 곳을 닮게 마련인 모양이다. 지혜가 앞자리에 앉으며 인사 겸 말을 건넸다.

이렇게 둘이 마주하는 것은 오랜만이네요? 그런데 이번 출장에 왜 굳이 이 형이야?

그녀로서는 호칭에 고민했을 것이다. '이길수 팀장님' 그렇게 부르기엔 그들의 과거가 어색하게 만들 거고, '자기야'는 감성이 바랜 시간이 너무 흘렀다. 그러다 보니 입사 초기에 부르던 형이란 호칭이 제일 무난했을 거란 생각이 들었다. 거기다 격의를 두지 말자는 의도도 있었을 거다. 나도 경계선 밖에서 무장해제를 하고 편하게 안전지대로 들어왔다.

못 가겠다는 이유를 찾지 못했어.

연구원이 어디 한둘인가, 승진 인사를 눈앞에 두고. 이 형은 참 딱하기도 하서.

지금 '프로타콘 F'는 미주서 좋은 반응인데 엉뚱한 인도 출장이라니 이상한 일이라며 그녀는 고개를 갸웃거렸다. 나도 이상하다 생각했지만 내색하지 않았다. 커피를 마신 다음 시간에 여유가 있어 면세점을 둘러봤다.

간단한 선물은 어때?

고맙지만, 노 땡큐입니다.

세월이 흐르면 마음도 따라 흐르는지 괜히 해본 말은 아닌데 민망해졌다. 면세점을 돌아본 후 탑승해 자리에 앉자 지혜가 말을 건네왔다.

이번 출장은 좀 복잡할 것 같다는 생각이 안 들어?

어쩐지 좀 어렵겠다는 생각이 들기는 해.

이런저런 생각에 잠겨있는 사이 지혜는 눈을 감는 것 같았다. 승진 시기에 출장이라 타박하는 그녀의 말이 머릿속을 맴돌고 있었다.

눈을 떴다. 시간이 많이 흐른 것 같았다. 지혜는 거울을 보며 화장을 고치고 있었다.

밤중에 누가 본다고 그렇게 열심이야?

모르는 소리. 여자는 혼자 있을 때도 화장을 한다는 걸 모르시나 봐, 여자에게 화장은 준비됐다는 표현이지.

비행기에서 내리자 후덥지근했다. 뉴델리의 뜨거운 낮의 열기가 아직 식지 않았다. 화물 컨베이어 벨트 위 가방을 승객들은 독수리가 먹이를 채가듯 자신의 것을 들어냈다. 출구를 나서자 G 그룹이라는 팻말을 들고 있는 현지인이 보였다. 금방 알아보고 손짓을 했다. 발음이 정확하지는 않았지만, 이해는 충분했다. 호텔로 향했다.

아침에 운전기사는 정확히 8시에 프런트서 기다렸다. 서류가방을 챙겨 차에 올랐다. 차창 밖으로 까마득히 펼쳐지는 들판을 보면서 공장을 유치하기 위해 뉴델리 주 정부서 엄청난 지원을 했다는 사실이 떠올랐다. 20만 평 용지 무료 임대, 현지인 고용이 늘면 세금감면, 공항에서 공장까지 고속도로 건설을 내놓아 공장이 유치되었다고 했다. 그로 인해 주민들의 고용과 소득 증가로 공장을 유치한 주지사는 앞으로 몇 번이고 선거에 이길 수 있게 되었다고 했다. 어디서나 먹고사는 일이 제일 중요한 일이다. 채 30분이 되지 않아 공장 현관에 도착했다.

이곳 책임자인 김성수 법인장은 외부에서 영입된 전문경영인이었다. 그는 경영뿐만 아니라 현지 정치인은 물론 관료들과도 인맥이 넓은 사람이라고 했다. 부드럽고 사교적인 인상이었으나 속내는 알 수 없다는 느낌을 받았다. 인사를 나눈 후 두 사람은 앞으로 사용할 연구실로 자리로 옮겼다. 컴퓨터를 비롯해 각종 데이터 검사기가 갖춰져 있었다. '프로타콘 F' 관련 자료도 보였다. 관리부장의 설명이 시작됐다.

여기서 '프로타콘 F' 생산을 시작한 것은 얼마 되지 않습니다. 그런데 리콜제품이 나오고 있습니다. 판매량과 리콜된 비율은 천 대에 한 대꼴입니다. 아주 드문 일입니다. 그런 비율은 좀처럼 나오지 않습니다. 현재 부품은 자체생산이 80%, 나머지는 수입해 쓰고 있습니다.

지혜는 비율이 귀에 익다는 생각이 들었다. 공장을 살펴보니 모두 현지인들이지만 생산설비는 자동화된 시스템이어서 문제 될 만한 곳은 보이지 않았다. 연구실로 돌아온 나는 앞으로 할 일에 대한 계획을 지혜와 협의했다. 원인을 알려면 리콜된 제품 전체 프레임을 확인하면서 퍼즐을 맞춰봐야 했다. 전에도 해본 일이어서 그렇게 낯선 일은 아니었다.

오늘은 협의만 하고 호텔로 돌아와 물이 가득 찬 욕조에 몸을 담갔다. 일에 대한 생각을 털어내며 눈을 감았다. 찰랑거리는 물소리가 조용해져 갔다. 피로가 풀리면서 끝없이 먼 곳으로 몸이 빨려 들어가는 느낌이 들었다. 시간이 얼마나 흘렀을까, 인터폰 소리에 정신을 차렸다. 잠이 들었던 모양이었다. 지혜가 레스토랑이라고 했다. 피로가 풀렸는지 표정이 밝아 보였다. 둘이 이렇게 마주하는 것은 캘리포니아 이후 처음이었다. 서울에서는 기회가 없었다. 일부러 자리를 만든다는 게 내키지 않았다.

달콤해지려는 감성을 다독였다. 지혜한테 메뉴선택권을 맡겼다. 가볍게 먹자며 스테이크와 와인을 주문했다. 창밖 멀리 불빛들이 보였다. 벌써 어둠이 내렸다. 지혜는 와인을 입에 대면서 눈길은 창밖에 뒀다. 밖은 이제 완전히 어둠이 찾아 들어 불빛들이 더 빛났다. 될 수 있으면 캘리포니아 이야기를 하지 않으려 했지만, 미국에 남았던 지혜의 그 후가 궁금해 꼭 물어보고 싶었다. 지금이 그 시간이라는 생각이 들었다.

채 팀장, 지혜라고 불러도 될까?

새삼스럽게, 이상해지면 어쩌려고? 둘만 있을 때는 좋아……. 호호호.

지혜, 캘리포니아서 그렇게 헤어지고 나서 어떻게 지냈는지 무척 궁금했어.

형은 참, 난들 편했겠어. 힘들었지. 형한테는 정말 미안했어.

후회를 많이 했다고 했다. 잘못된 선택인가 의문이 들어 한국행을 생각하기도 했지만 안 되겠다 싶어 일에 매달렸다고 했다. 처음 목표였던 IT 관련 공부를 더 하려고 대학원에 진학해 바쁘게 보내면서 힘들었던 마음을 추슬렀다고 했다. 지혜는 와인을 천천히 비웠다.

이번 출장을 나와 같이 오는 걸 알았어?

처음엔 몰랐어. 나중에 알고 거절할까 하다가 생각을 바꿨지.

날 감시하라는 지시도 있었을 텐데?

그런 거였다면 오지 않았지. 아무리 시간이 흘렀어도 형과 내가 그런 사이는 아니잖아, 생각을 바꾼 건 형이 불쌍했나 봐.

사실은 나에게 미안하다는 말을 꼭 전하고 싶었다고 했다. 서울에서는 그런 기회도 없었고 만들기도 힘들었다면서 이번이 기회다 싶었다고 했다. 또 다른 이유는 돕고 싶기도 했다면서.

오늘 봤지, 그거 형이 혼자 못 해. 내가 오길 잘했지.

듣고 보니 그렇기도 했다. 그날은 그렇게 지난날의 시간을 들춰보다 늦은 시간에야 각자 자신의 방으로 갔다. 다음날부터 바로 리콜제품을 설계도와 비교하면서 검사를 시작해 열흘 만에 마쳤다. 빠른 진행이었다.

이게 뭐야, 아무것도 없잖아?

차라리 여기서 문제가 발견되면 쉬운데 일이 어렵게 돼가고 있네.

어쩌겠어, 별수 없이 다음 단계로 가야지.

프레임에 사용된 부품을 전수조사해야 했다. 이 일은 길게 끌 문제가 아니었다. 자칫 외부에 알려지면 곤란해질 수 있는 일이었다. 본사에서 출장 목적을 말해주지 않은 것도 이해가 되었다. 그날 일을 마치고 호텔에 도착하자 전화가 왔다. 내가 없는 동안 개발 1팀을 책임지고 있는 수석연구원 김민철이었다.

큰일 났습니다. 팀장님이 빨리 와야 할 것 같습니다.

인사는 대충 건너뛰고 빨리 귀국하라는 재촉이 이어졌다.

그렇게 서두르지 말고 무슨 일인지 차근차근 말해 봐요.

그가 숨을 가라앉힌 후 털어놓는 얘기가 놀라웠다. '프로타콘 F' 신제품 채택으로 주어지는 인센티브가 하나도 이뤄지지 않고 있다고 했다. 성과급, 신기술 3개에 대한 특허, 승진 부가점수 등 인정된 것은 하나도 없다고 했다.

오 부장은 '프로타콘 F'에 문제가 있다는 말만 되풀이한다
고 했다. 지금 미주 쪽에는 주문이 쏟아지고 있는데 무슨 소
린지 모르겠단다. 이쪽 사정을 모르고 있는 것 같았다. 회사
에서는 인도 쪽 문제를 핑계 삼는 듯했다. 황당하고 치졸한
짓이란 생각이 들었다. 그러면서 요즘 노 팀장이 오 부장한
테 찰싹 달라붙는 모양이 보통으로 보이지 않는다고도 했다.
뭔가 개운치 않은 느낌이 뒤따랐다. 그런 찜찜한 시간이 흘
러갔다.

지혜는 현장을 조사하느라 3주째 연구실에 들르지 않았
다. 그동안 일이 어떻게 되고 있는지 궁금했다. 오늘은 호텔
에서 저녁을 같이하면서 물어보기로 했다. 지혜는 일에 집중
한 탓인지 피곤해 보였다. 마주 앉은 테이블에 식사와 와인
이 나왔다. 오랜만에 맛보는 와인이었다. 지혜는 잔을 들고
건배를 하자는 눈짓을 보내왔다. 오래전 캘리포니아 호텔서
했던 것처럼. 크리스털 잔이 부딪치며 은은한 울림이 파문을
길게 끌고 갔다.

조사를 해보니 부품 중 RF[1]칩에서 오류를 발견했어. 거기

───────────────

1 무선 주파수 송수신 반도체

다 잘못된 곳도 모두 같았어. 그게 이상해.

우리가 모르는 숨은 그림이 있다고 했다. 며칠 전 호텔 프런트에 놓여 있던 신문 이야기를 했다. 세계 유명호텔 소식을 전하는 'Hotel News'에 상하이에 있는 페어몬트 피스 호텔 이야기가 실려있었다. 역사가 오래된 그 호텔은 유럽의 부호들이 주로 이용해 왔는데 오래전 미국의 찰리 채플린이 이용하면서 유명해졌었다. 거기다 미국의 닉슨 전 대통령이 묵기도 했다.

호텔지배인은 그런 유명세를 유지하기 위해 홍보를 구상하던 중 마침 자신의 호텔을 찾은 IT 설계자 제임스 쿡과 중국의 파운드리 IT업체인 YMSC 기술 고문인 마우쉰을 보게 되었다. 세계적인 유명인사인 그들은 스탠퍼드서 함께 공부한 사이기도 했다. 홍보자료로 좋았다. '아름다운 우정의 나눔'이라는 테마로 그들의 만남을 소개하기로 했다. 지배인은 'Hotel News'에 제안했다. 'Hotel News'는 아름다운 이야기를 소개한 대가를 차지게 받았음은 물론이었다. 지혜는 중요한 것이 기사 끝부분에 있었다고 했다. 그들이 떠나고 난 방에 100불이 남겨져 있었는데 룸서비스 팁으로는 큰 금액이어서 그곳을 담당한 종업원은 행운이었다고 한 그 대목이라고 했다. 그 100불은 그들의 메시지를 기다리고 있는 제3의 인물에게 언론을 통해 알리는 거라고 했다. 나는 'Hotel News'에서 보도하지 않았으면 어렵지 않으냐고 했다.

형은 이래서 답답하다니까. 소문은 빨라요, 인터넷 수준이야. 호텔지배인이 벌써 알고 알려줬잖아. 'Hotel News'가 아니더라도 기다리는 제3의 인물에게 전해지게 돼 있어요.

역시 감이 빨랐다. 제임스 쿡은 IT 설계자지만 요즘은 제품 설계보다는 기업 간의 메신저 역할을 더 많이 하고 있었다. 마우쉰과는 스탠퍼드서 함께 공부한 사이긴 하지만 시간을 쪼개 쓰는 그들이 한가롭게 과거의 우정이나 나누자고 만날 리는 없었다. '천 대 일'이라는 의문도 풀렸다고 했다. IT 업계에서 작전에 사용하는 비율이라고 했다. 제임스 쿡과 마우쉰의 만남은 그것과 관련이 있을 수 있다는 의문이 든다고 했다. 믿기 어려운 이야기를 하는 지혜를 넋을 놓고 보기만 했다. 그녀는 이야기를 하나 더 하겠다며 와인 잔을 비웠다.

형은, 얼마 전 K 전자가 생산한 제품에 문제가 생겨 중단한 거 알지?

그것과 무슨 상관인데?

형은, 그 뒤에 떠도는 숨은 이야기 알고 있어?

그는 입을 다물었고 지혜는 계속했다. K 전자가 종단한 제품도 '오로라'의 작전 때문이라는 소문이었다. 쉽게 말해 K 전자가 수입하는 부품 일부에 '오로라'서 부품생산 기업의 누군가에게 작전을 지시했다는 것이다. 그들의 작전 비율에 따라 하자가 있는 부품을 넣으라는 거지. 그러면 불량품이 나오고 언론에 알려지면서 기업 이미지도 나빠지고. 피해가 커지다 보니 제품 종단에 이르게 되었다고 했다.

'오로라'는 그 부품회사의 누군가에게 약속한 금액을 비트코인으로 결재했음은 짐작만 갈 뿐이라고 했다. 은밀히 이루어지는 일이라 그 부품회사의 CEO도 모를 수 있다고 했다. K 전자도 내용은 짐작하고 있었지만, 그냥 넘어갔다는 소문이 돌았다고 했다. 그들도 비슷한 작전을 하고 있으니 권투경기서 어퍼컷을 주고받은 셈이라고 했다. 서로 받은 강도가 다르긴 하지만. 너무 황당한 이야기였다.

믿어지지 않네, 괜히 떠도는 소문이겠지?

이렇게 순진하긴, 이건 형 승진과도 관계가 있을 수 있어.

방으로 돌아온 나는 지혜가 한 말이 마음에 걸렸다. 자신의 승진을 가장 싫어할 사람이 누굴까? 노 팀장, 그가 G 그룹으로 오기 전 '오로라'서 근무했다는 사실이 떠올랐다. 또 자

신의 승진을 막으려면 어떻게 해야 할까? 캄캄하던 어둠의
실마리가 잡히는 듯했다. 그렇다면 노 팀장이 혹시 '오로라'
의 누구와 슬쩍? 밤새 뒤숭숭해 잠이 오지 않았다.

지혜는 조사한 내용을 마무리하는 것 같았다. 나도 이제
끝내야겠다고 생각하면서 연구실로 들어서는데 책상 위에
놓인 메모지가 눈에 들어왔다. '지금 상황을 언론에서 눈치채
고 취재 준비를 하고 있다. 주 지사가 지금 막고 있지만, 시간
이 오래 걸리면 어려워진다.' 법인장의 메모였다. 짧은 문장
이지만 내용이 무거웠다. 일이 손에 잡히지 않았다. 마침 지
혜가 서류가방을 들고 들어왔다. 메모지를 건넸다. 생각에
잠겼던 지혜가 고개를 끄덕였다. 그렇지 않아도 지금 말하려
던 참이라고 했다.

리콜제품의 원인을 찾았는데 더는 뭉그적거릴 일이 아니
야. 지금 보고서 내고 끝냅시다. 문제가 있는 부품은 모두
YMSA에서 나왔어. 그쪽의 누군가 작전을 펴고 있다는 의심
이 들어. 그렇게 생각하는 근거는 한국과 베트남서 생산하는
'프로타콘 F'는 YMSC의 RF 칩을 쓰지 않고 직접 생산해 사용
하잖아. 그 제품에서는 리콜이 없다는 것이 확실한 증거야.

법인장실 분위기는 무거웠다. 조사결과 보고를 마쳤다. 보고 끝 무렵에 작전이 있는 것 같다는 말도 덧붙였다. 듣고만 있던 법인장이 입을 열었다.

알겠습니다. 현재 가장 확실한 해결방법이 있다면 무언지 말해 보세요.

지혜가 나를 슬쩍 보고는 대답을 했다.

도움이 될지는 모르겠습니다만, RF 칩을 전량 폐기하고 수입선을 바꿔야 합니다. RF서 문제 부품이 계속 나올 수 있습니다. 아니면 직접 생산하는 방법이 있기는 합니다만 그건 어렵겠지요.

법인장은 알았다는 뜻이 고개를 끄덕였다. 최종 보고서를 내부 전산망에 올려놓고 연구실을 나섰다. 내일 귀국하기로 하고 관리부장한테 비행기 표를 부탁했다.

뉴델리의 아침은 맑지 못했다. 대기오염이 심했다. 오전 11시 30분 비행기라 시간의 여유가 많지 않았다. 서둘러 인사를 하고 비행기를 타면 되었다. 인사를 마치고 자리서 일어서려는 그들을 법인장이 잠시 얘기하자며 앉혔다. 그는 궁금한 표정으로 질문을 던졌다.

어제 작전이라는 용어를 쓰던데, 세계 IT업계의 숨은 메이

저 선수를 아십니까?

둘은 서로 얼굴만 쳐다봤다. 법인장은 엷은 미소를 지었다. 시간이 촉박한 데도 서두르지 않았다. 나와 지혜는 엉덩이를 들썩였다.

좀 전에 들어온 소식인데. 신종바이러스 급증으로 인해 한국행 비행기가 전면 중단됐습니다. 두 분한테 안 좋은 소식이라 미안합니다.

나는 온몸에 마비가 온 것처럼 꼼짝할 수가 없었다. 앉은 자리서 얼어붙었다.

본사에서는 어제부로 승진 인사가 단행됐는데 두 분 이름은 보이지 않았습니다.

결정적인 혹이 들어왔다. 머릿속이 하얗게 되면서 모든 기억이 지워지는 듯했다. 앉아 있는 소파 아래로 끝없이 떨어지는 것 같았다.

귀국이 상당 기간 어려워질 것 같은데 두 분이 여기서 새로운 프로젝트를 시작해 보는 것은 어떨지요? 모든 지원은 해 드리겠습니다.

지혜는 법인장을 쏘아보며 미소 뒤에 숨은 무언가를 찾고 있는 듯했다. 갈 길이 막연해진 나는 힘겹게 자리서 일어서는데 법인장 손에 100불이 들려있는 게 언뜻 보였다. 멀티시대에 초대하는 방식은 특별했다.

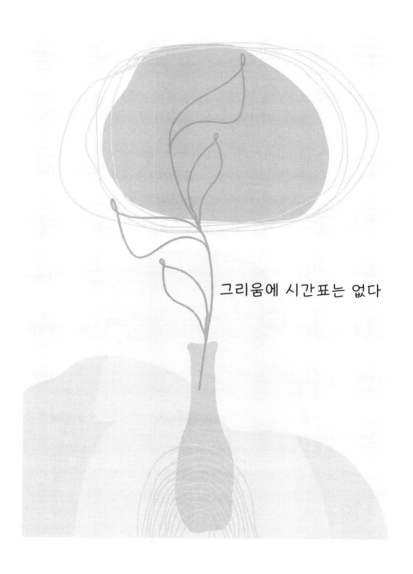

그리움에 시간표는 없다

침묵의 시간이 얼마큼 흐른 후에야 진규는 입을 열었다. 나는 늘 그렇게 기다리며 그가 말을 할 때까지 서두르지 않았다. 이제는 그렇게 하는 데 익숙해 있다. 시간이 지나면 스스로 침묵을 깨는 것을 알기 때문이다. 그렇게 하는 데는 시간이 필요했다. 재촉한다고 될 일이 아니다. 그냥 기다려 준다. 그가 끝내 입을 열지 않은 적은 없었다. 스스로 견디지 못하고 가슴을 열어놓았다. 답답함을 그냥 지니고 있기에는 무거운 일이다. 체한 걸 토하듯이 밖으로 내놓으면 체기가 내려가듯이 시원해진다.

보통은 그렇다. 그러나 간혹 평생 꺼내지 못하고 지내는 일도 있기는 하다. 감당이 되지 않을 경우다. 가끔 그런 이야기, 인생을 마감할 즈음 숨겨온 이야기를 꺼내놓아 주위를 놀라게 하는 경우 말이다. 진규는 감당하지 못할 그런 이야기는 아니어서 기다리다 보면 제풀에 가슴을 열어놓는다. 그가 하려는 말은 이미 짐작하고 있기에 서두를 필요는 없었다. 무슨 일이든 궁금하거나 알고 싶은 마음이 있을 때 재촉한다. 진규가 뜸을 들이는 것에 궁금함이 없으니 그냥 기다려 주는 거다. 그러나 정확히 말하면 그냥 기다려 주는 것은 아니다. 허전한 그의 마음과 동행을 하는 거다.

그의 삶을 아프게 하는 것이 무언지 알기에 그의 침묵을 함께한다. 위로였다. 섣부른 말보다 나은 마음의 위로였다. 말없이 나누는 술잔이 쌓이다 보면 맺혔던 마음에 틈이 보이게 마련이다. 술 때문만은 아니다. 시간이 그렇게 해준 거다. 그가 느슨해졌다고 해서 그녀에 대한 마음까지 옅어진 것은 아니다. 그의 망설임이 길었던 탓인지 마음이 무거워 보였다. 선화에 대해서, 아니 반야라 해야 하나? 후에 반야로 이름을 바꿨으니. 어쨌든 그녀 이야기였다.

민수, 모두 내 탓이라는 생각이 들어. 선화가 불쌍해……

그렇겠지, 그래도 자네 탓은 아니지 않은가? 자책하지 말게.

　그를 만나면 선화 이야기는 빠지지 않는다. 그 이야기를 하고 싶어 만난 자리인데 그걸 빼고 달리 할 말은 없었다. 선화에 관한 이야기는 웬만히 알고 있었다. 그래도 그의 말을 귓등으로 넘기지 않고 들어주는 것은 침묵을 함께한 것과 같다. 마음을 위로하는 동행이기 때문이다.

　그가 선화에 관한 이야기를 하고 싶어서인지, 술자리를 하고 싶어 선화 이야기를 꺼내는지는 알 수 없었지만 둘 사이에는 늘 선화가 자리를 이어가게 했다. 함께하지 않아도 자리를 만들어 주는 그녀의 신통력은 인정해야 했다. 어찌 됐든 거기에 대해 앞뒤를 따질 일은 아니지만, 선화가 그의 마음에 자리를 잡고 있기에 생기는 일이었다. 진규는 그녀에 관한 이야기는 새로운 것도 있었지만 했던 말을 또 할 때가 많았다. 허전함, 외로움일 거다. 진규는 그녀를 부를 때 선화라고만 했다. 반야로 바꾼 지가 오래임에도. 진규의 가슴에는 반야 이전의 선화가 각인되어있다. 그 암벽화는 여전히 선명하다. 어쩌면 반야는 낯선 사람인인지도 모른다. 그렇다면 지금의 반야를 못 잊어 하는 것은 허상일 텐데 그의 행동은 그렇지 않았다. 반야라 할지라도 선화임은 분명하다는 생각일 거다.

진규는 가끔 그녀를 찾아가는 모양이었다. 그리움이 쌓이면 먼발치서 바라보다 오는 것 같았다. 그렇게 갔다 오면 마음이 아프면서도 편해진다고 했다. 사람의 마음은 이상한지라 눈으로 확인하고 나면 마음이 진정되는 모양이다.

해는 서산을 넘었는데 떠난 배를 왜 그리 못 잊어? 보기가 안타깝고, 민망하네…….

그래도 어쩌겠나? 그 떠난 배에 내 마음이 실려있는 것을…….

망부석이라고 있다. 사랑하는 임을 기다리던 여인의 애절함을 이르는 말이기도 하다. 그의 이야기를 듣다 보면 망부석이 떠오른다. 남녀의 처지가 바뀌긴 했지만, 사랑하고 그리워하는 거야 남녀의 구별이 없을 것이다. 그럼에도 사랑과 그리움은 여자의 것이라 여기는 우리 세대에 진규의 이야기는 친구들 사이에 별나 보이기도 했다.

한 사내의 가슴에 그리 진한 그리움을 각인시켜 오래 지키고 있다는 것이 그저 놀라웠다. 어디까지가 사랑인지는 알수 없다. 사실 그런 의문에는 답이 없다. 진규는 지금 답이 없는 사랑의 길을 가고 있다. 자신에 대한 진실의 길이라 하겠다. 그와 만남을 이어가는 이유도 그 진실 때문이다.

K 대학에서 퇴직한 지는 몇 해가 지났다. 놀면 시간이 느리다고 했는데 그것도 아니었다. 시간이야 정해져 있지만, 그 느낌의 차이는 분명히 있다. 요즘은 듬성듬성 들어오는 원고를 쓰는 일 외는 특별히 하는 일이 없는데도 하루가 금방이다. 얼마 되지 않는 원고를 쓰는데도 생각이 빨리 떠오르지 않아 멈출 때가 많아졌다. 세월 탓이라 여겼다.

나이 들면 그렇게 되는 게 순리라는 생각을 하면서 다람쥐 쳇바퀴 도는 일상을 보내고 있다. 가끔은 지루하다는 생각이 들 때도 있지만 그럴 때는 전에 시간이 없어 읽지 못했던, 읽었지만 기억이 흐릿한 책들을 꺼내 다시 읽으며 시간을 보낸다. 그런 일상에서 진규와의 만남은 좀 색다른 일이긴 하지만 어쩌면 과거 회귀적인 일이기도 했다. 지금 나에게 과거는 젊음의 시간이다.

오늘은 대학 동창들과 산행 여행을 떠나는 날이다. 회귀적인 과거의 언저리를 찾아가는 시간이기도 하다. 그들과 만나서 대학 시절의 일화를 나누다 보면 잠시 그 시절로 돌아간 것 같은 착각을 하게 된다. 몇 번씩이나 했던 이야기를 다시 해도 "맞아, 그때 그랬었지" 하며 다시 할 수 없는 시간여행을 즐겼다. 오늘이 그날이다. 덤덤한 일상에서 벗어나는 날이다. 이번 산행은 좀 먼 곳인 '태백산' 등정으로 하룻밤을 자야 했다. 기차로 태백에서 자고 다음 날 등반을 마치고 돌아오는 일정이다. 그리 정한 까닭은 못 가본 사람도 있었지만, 진규를 염두에 둔 점도 있었다. 그가 민속학을 연구했으니 기왕에 가는 산행이니 그곳에서 진규의 설명도 들어보자고 했다. 나이 들면서 전에 없던 무속신앙에 관한 관심이 생긴 모양이었다. 민속학이라고는 하지만 그냥 세속 말로 무당들의 굿에 관한 연구였다. 진규가 전국의 이름난 산을 찾아다니며 무당에 관한 연구를 했기에 '태백산'에도 가봤을 테니 길 안내도 받으면서 무당에 관한 이야기도 들으면 좋겠다고 해 그리되었다. 모처럼 1박 하는 여행이라 모두 좋아했다. 간단한 소지품을 챙긴 배낭을 메고 현관을 나서려는데 아내가 인사를 겸해 진규가 궁금했는지 물었다.

친구분도 같이 가나요?

진규 말인가? 그 친구가 안내를 맡았는데 당연하지.

그분 당신 단짝이잖아. 조심해서 잘 다녀오세요.

아내는 진규를 안타깝게 생각했다. 그의 순애보가 보기 드문 사랑이라 여기면서도 사는 게 힘들어 보여 애처롭게 여기는 것 같았다. 평소에도 그를 만나러 나간다면 맛있는 거 사주고 오라며 슬그머니 용돈까지 챙겨주기도 했다. 사려 깊은 아내가 그저 고맙기만 했다.

현관을 나서면서 걸음을 재촉했다. 모이기로 한 청량리역에 가자면 중간에서 갈아타야 하는 번거로움이 있지만 그래도 지하철이 빨랐다. 지하철은 늘 복잡했다. 출퇴근 시간이 아닌데도 사람들로 붐볐다. 모두 바쁜 일이 있는 듯이 걸음도 빨랐다. 그들과 속도를 맞춰보려고 따라 가다가 그만뒀다. 숨이 차기도 했지만 그런 것도 괜한 욕심이라는 생각이 들었다. 내 걸음으로 걸었다. 여유가 생기고 편했다. 열차가 들어오는 소리가 들렸다. 겨우 비집고 오른 열차 안은 혼잡했다. 자리에 앉아 있는 젊은이들이 스마트폰에 얼굴을 박고 앞은 쳐다보지도 않는다. 그들뿐이 아니다. 자리에 앉은 이들은 나이를 가리지 않고 모두 그랬다. 어디서나 볼 수 있는 일반화된 모습이다.

지금 개인에게 가장 필요한 것은 스마트폰이다. 그게 없으면 생활이 어렵다. 지난날의 전화기와는 차원이 다르다. 통화를 위한 것만이 아니라 생활에 필요한 모든 정보가 들어있어 필수품이 되었다. IT 시대의 새로운 문화는 세상을 바꿔 놓았다. 변화의 현실은 생각하는 것보다 훨씬 앞서 있었다. 다음에는 이런 모습도 사라질 거라는 생각이 들었다. 지금보다 발전한 뭔가가 나온다면 저렇게 눈이 아프게 들여다보지 않아도 되는 시대가 열릴 거다. 인간이 생각하면 다 이뤄지기 때문에 함부로 생각하지 말라는 말도 있다. 지금 생각했으니 언젠가는 그런 일이 이루어질 수도 있다.

이런 시대에 어울리지 않는 이방인, 진규가 생각났다. 자신의 사랑을 위한 걸음을 멈추지 않는, 변화를 모른 체 자신의 길을 고집하는 그를 시대에 뒤떨어졌다 할 수 있을지는 모르겠지만, 그래도 믿음을 가지고 있다. 사랑에 대한 그의 믿음은 진실이다. 진실의 길은 외롭고 숭고하다. 진규는 지금 그 길을 가고 있다. 혼자서 말이다. 지하철은 빨랐다. 환승역인 종로3가에서 1호선 열차를 갈아탔다. 열차가 낡아 선지 덜컹거리는 소음이 컸다. 그래도 다른 구간보다는 승객이 적어서 앉을 수는 있었다. 아직 별달리 아픈 데는 없지만, 태백산을 오를 수 있을까 하는 걱정이 잠시 들었지만, 일행이 다 같은 사정일 거라 걱정을 접었다. 청량리역에서 내려 지하도를 지나 지상의 역 대합실에 들어서자 등산복 차림의 낯익은 얼굴들이 눈에 들어왔다. 일행들이었다. 시간이 늦은 것은 아니지만 일찍 온 것도 아니었다. 친구들이 손을 들어 인사를 건넸다.

친구들과의 산행은 몇 년 전만 해도 전국에 있는 산을 찾아다니기도 했지만, 점점 그런 산행이 어려운 친구가 생기면서 하루 일정으로 하는 산행이 많아졌다. 오늘같이 원거리 산행은 모처럼 있는 산행이라 기대도 크다. 그 기대라는 게 아직은 뭔가 할 수 있다는 자신에 대한 믿음인지도 모른다.

대학 동기들과 하는 산행이라 인원은 많지 않았다. 전공 학과가 젊은이들이 선호할 그런 학문이 아니다 보니 입학정원 자체가 적었다. 졸업 후 첫 모임에는 그래도 상당수 모였었는데 차츰 한둘 빠지다 보니 지금은 열댓이 모이면 많은 셈이 되었다. 친구들이 배낭을 어깨에 걸치며 탑승 준비를 했다.

강 선생 오랜만인데, 오늘은 당신이 지각이야.

김 박사가 반기면서 인사를 건네왔다. 대학 동창 모임의 사무국장 겸, 산악회 대장이기도 했다. 다른 친구들과도 안부 겸 인사를 나눴다. 진규와는 얼마 전 만났지만, 또 인사를 나눴다. 다른 친구들은 둘이 자주 만나는 것을 모른다. 안다고 해도 문제는 없지만 좀 이상하게 보일까 해서였다. 오늘 함께 갈 인원은 열 명이었다. 산악 대장 김 박사가 입을 열었다.

오늘 산행에 대한 안내는 목적지 도착까지는 내가 하고 도착해서는 우리의 가이드 김진규 교수가 합니다. 감사의 뜻으로 김 교수한테 박수를 보내자고.

진규가 허리를 조금 굽혀 박수에 답을 했다. 태백역에 도착하면 바로 숙소로 이동하는데 한방에 두 사람씩이니 알아서 짝을 정하라고 했다. 숙소에서 잠시 휴식을 취한 다음 시내 구경을 하고 나서 저녁 식사를 한다고 했다. 열차표를 한 장씩 나눠줬다. 승차표에 표시된 좌석을 찾으니 진규와 옆자리가 되었다. 긴 시간이라 진규와 함께 가는 것이 편하다는 생각이 들었다. 기차가 출발하자 이런저런 이야기를 나누다 보니 진규가 피곤해 보였다.

산에 다녀온 모양이었다. 그는 자신의 연구를 위해 산을 자주 찾아 무당들의 굿을 조사했다. 평생 해온 일인데 지금쯤은 그만둬도 될 것 같은데 멈추지 않았다. 굿하는 모습도 시대에 따라 변하고 있다면서 그것을 알아야 한다고 했다. 그는 이야기가 잠시 끊어진 사이 금방 잠이 들었다. 무척 피곤했던 모양이다. 잠든 그를 보면서 선화를 사랑한 것은 그의 운명이라는 생각이 들었다. 운명은 거역할 수 없는 어쩔 수 없는 일이라 여기며 지난번 만났던 일이 떠올랐다.

선화 이야기라면 무거울 수밖에 없는 일이었다. 입을 열기가 그리 쉬운 것은 아니다. 아픈 상처에 소금을 뿌리는 격이니 말이다. 그런데도 그 상처를 자꾸 들추려는 게 문제였다. 진규는 그날도 그 아픔을 조심스레 들추었다. 그녀가 떠나면서 자신의 마음도 가져갔기에 그럴 수밖에 없는 모양이었다. 선화와의 관계는 운명이란 실타래가 엉켜서 풀어지지 않은 것이다. 그는 그녀에 대한 그리움을 잊을 수 없어 가슴에 망부석을 세우고 있었다.

두 사람은 대학 시절 연인이었다. 말하자면 캠퍼스 커플이었다. 그 당시 대학에서는 하나의 문화 흐름이라고 할까 그런 커플을 드물지 않게 볼 수 있었다. 그런 커플들이 하는 행사가 있었다. 친구들한테 인정을 받으려 하는 절차인 '언약식'이었다. 친구들 앞에서 미래를 약속한다고 알리는 것이다. 말하자면 두 사람의 사귐을 공개하는 것이다. 그때 주고받는 게 커플 반지였다. 지금은 젊은이들이 한 발 더 나가 반지뿐 아니라 둘이 함께하는 종류들이 다양해졌다. 지나간 시절 캠퍼스 문화의 발전이라 하겠다. 어쨌거나 그렇게 작은 법석을 떨고 나서 둘은 서로를 지극히 아끼며 사랑했다. 사랑의 모범 패턴을 보여주듯이 진솔한 사랑을 나누었기에 친구들의 부러움을 샀었다. 그 당시 캠퍼스 커플들은 그리 오래가지 못하고 대부분 이별 통보를 주고받았는데 그 일반적인 틀을 벗어난 그들은 유별나 보였다.

언젠가 진규한테 충청도 양반의 엄한 집안에서 어떻게 너같이 개방된 생각을 할 수 있느냐고 하자 어려서부터 얽매이는 게 싫었고 자유롭게 생활하고 싶었다며 자신은 자유로운 영혼이라고 했다. 그 말을 지금 생각해보면 그의 자유는 흐트러진 자유가 아니었다. 어찌 보면 자신이 벗어나려 했던 집안의 보수적인 면을 그대로 이어받았다는 생각이 들었다. 그녀를 놓지 못하는 마음은 완고한 집안의 문화에서 왔는지도 모른다. 젊음의 자유는 벽이 없다. 이성 간의 만남과 헤어짐도 그랬다. 자유인이라 스스로 칭한 진규는 선화와의 관계에선 자유인이 아니었다. 지극히 보수적이었다. 집안 내력인 모양이었다. 선화는 진규와 사귀면서 나와도 가깝게 지냈다. 말하자면 나는 사랑의 증인이 된 셈이었다.

때로는 슬픈 사랑이 더 안타깝고 그리워지듯 그들의 사랑도 비슷한 처지가 되어갔다. 뜨겁게 사랑했던 그들이 졸업하고 나서 결혼 얘기가 나오면서 그리되었다. 문제가 된 것은 선화의 어머니였다. 그녀는 내림굿을 받아 무당이 된 무속인이었다. 선화 어머니는 무당이 되기 전 그것만은 피해 보려고 무진 애를 썼지만, 허사였다고 했다. 신을 받아들이지 않자 몸에 고통이 시작되었고 도저히 참기 어려운 상황에 이르자 내림굿을 받아 강신무가 되었다고 했다. 선화는 그런 어머니의 사정을 말하고 싶지 않았지만 끝내 숨길 수는 없었다. 전통을 중시하는 완고한 진규의 집안에서 결혼을 승낙할 리 없었다.

두 사람은 오르기 힘든 암벽 앞에서 해결의 실마리가 보이지 않자 그냥 살림을 차려 신혼생활을 시작했다. 자식 이기는 부모 없다고, 그렇게 살다 보면 허락해 주리라 여겼었다. 그렇게 몇 년이 지났지만 좋은 소식은 오지 않았다. 거기다 엎친 데 덮친 격으로 멀쩡하던 선화 몸에서 이상한 징후가 나타나기 시작했다. 악마의 운명이었다. 대물림이었다. 그녀가 그렇게 염려하던 일이 일어났다. 그녀는 무당인 어머니와 떨어져 소식을 끊고 지냈었다. 그녀의 어머니가 겪었던 그런 신내림이 혹시 자신한테도 올까 봐서였다. 그러나 운명은 잔인했다. 피할 수가 없었다. 그녀도 몸에서 일어나는 고통을 견디지 못하고 끝내는 그녀의 어머니처럼 내림굿을 받고 무당이 되었다. 그리고는 진규의 곁을 떠났다. 무녀가 되고 나서 이름도 반야라 고쳤다. 그리고 마포 쪽에 반야라는 신당을 차려 그녀의 신을 모시기 시작했다.

그들의 사랑은 그렇게 막을 내리는 것 같았다. 그러나 끝난 게 아니었다. 인간의 마음은 그렇게 단순하지 않았다. 떠나간 것은 선화지 진규는 아니었다. 그는 그 자리에 그대로 있었다. 진규는 그녀를 잊을 수 없었다. 자신의 사랑을 뺏어간 그 세계가 어떤 것인지 알고 싶었다. 새로운 공부를 시작했다. 전공인 고전문학을 밀쳐두고 무속신앙에 관한 연구를 시작했다.

그의 활동은 모두 그녀와 관계있는 일이었다. 연구를 위해 전국에 신내림을 받는 산을 찾아다니며 무속인들의 세계를 연구했다. 무속인들은 자신의 신기가 약해지면 그들이 말하는 명산을 찾아가 치성을 드리며 기도했다. 자신의 몸에 신의 영험을 되찾으려는 것이다. 무당의 몸에서 신기가 사라지면 자신의 역할은 끝나는 것이다. 신기가 약해지면 신을 불러도 오지 않거나 묻는 것에 답을 하지 않는다. 신이 떠난 무당은 아무것도 할 수 없었다. 무녀들의 몸에 내린 신들은 심술궂었다. 언제는 하기 싫다는 것을 억지로 시켜서 부리다가 싫으면 훌쩍 떠나버린다. 무책임한 배신이다. 귀신한테는 책임감이라는 게 없다. 무녀의 처지에서는 억울하기 짝이 없지만 어쩔 수 없는 일이니 그저 빌 수밖에 도리가 없다. 그래서 신내림이 좋다는 산을 찾아 치성을 드리며 신의 비위를 맞춘다. 그런 곳엔 성황당이 있다. 그 산의 주신을 모셔놓은 곳이다. 주신에는 유명한 장군이나 고승, 또는 임금과 같은 사람이거나, 호랑이와 같은 짐승일 수도 있다. 같은 명산이라도 신내림에는 차이가 있다. 지리산과 계룡산, 태백산은 신기가 강한 산이라고 했다. 대관령의 국사성황당도 마찬가지라 했다. 일 년 내내 무속인들의 굿하는 소리가 끊이지 않는 곳이라 했다. 진규는 그렇게 전국을 다니며 조사 연구한 논문으로 학위를 받고, 대학에서 민속학 강의를 맡게 되었다.

기차가 철로 위를 달리며 덜컹거리는 소리에 잠이 깼다. 그리 귀에 거슬리는 소리도 아닌데 잠이 깬 걸 보니 꽤 긴 시간 잠이 들었던 모양이다. 진규는 창밖을 내다보며 생각에 잠겨있었다. 기차는 구불구불한 철로를 따라 산속을 들락거리며 달리고 있다. 창에 비친 풍경이 사라지고 나타나기를 거듭했다. 계절은 가을의 어귀에 막 접어들었는데 여기는 벌써 단풍이 제철이다. 곧 질 모양새다. 얼마나 높은 곳인지 말해주고 있다. 기차가 지나는 간이역 이정표에 다음이 태백역이라는 표시가 보였다.

우리는 내리는 승객들을 뒤따라 천천히 출구를 향했다. 바람이 시원하게 얼굴을 스쳤다. 도시의 모습이 썰렁하다는 느낌이 들었다. 오후 네 시 무렵은 어디나 그렇게 처진 모습이지만 여기는 더해 보였다. 진규의 안내가 시작됐다. 여기는 광산 도시였는데 한때는 전국에서 일자리를 구하러 온 사람들로 북적이던 시절이 있었다고 했다. 광부들이 서독으로 갈 무렵이라고 했다. 흔히 경기가 좋다는 말로 지나가는 개도 만 원짜리를 물고 다닌다고 하는데 여기도 한때는 그랬다고 했다.

지금 우리는 밀물이 쓸고 간 도시의 어두운 모습을 보고 있다. 역 광장에 숙소로 정한 호텔에서 나온 미니버스가 기다리고 있었다. 미니버스가 도착한 곳은 산 중턱에 있는 호텔이었다. 흰색 건물이 저녁 햇살을 받아 붉게 물들고 있었다. 전망이 확 트인 곳인 데다 공기가 좋았다. 그 느낌을 냄새로 맡을 수 있을 것 같았다. 가슴에 체기가 내려가듯이 시원했다. 서울의 공기와는 질이 달랐다. 친구들도 코를 벌름거렸다. 표정들이 보름달처럼 밝아졌다. 호텔은 손님이 우리뿐인지 조용했다. 프런트에서 키를 받았다. 방을 같이 사용할 짝은 다들 정한 모양이었다. 진규가 안내를 끝낸 다음 방으로 들어왔다.

창밖으로 멀리 바라보이는 전망이 펼쳐졌다. 호텔은 전망이 좋은 곳에 있지만, 손님이 그리 많지 않았다. 경기가 좋지 않은 탓도 있겠지만, 수도권에서 멀리 떨어져 있기 때문일 거다. 우리나라에서는 수도권이 아니면 사업하기 어렵다는 것을 여기서도 보여주고 있었다.

시내 구경도 할 겸 저녁을 위해 일행을 태운 미니버스는 좀 전에 왔던 길을 되돌아 시내를 향했다. 우리를 내려준 곳은 시내 가운데에 있는 '황지 연못'이었다. 연못은 물이 맑고 수량이 풍부했다. 바닥에서 샘이 솟는 게 보였다. 진규의 설명은 여기가 낙동강이 시작되는 발원지라고 했다. 낙동강의 시작점에 있다는 게 생경하게 느껴졌다. 여기는 해발 팔백 미터의 고원지대라 물이 귀한 곳인데 아무리 심한 가뭄이 들어도 이 연못의 물은 마른 적이 없었다고 했다. 거기다 우리가 매일 사용하는 한강의 발원지도 태백이라면서 앞에 있는 작은 산을 가리켰다. 그곳에 가보기는 어렵다면서 지금 저녁 예약 시간이 다 되었다며 가까이 있는 식당으로 향했다. 산악 대장이 보충 설명을 했다.

이 지역에 왔으니 이곳의 명품 '태백한우' 집으로 정했어. 호텔 뷔페보다는 좋을 텐데, 어때요?

고원지대에서 사육하는 한우라 고기가 부드럽고 맛이 특별해 전국에 소문이 났다고 했다. 모두 좋아했다. 자신들이 낸 돈으로 먹는 거지만 이럴 때는 마치 공으로 먹는 기분이었다.

비가 억수로 쏟아지던 여름날이었다. 이런 날이면 진규가 먼저 연락을 해 온다. 오늘 어때 하면서. 그런 날은 하고 싶은 말이 있는 날이었다. 늘 만나서 단골이 된 목로주점에서 또 그렇게 만나 이야기를 나눴다. 어찌 보면 술을 마시러 온 게 아니라, 이야기하러 온 것처럼 둘은 오래도록 이야기를 나누곤 했었다. 사실 이야기를 나누었다고 하지만 말하는 쪽은 진규였고 나는 듣기만 했으니 일방적이라 할 수도 있었다. 그런데도 만남이 계속되는 것은 진규의 진솔함 때문이기도 하지만, 그들 사랑의 증인이었다가 이별까지 보면서 그들의 슬픔과 아픔을 짐작하기 때문이었다. 그와의 자리를 이어가고 있는 것은 그의 가슴에 자리 잡은 망부석을 조금이나마 위로해 주고 싶어서였다.

빗소리를 들으며 진규는 기다림이라는 시간을 생략한 채 먼저 가슴을 열었다. 내리는 빗소리가 그의 마음을 빨리 열도록 한 것이리라. 하긴 이런 날에는 막걸리에 사랑 이야기가 제격 일터. 그것도 슬픈 사랑이 이야기면 더 어울리는 그런 날이었다. 내림굿을 받은 그녀는 무당이 되어 완전히 달라졌다고 했다. 언젠가 그녀의 집 부근서 마주쳤는데 선화는 전혀 모르는 낯선 사람처럼 자기 곁을 지나더라면서 그때 선화의 모습이 완전히 다른 사람이었다고 했다. 자신이 알고 있던 선화가 아니었다며 술잔을 비우고는 말없이 한참 아래를 내려다보고 있었다. 그의 눈 가장자리가 젖어있는 게 언뜻 보였다. 진규는 손등으로 쓱 문지르고는 이야기를 이었다.

선화가 아니었어, 반야는 선화가 아니었어. 너무 달라졌어…….

이제 선화를 잊을 때가 된 모양이네.

그래도 그건 아니야. 어떻게 잊겠어? 잊히지 않는걸…….

어떻게 저럴 수가 있지? 그의 마음을 조금은 알 것 같기도 하다가 멈춰 버렸다. 목로주점 창에는 빗방울이 부딪혀 흘러내리고 있었다. 그날은 끝없이 내리는 비처럼 그렇게 술잔을 비웠었다. 그 후에도 술자리가 있을 때는 강물에 흘려보내듯 선화 이야기를 꺼내놓았다.

사는 게 어려워 보이더라. 드나드는 손님도 보이지 않고.

손님이 없으면 생활이 어렵겠지.

그날도 그렇게 술자리를 하고 헤어졌다. 진규는 한번 만나고 나면 한동안 소식이 뜸하다가 몇 달이 지나서야 연락이 오고는 했다. 자신의 연구에 시간을 많이 쓰는 모양이었다. 그런 그와 모처럼 목로주점에 마주 앉았다. 진규는 어딘지 꺼칠해 보였다. 혼자서 전국의 산을 찾아다니다 보니 건강이 좋을 리는 없었다. 걱정하는 말을 해도 괜찮다고만 했다. 막걸리는 여전히 전에처럼 좋아했다. 그렇게 몇 잔을 마신 다음 진규가 놀라운 이야기를 꺼내놓았다.

며칠 전에 말이야, 선화 집 마당에서 여자아이를 봤는데, 선화를 쏙 빼닮았어. 무척 놀랐어……. 혹시 선화 딸일까?

술이 확 깨는 말이었다. 헤어진 지 오래됐으니 있을 수 있는 일이지만, 신의 대물림을 그렇게 두려워했던 그녀가 제정신이라면 자식을 낳을 리 없었다. 그런 일은 없었을 거라 여기면서 아이 아버지가 될 만한 남자를 보았는지는 차마 물어보지 못했다. 이제 그의 가슴에 있는 망부석이 어찌 될지 궁금해지기도 했다.

그 후 진규를 만났는데 선화에 관한 이야기는 빼놓지 않았다. 마포 쪽에 있던 그녀의 신당이 보이지 않는다고 했다. 귀신도 젊은 무당이 부려먹기가 쉬운 모양이라 했다. 늙은 무당은 말도 잘 듣지 않고 대들기도 하니 귀신도 싫은 모양이라면서. 그녀도 나이가 들면서 자신의 인생을 결딴낸 귀신에 대해 원망과 저주를 했을 수도 있을 것이라며 그러니 귀신이 그녀 몸을 떠났을 테니 신당을 유지할 수 없었을 거라고 했다.

그의 말에 따르면 무당이 나이 들면 삶이 어려워진다고 했다. 굿을 하러 오는 이도 줄어들고, 전국의 행사에 불려가는 것은 젊은 무당들이라 했다. 무당들은 그런 걸 대비해 한참 전성기에 제자를 두고 키운다고 했다. 제자를 구하는 형태는 여러 가지라고 했다. 입양하는 방법도 있고 자신의 딸일 수도 있다고 했다.

무녀들이 가정을 이루는 경우는 그리 흔치는 않지만, 자식이 있는 무녀들은 있다고 했다. 신이 머무는 몸이지만 인간으로서의 욕구는 어쩔 수 없는 일이다. 무녀들의 상대는 대부분 굿을 할 때 보조역할을 하는 남자들이었다. 굿을 할 때 악기를 다루는 상쇠나 장구재비들이 십중팔구였다. 굿을 할 때 필요한 물품들이 많다. 그것을 나르거나 준비하는 것은 그들 몫이다. 굿은 팀을 이뤄야 할 수 있다. 당연히 무녀는 팀의 수장이다. 그들과 일하다 보면 눈이 맞아 잠시 같이 사는 경우가 있어 자녀를 두게 되는 경우가 있다. 그런 경우가 아니더라도 무녀가 의도적으로 남자한테 접근해 자식을 두는 일도 있다고 했다. 딸을 낳아 뒤를 잇는 세습무를 시키려고. 그렇게 그들은 자신의 뒤를 이어갔다.

아침 일찍 출발한 미니버스는 태백산을 오르는 시작점인 당골 주차장에 우리를 내려놓고는 꽁무니에 흰 연기를 뿜으며 사라졌다. 진규가 앞으로 나섰다.

여기를 당골이라 부르는 데는 굿을 하는 당집이 많아서 붙여진 이름이네.

태백산은 무속인들에게는 신성시되는 곳이라고 했다. 마치 기독교인이 예루살렘을 생각하는 것과 같다고 했다. 신내림이 좋은 곳, 말하자면 기도발이 센 곳이라 했다. 그러다 보니 전국에 있는 무속인들이 몰려들어 골짜기에 당집을 짓고 굿을 했다고 한다. 지금은 그런 당집은 헐리고 없지만, 이름은 옛날대로 불린다고 했다. 진규가 앞장서 산을 올랐다. 친구들은 사방을 둘러보며 뒤를 따랐다. 계곡의 여기저기에 촛불에 그슬린 자국이 보였다. 당집이 있던 곳이다. 요즘도 몰래 들어와 굿을 하는 무당이 있다고 했다. 신내림 굿을 해야 하니 그렇게 할 수밖에 없는 일이라 했다.

산을 오르는 길은 그리 험하지 않았다. 태백산 정상 높이는 1567m지만 실제로 올라가는 것은 800m 정도라고 했다. 시내 표고가 높아서 그렇다고 했다. 수치상으로는 그렇지만 그리 쉬울 리는 없을 거란 생각이 들었다. 산은 이름에 비해 부드러웠다. 숨이 벅찰 정도로 가파르지 않았다. 친구들도 잘 걷고 있었다. 오를수록 펼쳐지는 전경이 장관을 이뤘다.

백두대간의 중심인 태백산은 눈이 닿지 않는 멀리까지 자신의 등줄기를 펼쳐 놓고 있다. 친구들은 가끔 긴 숨을 내쉬면서 말없이 발을 옮겨놓았다. 힘들 때 나오는 몸짓이었다. 그래도 함께하는 친구들의 건강이 아직은 견딜 만하다는 생각이 들었다. 정상에 가까이 왔는지 산기슭으로 마치 코끼리

상아처럼 하얀 고사목들이 보였다. 앞서가던 진규가 걸음을 멈췄다.

저기 보이는 고사목이 살아 천년, 죽어 천년이라는 주목이라는 나무야. 고산지대에 서식하는 생명이 긴 장수목이지.

대단한 생명력을 지닌 나무라는 생각이 들었다. 오르는 길 옆으로 낡은 사당이 보였다. 삼촌한테 쫓겨난 슬픈 임금이었던 단종의 혼을 모신 곳이라 했다. 어린 왕의 영혼도 이곳에 머무는 모양이었다.

드디어 정상에 올라왔다. 돌로 촘촘하게 쌓은 천제단이 보였다. 제단은 넓은 원형으로 상당히 넓었다. 돌계단을 오르자 가운데에는 '한배검'이라는 비가 세워져 있었다. 천제단을 둘러보고 나서 진규의 설명을 들었다.

이곳은 하늘에 제사를 지내는 곳이야. 제천행사를 하는 산은 몇 곳이 있지만, 여기가 가장 높고 신기가 강한 곳이라네.

그는 백두대간의 영험한 기운이 용트림하듯 모여 있는 곳이 여기라고 했다. 우리의 시조 단군왕검의 거처라고도 했다. 그래서 하늘에 제사를 지내고 기원을 한다고 했다. 소원이 잘 이뤄지는, 기도발이 좋은 곳이라 했다. 원하는 게 있으면 빌어보라고 했다. 밑져봐야 본전이라면서.

친구들 몇이 슬금슬금 제단으로 향하는 모습이 보였다. 나이 들면 마음도 약해지는 모양이다. 진규는 덧붙여 우리의 무속신앙의 특이점은 산 사람을 위한 현실의 신앙이라 했다. 귀신을 달래서 살아있는 사람이 탈이 없도록 비는 것이라 했다. 그런 의식이 굿인데 굿의 종류는 너무 많아 다 말할 수 없지만 죽은 영혼을 달래는 넋 굿만 해도 씻김굿, 다리굿, 오구굿, 시왕굿 등 그 종류가 많다고 했다.

천제단에 갔던 친구들이 돌아오자 하산 길에 들었다. 산은 오를 때보다 내려올 때가 더 위험하다며 조심하라는 진규의 당부를 들었다. 내려오는 길은 오르는 것보다는 쉬웠다. 오를 때 보지 못했던 전망을 즐기면서 당골 주차장에 도착했다. 아무 탈 없이 산행을 마친 친구들은 무슨 큰일이라도 해낸 것처럼 기분이 좋아 있었다. 서울로 가는 열차 안에서는 피곤한지 다들 눈을 감고 있다. 나이는 숫자에 불과하다는 말이 무색해졌다. 청량리역에 도착하자 모두 진규한테 수고했다는 인사를 건네고는 헤어졌다. 진규는 내게 다가와 언제 연락하면 시간을 내달라는 말을 남기고 지하철 입구를 향했다. 뒷모습이 힘이 없어 보였다.

태백산을 갔다 온 후 뜸하던 진규한테서 연락이 왔다. 술 생각이 났는가 전화를 받았다. 시간이 되면 마포에 같이 가자고 했다. 술자리는 자주 했어도 선화가 있다는 마포 쪽에 같이 가자는 소리는 처음이었다. 약속한 곳에 이르자 진규가 보였다.

혼자 다니던 사람이 갑자기 웬일이야?

자네도 보고 싶고, 꼭 확인해볼 게 있어서 그래.

무슨 일인데 그러냐고 하자 가면서 말하자면서 차를 출발시켰다. 얼마 전 철원에 있는 신당을 다녀왔다고 했다. 자신이 특강을 했던 대학의 가야라는 여학생이 내림굿을 받고 싶은 곳이 있다면서 도와달라 해서였단다.

그런데 말이야 가야가 말한 곳이 반야 신당이라잖아, 얼마나 놀랐겠어.

정말 그랬겠네, 그래서 어떻게 됐어?

내가 더 궁금해졌다. 도피안사라는 절 가까이에 신당이 있다고 했다. 그 무당이 용해서 내림굿을 잘한다면서 같이 가줬으면 좋겠다고 했다. 가야의 청을 듣고 의문이 들었다고 했다. 가야가 말한 반야라는 신당이 선화의 것인지 아니면 이름이 같은 다른 무당의 것인지는 알 수 없는 일이었다. 거기다 만일 선화의 신당이라면 가야가 자신과 반야의 관계를 알고 그러는지, 알았다면 어떻게 알았는지 궁금했다고 했다.

의문을 풀기 위해 가봐야 했다. 반야라는 신당이 있다면 가야의 청이 아니더라도 가려고 했을 테니 말이다. 가야와 철원행 버스를 탔다. 절은 마을에서도 한참 떨어진 곳에 있었다. 주위를 둘러봐도 신당 같은 것은 보이지 않았다. 물어볼 곳도 마땅찮아 도피안사에 들렀다고 했다. 절집 이름이 특이했다. 피안에 도달하는 절집이라니 다른 절과는 다른 느낌이 들었다. 보통 절이 대중적인 데 비해 이 절은 다분히 내세에 이르는 듯한 분위기가 물씬 풍겼다. 속세를 넘어 이상의 세계에 도달하는 절집이라니 왠지 머물고 싶어졌다. 안내문에는 통일신라 시대 창건되었다고 했으니 역사가 오래된 절 임에도 소박하고 조용했다. 피안으로 가는 길에 어울리는 절이라 여겨졌다.

마침 옆을 지나는 비구니가 있어 신당에 관해 물었다. 나이가 들어 보이는 비구니는 가야를 한참 보더니 '업이로구나' 혼잣말을 하며 절 옆에 난 길을 가리켰다. 사람이 다니지 않은 듯한 오솔길이 보였다. 한참을 걸어가자 허름한 집이 보였다. 대나무 장대 끝에 낡고 바랜 신당 깃발이 매달려 있는 게 보였다. 집 앞은 무성하게 우거진 갈대밭이었다. 전에 농사를 지은 것 같았다. 집은 문이 잠겨있었다. 헐거운 문틈으로 안이 보였다. 선화가 모시던 신과 닮은 초상화가 벽에 걸려있고 제단에 놓인 촛대에는 흘러내린 촛농이 길게 붙어있었다. 촛농 색으로 봐 그리 오래되지 않은 것 같았다. 다시 절로 돌아왔다. 좀전의 비구니는 보이지 않았다. 공양간에서 일하는 여인한테 물어보았다.

어떤 무녀가 왔다 갔다 한 것은 꽤 오래됐지요.

지금은 어디 있는지 알 수 있습니까?

그야 모르지요. 이곳 무산 스님과 가깝게 지내기는 했는데, 스님은 그 무녀에 관해서는 말을 하지 않아요.

무산 스님은 지금 기도 중인 데다 외부인과는 말을 하지 않기 때문에 만나기는 어려울 거라고 했다. 반야라는 무녀를 무작정 기다릴 수 없어 돌아왔다며 가야는 그 후 소식이 없었다고 했다. 이야기하다 보니 목적지에 다 온 모양이었다. 진규가 가리키는 곳에 차를 세우고 주위를 살펴보았다. 색이 바랜 허름한 집들이 언덕에 빽빽이 자리를 잡고 있었다.

서울에 아직 이런 곳이 있었다니 믿어지지 않았다. 진규 뒤를 따라 좁은 언덕길을 올라갔다. 그가 걸음을 멈춘 곳은 페인트가 벗겨지고 녹슨 철 대문 앞이었다. 대문을 두드리고 한참 지나서야 부스스한 얼굴을 한 여자가 나왔다. 반야에 대해서는 아는 게 없었다. 골목 어귀에 있는 복덕방으로 갔다.

그 무녀가 떠난 지는 꽤 오래됐어요. 집은 아직 그 여자 명의로 되어있지만요. 가끔 오는 것 같기는 한데 본 지는 오래됐지요.

어린 여자아이가 있었는데 어찌 됐는지 아세요.

그 아이 때문에 경찰이 오고 난리를 쳤으니 기억하지요.

여자아이가 일곱 살 정도 되었을 때 어떤 남자가 데리고 간다고 나타나자 여자가 경찰을 부르고 난리를 쳤다고 했다. 아이는 결국 남자가 데리고 갔는데 그때 아이가 안 가겠다며 앙탈을 부려 온 동네가 시끄러웠다면서 당시의 일을 방금처럼 말을 했다. 그런지가 십몇 년은 넘은 것 같다고도 했다. 그날 두 반야가 같은 반야인지 다른 반야인지 알아보려던 궁금증은 풀지 못했다.

그리고 또 몇 달이 지난 후 진규한테서 연락이 왔다.

반야가 하던 마포에 새로운 신당이 생겼는데. 젊은 처녀 무당이 신통하다고 소문이 났어. 시간 한번 내보게.

진규의 전화를 받고 나서 선화와 가야의 관계가 궁금해졌
다.

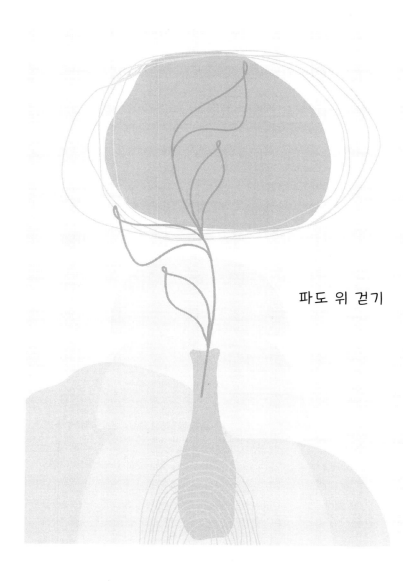

파도 위 걷기

예상치 못한 의외의 일이었다. 의외라는 건 가능성이 전혀 없는 건 아니지만 그렇게 될 일은 거의 없다고 봐야 한다. 그런데 지금 그런 일이 일어나고 있다. 휴대폰서 흘러나오는 목소리는 해풍처럼 촉촉이 물기를 머금고 착착 감겨왔다. 반가웠다. 귀에 익은 목소리는 여전히 청량했다.

그녀의 목소리를 듣고 있으면 굳이 말하지 않아도 어떤 상태인지 알아채게 된다. 미에서 쏠까지 3도 사이를 고르게 오르내리는 음정, 높지도 낮지도 않은 자신의 감정에 맞춰진 목소리는 실내악처럼 들렸다. 감성적인 설득력이다. 사회생활에서 상대를 내 편으로 만들기 위해선 설득력이 필요하다.

그녀는 그런 재주를 가지고 있었다. 어찌 보면 그건 재주가 아니라 타고나는지도 모른다. 다들 그러고 싶지만 그게 되지 않으니 못하는 것이다. 자신도 그런 3도 음정의 마력의 숭배자였는데 지금도 그 영향력은 여전한 모양이었다. 이럴 땐 이성적으로 사리를 판단할 계제가 아니다. 감성이 저만큼 먼저 간다. 얼마 만인가, 그녀가 멀어지는 거리에서 조금 뒤처져 있는 상황이다. 멀어진다는 건 어쩌면 혼자만의 생각인지 모르지만 이렇게 불쑥 연락이라니 당황스러웠다. 오랜만인데도 웬일이야 하는 의문이 반가움을 앞서고 있다. 휴대폰을 내려놓고 잠시 생각에 잠겼다. 지난 시간이 떠올랐다. 아침처럼 조용했던 가슴이 미풍에 이는 물결처럼 작은 파문이 일렁였다.

소식이 끊긴 시기는 언제부터인지 확실히 선을 그을 수는 없었다. 그렇지만 오래된 것만은 확실했다. 그녀의 소식이 뜸하고 나서부터 시간이 그렇게 흘러갔었다. 몇 번은 그녀의 번호를 눌러보기도 했지만 몇 번의 용기 그 이상은 마음이 내키지 않았다.

인간의 자존심은 때로는 분별없이 나타나 일을 어렵게 하기도 한다. 그리 값도 나가지 않는 자존심을 버렸더라면 일이 좀 쉽게 풀리지 않았을까 생각을 해보기도 했다. 그랬더라면 어땠을까? 결과에는 별 변화가 없었을 거라는 생각이 들었다. 어쨌거나 그럴 땐 자신에게 합당한 이유를 찾았을 거다. 맞춤으로 적합하지 않더라도 그럴듯한 걸 갖다 붙여 자신을 위로하며 사태를 마무리 지으려 할 것이다. 자신도 그랬던 것 같았다. 그녀한테도 말할 수 없는 사정이 있었을 거라는, 이유를 갖다 붙이면서 말이다. 그렇다고 그녀에 대한 생각을 전혀 하지 않은 것은 아니었다. 단지 생각을 행동으로 옮기지 못했을 뿐이었다.

대학이란 사회는 생각만큼 그리 넓지 않았다. 대학 간의 어지간한 소식은 자연스레 알게 되었다. 그녀에 관한 소식도 그랬다. 처음 발을 들여놓은 대학에서 계속 강의하며 작품 활동도 한다는 것쯤은 같은 대학이 아니더라도 알 수 있는 일이었다.

약속한 장소에 가기 위해 쉬려고 했던, 일요일인 오늘을 서둘렀다. 방풍림으로 조성된 소나무 숲이 해안을 따라 길게 펼쳐져 있다. 보기만 해도 가슴이 확 열리는 곳이다. 이곳을 걷다 보면 마음이 정화되는 느낌을 받는다. 솔향이 바람을 타고 그리움처럼 전해졌다. 싱그러웠다. 자연의 향은 인위적인 것과는 차원이 달랐다. 가슴으로 들어온 향이 더없이 상쾌했다. 머리가 맑아지는 느낌이었다. 숲 사이로 하얀 파도가 간간이 얼굴을 보이며 손짓을 했다. 들고나는 파도 소리에 마음이 한결 가벼워지면서 고향처럼 편해졌다. 하얀 물보라를 일으키는 파도 소리가 청량하게 다가왔다. 심호흡으로 가슴에 공기를 가득 채워 입을 다물고 참았다. 도저히 참을 수 없는 마지막 순간 참았던 숨을 토해냈다. 후끈한 열기가 공기 중으로 빠져 나가며 가슴이 씻긴 듯 시원해졌다.

마음이 어지러울 때 가끔 찾는 곳이었다. 이곳에 오는 것만으로도 위로가 되어 마음이 한결 가벼워졌기 때문이다. 그러나 오늘은 전과는 달리 설레는 마음이다. 오랜만의 해후인데 그런 설렘은 지극히 정상이란 생각이 들었다.

바다가 몸을 뒤척이며 일으킨 파도는 모래톱으로 오르다 사라지기를 거듭하고 있다. 카페 창가에 자리를 잡았다. 창밖엔 젊음이 지나가고 있었다. 세월이 지나 먼 훗날 그리움이 될 추억을 만들면서. 그러나 그들이 모래 위에 남겨놓은 발자국은 뒤따라온 파도에 지워졌다. 아주 깨끗이. 아쉽다는 생각이 들었다. 그 자국들은 정말 지워진 걸까, 의문이 해안선을 따라갔다. 우리 마음도 저리 지워질 수 있을까? 그건 어려울 듯싶었다. 가슴을 지나간 흔적은 아무리 지운다 해도 그리되긴 어렵다.

그게 그리 쉽게 될 수 있는 일이라면 인간의 삶은 아주 단순해졌을 거다. 마음에 걸리는 것은 지워버리면 되니까. 병원의 정신과도 필요 없을 거다. 처음부터 아예 생기지 않았을 거다. 그런 삶이 어쩌면 좋을지도 모른다. 뇌세포 몇 개만 가지고 살면 될 테니까. 그러나 신은 그렇게 허락하지 않았다. 마음에 남겨진 자국은 파도에 지워진 발자국과는 다르다는 걸 느끼게 했다. 인간임을 다시 확인시켜 주었다.

'삶과 소멸'이라는 물음표가 파도에 밀려왔다. 상념은 다시 존재와 허무라는 사색의 끈으로 이어졌다. 존재란 허무의 또 다른 변형된 형상이라는 생각이 들었다. 그 형상은 늘 변하면서 우리를 착각하게 하고 있다. 상념에 젖어있는 사이 여인의 체취가 전해졌다. 익숙했던 체취였다. 고개를 들었다. 테이블 맞은편에 세련미로 무장된 그녀가 자신을 바라보고 있다.

무슨 생각을 그리 하느냐는 말을 듣고서야 여기 온 까닭이 떠올랐다. 이어진 그녀의 말은 열린 창으로 넘어온 파도 소리에 묻혀버렸다. 오랜만에 보는 그녀는 더 여성스러운 매력이 넘쳤다. 여자에게 적당한 나이는 이렇게 매력적일 수 있다는 사실에 놀랐다. 열린 창을 닫아 파도 소리를 줄였다. 정감 있는 촉촉한 목소리는 시간이 흘렀는데도 예나 다름없었다. 아직은 변화를 거부할 나이인 모양이다. 어쩌면 여자들은 나이와 관계없이 늘 젊음에 머물며 변화를 거부할 거란 생각이 들었다. 그녀와 마주하니 시간 안에 갇혀 있던 과거가 다시 현실로 되살아났다. 감동적인 사랑과 예술에 대한 열정으로 가슴을 불태우든 젊은 시절이 떠올랐다. 그 뜨거웠던 열정이 지금도 그녀에게 남아있을 것 같았다. 지금 그런 생각은 바보스럽다 여겨졌다.

호칭이 어려워졌다. 이름 끝에 존칭을 붙여봤다. 그냥 전에처럼 부르란다. 호칭에 혼란이 오면 어색해진다면서. 그녀가 먼저 편해졌다. 꽃은 꽃으로 불러줘야 꽃이 된다는 시처럼 그녀가 부르는 호칭으로 인해 다시 지나간 시간의 내가 되었다. 서먹해질 수 있는 시간의 공간을 일순간 파도에 쓸려 보냈다. 그녀와 함께했던 시절로 나를 옮겨놓으니 마음이 한결 가벼워졌다. 긴장이 풀렸다. 내가 아주 편해 보인다고 했다. 날개를 접으면 바람을 덜 맞는다는 말에 깨달음이 많이 높아졌다면서 웃었다. 말은 그렇게 했지만, 마음 한구석은 쓸쓸했다.

　서울 소재 대학으로 옮기려는 생각은 이제 포기했다. 사립인 C 대학에서 국립인 지금의 A 대학으로 온 것도 지도 교수의 힘이 컸었다. 아무리 지방대학이라지만 국립대학에 가기란 쉬운 일이 아니었다. C 대학에 있을 때는 많이 힘들었다. 강의시간이 많은 것은 그렇다 치더라도 연구실이 모자라 선배 교수와 함께 사용하는 형편이라 늘 후배라는 위축감에서 벗어나기 어려웠다. 그뿐이 아니라 재단의 눈치를 봐야 하는 일도 피곤한 일이었다. 거기다 출퇴근 문제를 곁들이면 정말 힘들었는데 지금의 A 대학으로 오고부터는 그런 부분이 해소되었다. 그러고 보니 편해 보인다는 그녀의 말이 틀린 것은 아니라는 생각이 들었다. 그녀는 자신에 대한 물음엔 그저 그렇다는 무채색의 답이 돌아왔다. 대답으로 미뤄 그리 잘 되는 것 같지도, 그렇다고 손 놓고 있는 것도 아닌 듯싶었다.

　그녀의 웃음은 밝았다. 미와 쏠 음을 오가는 음색이 독특했다. 감청색이라 할까, 검지도 푸르지도 않은 감성적인 색채다. 그렇다고 감상적인 연약함은 아니었다. 그녀의 머리카락이 어깨 위로 굽이치며 흘러내렸다. 향긋한 체취가 풍겨왔다. 익숙했던 향기를 다시 맡아선지 가슴이 따뜻해졌다. 파도가 더 가까이 다가왔다. 모래톱을 오르내리며 뭔가를 지우고 있다. 아니 새로운 뭔가를 쓰려고 준비하는지도 모를 일이었다. 추억은 늘 새롭게 쓰게 마련이다. 지금, 이 순간도 지나고 나면 추억이란 이력에 추가로 등재될 테니 말이다. 지나간 시간의 일들이 어긋난 톱니바퀴처럼 엉클어지기도 했다. 그래도 서로의 형편은 오고 간 셈이었다. 짧은 시간에 가슴에 있는 것을 모두 주고받는 건 가능하지도 않은 일이었다. 그러기에 겉으로 보이는 일상에 대한 것들을 주고받았다. 찻잔이 비워졌다. 비워진 찻잔만큼 두 사람의 가슴에 지나간 시간이 채워져 갔다. 카페를 나오며 그녀의 손을 찾았다. 손이 아니라 과거를 찾았는지도 모른다. 그녀도 말없이 과거를 내주었다. 마음이 따뜻해지면서 지나간 시간이 그에게 다가왔다.

남들보다 늦은 공부라 도서관을 열심히 찾았다. 그날도 열람실에서 한국근현대 문학연구와 관련된 논문자료를 찾느라 서가를 기웃거리고 있었다. 열람실은 조용했다. 그런 공간에서 말을 건네는 이가 있었다. 그녀였다. 대학 구내식당에서 가끔 마주친 그녀. 순서를 기다리는 긴 줄에서 그녀의 모습은 유성 칼라 냄새가 풍겼다. 내가 다니는 인문대학 바로 옆이 미술대학이니 그건 쉽게 짐작할 수 있는 일이기도 했었다.

언젠가 마주 앉아 식사한 기억이 났다. 자리가 그곳밖에 없어서 그리된 것이지만. 미대생이냐고 하니 서양화를 공부한다고 했다. 거기는 뭘 전공하느냐고 물음이 왔다. 그때의 대화는 거기까지였다. 그녀가 식사를 마친데다. 빈자리가 없어 기다리는 학생들한테 자리를 내줘야 했다. 먼저 간다는 뜻으로 머리를 가볍게 숙였다 가는 모습이 그의 남성 샘을 자극했다. 그 후 몇 번 우연히 마주하는 일이 있긴 했었다. 그리고 오늘, 그녀도 논문자료를 찾으러 왔다고 했다. 잠시 쉴 겸 밖으로 나왔다. 바람이 시원했다. 그녀의 머리카락이 나부끼며 출렁거렸다.

커피 자판기 쪽으로 다가가 동전을 넣고 버튼을 눌렀다. 덜컹, 종이컵이 내려오고 커피가 채워졌다. 그녀에게 커피잔을 건넸다. 자판기는 받은 만큼 돌려주니 공정하다고 했다. 그런데 인생이란 자판기는 그렇지 않은 경우가 많다고 했다. 때로는 몇 곱절 나오는 경우가 있기는 하지만 내 경우는 아닌 것 같다고 했다. 그녀는 그런 생각은 안 해봤는데 인생은 처음부터 공정해질 수 있는 문제가 아니지 않으냐 했다. 현실을 말하고 있었다. 나보다 한 학년 아래, 서양화를 전공하는 학생이었다. 이름을 주고받았다.

이길도, 발음이 조금 어렵네요, 무슨 뜻이 있나요?

길할 길에 길 도니까 살아가는 길에 좋은 일이 많이 있으라고, 순우리말로는 네가 가는 이 길도 괜찮다는 그런 뜻도 있다고 덧붙였다. 듣고 보니 좋은 의미가 있다면서 이름이 좋다고 했다.

나혜선이라, 누구와 비슷한 이름인데?

맞아요, 나혜석 유명했죠, 그러나 나를 거기에 투사시키지는 마세요.

그녀 부모는 착하고 슬기로워지라고 그렇게 지어줬단다. 그녀의 이름이 뜻하고 있는 대로라면 나혜석이 간 길과는 다른 게 분명했다.

카페가 길게 늘어선 거리 맞은편엔 음식점들이 손님을 기다리고 있었다. 맛있게 해 드리겠다며 친절하게 인사를 하는 주인을 따라 발을 들여놓았다. 파도의 물보라가 닿을 것 같은 바다 가까이 있는 음식점이었다. 주인이 창가에 자리를 마련해 줬다. 그녀와 마주 앉아 창밖을 바라봤다. 파도가 하얀 물보라를 일으키며 뭍으로 올라오는 모습이 유리창 너머로 펼쳐졌다. 파도는 그렇게 뭍으로 오르려 했지만, 모래톱서 사라지고 만다. 그 모습이 어쩌면 자신과 비슷하다는 생각이 들었다. 지금 자신 앞에 있는 그녀와의 관계는 어디까지일까, 복잡한 심경인 나를 등진 채 그녀는 무슨 생각을 하는지 유리창 너머 하얗게 파도가 일어나는 바다를 보고 있었다. 어쩌면 바다를 보는 게 아니라 생각에 잠긴 것 같기도 했다.

유학 중에 잠시 귀국한 뒤 그녀는 삼 년 동안 공부를 더 하고 돌아왔다. 학위를 받았으면 거기서 정착할 수도 있었을 텐데 귀국을 했었다. 지금도 그렇지만 국내 사정은 녹록지 않았다. 대학에서 강의시간을 얻는 건 여간 어려운 게 아니라는 걸 알면서도 귀국을 택한 그녀를 이해하기 힘들었다.

자신이야 다시 만날 수 있어 좋긴 했지만, 그녀의 장래가 걱정되는 건 사실이었다. 그녀가 귀국하고 나선 만남이 잦아졌다. 마치 대학 시절 처음 만나 연애하던 시절로 돌아간 기분이었다. 그러면서 아직도 정신을 못 차리다니 하면서 자신을 책망도 해 봤지만, 감정이라는 게 마음대로 되는 게 아니다 보니 스스로 통제하기는 어려웠다. 한편으론 이 기회에 독신생활을 청산해 볼까 하는 생각도 들면서 기회를 봐 그녀에게 결혼에 관한 이야기를 해야겠다는 마음을 먹었었다. 그러나 아직 그녀가 자리를 정하지 못한 관계로 다음으로 미뤄왔었다. 그녀의 유학 기간은 국내 사정을 모르는 그런 시간이었다. 그러기에 그가 나서서 그녀가 찾는 대학에 관한 정보도 제공해주고 일할 만한 곳을 찾는 데 힘을 써줬다. 그렇게 둘 사이가 옛날처럼 다시 가까워지면서 미뤄왔던 그 이야기를 하려고 했지만 끝내 하지 못하고 말았었다. 그녀한테서 그런 분위기를 찾기가 쉽지 않았기 때문이었다. 그렇게 여기까지 오게 되었다. 어쩌면 그 이야기를 지금 하기엔 생소해졌는지도 모를 일이었다.

지금 와서 그런 이야기를 아무 때나 불쑥 꺼내놓는 건 정신 나간 짓이라는 생각도 들었다. 지금도 후회되는 일 중의 하나였다. 그때 좀 무리를 해서라도 그 말을 했어야 했는데 너무 소심했다는 생각이 들기도 했다. 사랑하면서도 둘의 관계가 그렇게 주춤거린 이유는 지금도 알 수 없는 일이었다. 힘들게 발품을 판 끝에 그녀가 강의를 얻고 나서는 바쁜 시간으로 인해 만남이 전과 같을 수는 없었다. 그사이 만남이 불규칙하게 이어져 오긴 했었다. 그러다 뚜렷한 이유도 없이 끊어진지 오래되었다. 예상치 못한 오늘의 만남은 그 후 처음이다. 그래 얼마나 됐지? 헤아리는 내게 파도가 그만두라는 듯이 유리창을 두드렸다. 그동안의 일상을 주고받다 보니 말밑천이 드러났다. 그렇다고 모처럼의 만남이라 분위기도 성그는데 심각한 이야기를 꺼낼 수도 없는 일이었다. 이럴 땐 가벼운 우스갯말이 썰렁해지는 걸 바꿔준다는 것을 알고 있었다.

식당 주인이 같이 온 손님을 보고 부부인지, 아닌지 아는 방법이 있다는 거 알아?

뭐 그런 것도 있어?

말없이 먹기만 하면 부부고, 말이 많으면 연인이래.

그래, 그럼 우린 어떻게 해야 하지?

음식이 들어왔다. 그녀가 좋아하는 생선회다. 깔끔하면서 신선해 보였다. 여유 있게 음미하며 먹는 그녀가 보기 좋았다. 곁들이는 술도 쉽게 마셨다. 지금쯤은 한국 술을 원하는 만큼 먹었을 텐데 아직도 배우는 중이라며 망설이지 않았다. 전에 보지 못했던 모습이었다. 무언가 자신에게 하고픈 말이 있는 것 같기도 한데 망설이는 그런 느낌도 들었다. 누구나 자신의 속내를 보이기는 어려운 모양이었다. 자신도 지금 가슴에 있는 말을 꺼내놓지 못하고 엉뚱하게 겉도는 말만 하고 있으니 말이다. 요즘 내 인생 자판기는 어떠냐고 물었다. 이제 투자한 만큼 뽑지 않았느냐고도 했다. 정교수도 되었으니 말이다. 처음 만났을 때의 커피 자판기 이야기를 잊지 않은 모양이었다.

사실 남들이 보기엔 그럴지도 모른다는 생각이 들기도 했다. 그러나 아직 투자한 것에 비해 부족하다는 생각이 들었다. 아직은 '심리적 허기' 상태라고 했다. 그러자 뭐 그런 용어도 있느냐며 되물었다. 사람들은 대부분 자신이 노력한 것보다 돌아온 게 적다고 생각하는 그런 상태를 이르는 용어라며 자신이 그렇게 사용한다고 했다. 그럼 자신은 그런 생각을 하지 않고 사니까 '심리적 포만' 상태인가 하면서 배를 잡았다. 그녀는 어지간한 것은 그냥 넘어가는 성격이라 현실 적응을 잘하는 긍정적인 편이었다. 그녀의 인생 자판기는 어떠냐고 물었다. 지금 한창 뽑는 중이라고 했다. 어쩌면 투자의 몇 배가 나올지도 모르겠다며 그녀 특유의 웃음을 건넸다. 처음 물어봤을 때 그저 그렇다는 대답과는 상반된 반응이었다. 뭔가 새로운 계기가 있다는 암시인지도 모를 일이었다.

 그녀의 인생 자판기를 위해 술잔을 비웠다. 비워진 술잔에 그녀의 모습이 투영되어 흔들렸다. 그녀의 그림 '자화상'의 잔상처럼. 둘이 뜨거운 사이였을 때였다. 그녀가 속한 갤러리서 그림 전시회가 있다고 알려왔다. 꽃을 준비해 찾아갔다. 갤러리 전시장은 찾기 쉬운 곳에 있었다. 입구에 팸플릿이 놓여 있고 안내원을 두지 않아 자유롭게 볼 수 있는 오픈 전시회였다. 작품게시가 공간과 조화를 이룬 모습에서 큐레이터의 수준이 엿보였다. 관람객은 그런대로 있는 편이었다. 그들이 주고받는 대화의 내용으로 미뤄 작품을 출품한 화가들의 가족이나 친지들이라는 걸 알 수 있었다. 우선 그녀의 작품을 찾아보았으나 보이지 않아 팸플릿을 펼쳤다. 작가들의 이름과 작품이 나열된 중간 부분에 있었다. 그녀 작품 앞에 섰다.

 풍경화와 자화상이었다. 풍경화는 유화로 평화로운 전원을 여유롭게 표현했다. 넓은 들이 멀리 펼쳐져 있는 끝자락에 빨간 지붕이 작게 보이고 그 앞으로 노란, 빨간 꽃들이 피어있다. 그 가장자리로 사이프러스가 길게 늘어서 있는, 원근

감이 한눈에 들어오는 그런 그림이었다. 고흐의 전원풍경이 떠오르는 그림이었다. 자화상은 상반신을 드러낸 채 미소를 짓고 있는 모습으로 무척 매혹적인 자태를 나타냈다. 그녀의 실제 모습보다 더 깊은 인상을 주는 그림이었다. 작품 아래에다 꽃을 두고는 그녀를 찾았으나 보이지 않았다. 작품을 출품한 작가들이 많이 참석한 것 같지는 않았다. 아마 기성 작가가 아니다 보니 그런 것 같았다. 그날 저녁 만남에서 그녀의 자화상보다 더 볼륨 있는 그녀를 감상할 수 있었다. 그녀의 아름다움에 늘 놀라긴 했지만, 그날은 더욱 아름다워 보였다.

한참 지나간 일이었지만 그 '자화상' 작품이 궁금해서 물었다. 팔지 않았으니 어디 있을 거라는 다소 시큰둥한 대답이 돌아왔다. 그러면서 내가 지금 쓰고 있는 것에 관해 물었다. 답하려면 길어진다며 미뤘더니 굳이 말하라고 했다. 지금 '사회심리학적 용어'라는 걸 쓰고 있다고 했다. 간단히 말해 잘못된 사회현상을 비판하는 용어인데 신조어도 있고 기존의 용어에 새로운 이미지를 더해 내가 의미하는 용어로 만든다고 했다. 그녀가 흥미를 보이며 물어와 페이스북에 저장된 것을 보여 주었다.

'버블 임팩트 : 존재하지 않는 허상을 존재하는 실상처럼 만들어 대중에게 판매하는 언론매체가 제작한 상품. 제기되는 문제점으로 대중들이 그런 허상에 대해 인식하지 못하고 비용을 부담하고 있다는 데 있다.'

그녀는 놀라는 표정을 지으며 주목받겠다고 했다. 그녀가 좋아하는 반응에 나는 어찌 될지 모르겠다면서 방금 그 용어는 유통업체에서 일부 사용하고 있는 거지만 새로운 이미지를 지닌다고 했다. 갈증이 느껴져 잔을 비웠다. 창밖의 파도는 여전히 창을 두드리고 있었다.

C 대학 국문과 연구실, 창 너머로 하늘이 맑아 보였다. 가을의 문턱이라 그런가, 아니면 마음 탓인가 자문해 본다. 어려웠던 시간이 떠올랐다. 학위를 받고 나서 대학에 강의시간을 찾아 이리저리 마음 졸이며 헤맨 시간이 얼마였던가? 그 시간이 까마득히 먼 옛날처럼 느껴졌다. 대학에서 강의시간을 얻는다는 건 하늘의 별 따기에 비유될 만큼 어려운 일이었다. 그런데도 그 길을 갈 수밖에 없는 처지라 대학마다 문을 두드렸다. 모두 기다려보라는 말만 돌아왔다. 그건 거절의 다른 표현이었다. 그렇게 일 년이 넘게 참담한 마음을 달

래며 발품을 팔아 이곳에 안착한 지도 이제 삼 년이 되어가고 있었다. 힘들게 자리를 찾아다니던 그 암울했던 시절을 생각하면 지금도 등에서 식은땀이 났다. 이제 그런 걱정을 덜었으니 하늘이 저렇게 푸르게 보이는지도 모른다는 생각이 들었다. 그때 연구실 전화벨이 노교수의 걸음처럼 느리게 울렸다. 어찌할까 망설이는데 벨은 계속 울리고 있었다. 받아봐야 선배 교수를 바꿔 달라는 거겠지 하면서 수화기를 들었다.

네, 국문과 연구실입니다.

선배 교수들 틈에서 주눅이 들어 전화 받는 솜씨는 여전히 그대로였다.

거기 혹시, 이길도 교수님이라고……?

수화기서 들려오는 목소리는 이미 받는 사람이 누군지를 짐작한 듯 말끝을 흐리고 있었다.

예 그렇습니다만……. 혹시 혜선이 아닌가?

맞아 금방 알아보네, 오랜만이야, 잘 있지?

그녀도 오랜만이라 그런지 목소리에 반가움이 전해져왔다. 그녀와 오랜만의 해후는 이렇게 전화기에서 수다로 시작됐다. 그녀가 졸업하면서 파리로 떠난 후 처음이었다. 마침 선배 교수가 강의에 들어갔기에 편한 대화를 나눌 수 있었다. 꽤 긴 시간이 흐르고 나서야, 그녀도 할 말은 어지간히 했는지 퇴근 후에 보자며 약속을 잡고 수화기를 내려놓았다. 오늘 할 강의도 끝났으니 일찍 퇴근하기로 하고 연구실을 나섰다. 강의가 없는 학생들이 삼삼오오 모여 이야기를 나누고 있었다. 대학 생활이 아카데믹하지만 저들도 졸업을 앞두고 취업이라는 난관에 힘들어하게 될 것이다. 자신의 지난 일이 떠올랐다. 저들에겐 그런 일이 없기를 바라며 그들 곁을 지나갔다. 산허리를 넘으려는 석양이 붉어지려면 아직 시간이 남아있었다. 학교 앞에서 서울행 전철에 올랐다. 수도권인 P 시에서 서울로 오가는 열차는 늘 승객들로 붐볐다. 오늘은 좀 빠른 퇴근이라 그런지 운 좋게 창가에 앉아 가을 초입의 따스한 햇볕을 받으며 그녀 생각에 잠겼다. 지금 파리에 있어야 할 그녀가 귀국이라니 궁금해졌다. 이리저리 생각하다 잠시 볼 일이 있을 거라 여기면서 그녀의 귀국 이유에 대한 유추는 끝을 맺었다.

그가 직장을 구하기 위해 한참 발품을 팔고 있을 무렵 그녀는 파리로 떠났다. 졸업하면서 취업이 마땅찮기도 했지만, 공부를 더 하고 싶은 마음도 있어 그리 결정했다고 했다. 그러고 보니 그녀를 본 지도 이 년이 넘는 시간이 흘렀다. 그동안 나는 새로운 환경에 적응하느라 그녀에 대한 생각은 접어놓은 상태였다. 이곳에 없는 그녀를 생각한다고 달라지는 것도 아니기에 그리했는지도 모른다. 긴 세월이 흘렀지만, 이년이 그렇게 긴 것은 아닐지도 모르지만, 그녀의 연락을 받고 나니 어떻게 변했을까 궁금해졌다. 빨리 만나보고 싶은 마음이라 그런지 오늘따라 기차가 느리게만 느껴졌다. 초임부터 무리해 승용차를 사지 않고 대중교통을 이용하다 보니 그냥 계속 이용하는 중이었다.

오늘 기차가 유난히 느리게 느껴지는 건 그녀와의 약속 때문일 거라는 생각이 들었다. 집에 도착해 샤워부터 마치고 가볍게 화장품을 사용했다. 그리고 요즘 젊은이들이 입는 옷과 비슷한 것으로 골라 거울에 비친 자신의 모습을 살폈다. 조금 젊어 보이는 듯도 했다. 그러나 그건 그녀가 판단할 몫이었다. 약속 장소에 먼저 도착해 기다렸다. 그러는 게 그녀에 대한 배려며 또 빨리 보고 싶기도 했기 때문이었다. 식당을 겸한 카페인 그곳은 이른 시간이라 그런지 손님이 많지 않았다. 졸업 후 몇 번 와 봤지만, 내부 수리를 해 옛 모습은 남아 있지 않았다. 그래도 친근감이 드는 건 옛날 그녀와의 시간 때문이었다. 그녀와 만남 초기에는 거의 매일 함께 시간을 보낸 곳이었다. 지금 생각해보면 뜨거웠던 젊음의 시간을 보낸, 그녀와의 추억이 배여 있는 곳이었다.

오래 기다리지 않아 그녀가 나타났다. 여전히 예전의 그 자유로움이 더 자유스러워진 모습이다. 환한 웃음을 보내며 다가왔다. 이제 제법 교수 티가 난다면서 손을 잡았다. 그녀의 웃음은 여전히 밝았다. 웬일이냐고 바라보는 내게 국제 세미나 관계로 잠시 시간이 되어 머리도 식힐 겸 부모님도 뵈러 왔다고 했다. 그러면서 특별한 일은 아니지만 간단한 몇 가지가 있다고 했다. 속내를 드러내지 않으면서 나와 술 마시는 것도 그 몇 가지 일에 포함된다며 특유의 웃음을 보냈다. 그녀 말대로라면 나와 시간을 보내겠다는 말인데 나야 바라던 일이었다. 그동안 공부하느라 한국 술맛 잊어버리지는 않았느냐는 물음에 그 좋은 걸 왜 잊느냐면서 술맛은 역시 한국서 마셔야 제맛이 난다며 눈을 반짝였다.

그림에 대한 물음엔 열심히 노력은 하는데, 아직은 그렇다면서 손으로만 하는 게 아니고 가슴으로 해야 하니까 좀 더 사고의 숙성을 기다려야 한다고 했다. 테크닉에만 의존하면 오래가지 못한다는 말도 곁들였다. 세계 여러 곳에서 파리로 유학 온 학생들과 예술계의 움직임이 궁금했다. 그쪽 움직임이 세계의 흐름이니 궁금할 수밖에 없었다. 그녀는 우리와 이웃한 나라 예를 들어가며 이야기에 열중했다. 일본은 시간의 흐름이 길어 나름대로 새로운 지류를 만들어가고 있다고 했다. 일본 화단의 긴 역사를 말해주는 것으로 '모네의 정원'을 예로 들었다. 원예가이기도 한 모네가 자신의 집 정원을 배경으로 많은 작품을 남겼는데 그 정원이 일본 것을 모방하여 만들었다는 건 다 아는 사실이기도 했다. 우린 인정하고 싶지 않지만, 그쪽 현실이 그렇단다. 중국은 과거보다 많이 처져 있다면서 아마 정치적인 문제 때문이라는 생각이 든다고 했다. 그러면서 자기 생각이 틀릴 수도 있지만 거기서 느낌이 그렇다고 했다. 그렇게 말하는 그녀의 안목이 글로벌해 보였다.

그녀는 아트 얘긴 이쯤하고 모처럼 한국 술맛 좀 보자며 소주를 마시고 싶다고 했다. 그곳에서도 마시긴 했지만, 한국에서 마시던 맛이 나지 않았다며 술 재촉을 했다. 그리웠던 향수에 젖어보려는 마음이라 여겨졌다. 얼마나 있느냐고 하자 정해지진 않았지만, 이 주 정도 될 거라면서 안내를 부탁했다. 가보고 싶은 몇 곳을 다녀보고 싶다면서. 상대방의 처

지를 생각 않고 말했다 싶었는지 시간이 된다면 말이야 하고
꼬리를 달았다. 나야 좋은 제안이지만 부모님과 지내야 하지
않느냐고 하자 거긴 이틀 정도면 된다고 했다. 나이 든 자식
이 집에 오래 있는 건 부모님을 걱정시키는 일이라면서.

우린 술잔을 비우며 그간의 이야기를 나눴다. 이야기는 꼬
리를 물고 이어지면서 늦은 시간이 돼서야 자리에서 일어났
다. 둘은 자연스럽게 이 년을 넘겨 미뤄둔 숙제를 하기 위해
모텔로 향했다. 방에 들어서자 그녀는 아주 적극적으로 변했
다. 내가 매우 그리웠나, 아니 어쩌면 한국이 그리웠는지 모
른다는 생각을 하면서 뜨겁게 응답을 보냈다. 그녀의 가슴
위로 파도 소리가 들려왔다. 생명의 소리였다. 아름다운 멜
로디였다. 언젠가 송추유원지서 밤을 보낼 때 들은 그 파도
소리였다. 함께한 시간을 더듬으면서 파도의 출렁임을 들었
다. 우린 그렇게 이 년 만의 해후를 뜨겁게 보내고 아침을 맞
았다.

그녀는 고향에 이틀 정도 다녀와야겠다며 부모님 집으로
내려갔다. 그러나 이틀이 아니라 며칠을 지난 뒤에야 고급
승용차를 타고 나타났다. 늦은 이유는 말하지 않았고 나도
묻지 않았다. 남아있는 일주일을 나와 함께 보내자고 했다.

나도 그렇지만 그녀도 대학 시절 공부라는 부담 때문에 여러 곳을 가보지 못하긴 마찬가지였다. 나도 그녀와 함께 일주일 동안 그녀가 보고 싶다는 곳을 가보고 싶기도 했다. 거기다 승용차까지 준비됐으니 교통편은 걱정하지 않아도 되었다. 그렇게 그녀와 함께 사랑을 나누고 강의도 하며 관광 일정까지 소화해 내느라 바쁘게 보냈다. 즐거움은 바쁜 시간도 잊게 하는 모양이었다. 일주일은 너무 빨리 지나갔다. 벌써 일주일이라니 아쉬운 날들이었다.

출국하는 날 공항에 가려 했으나 그녀는 차도 돌려줘야 하고 부모님이 와 계실 거라면서 사양하기에 공항에서의 작별은 나누지 못했었다. 그런 일이 있었던 게 참 오래되었다는 생각이 들었다. 이젠 추억이 되어버린 지나간 시간이었다.

학생들과 송추역으로 감성 여행을 갔다. 송추역은 폐쇄된 지 몇 년 되었다는 걸 알고 왔지만, 그 완벽한 쓸쓸함에 가슴을 내려놓아야 했다. 녹슨 철길 옆 무성한 잡초 사이로 제멋대로 삐쭉 키를 키운 코스모스가 감성을 아프게 불러 모으고 있었다. 떠나간 기차처럼 지나간 젊은 시절 그곳은 정말 대단했었다. 강변역과 함께 주말이면 교외열차엔 젊음이 가득

했었다. 청바지와 통기타 소리가 요란한 그곳은 모든 걸 다 수용해주는 젊음의 메카였다. 요즘 말하면 불금의 홍대 앞과 비슷한 곳이었다. 홍대 부근도 요즘은 색이 바랬지만, 아무튼 그런 곳이었다.

학생들은 그 폐허에 젖어 들면서 추억을 담는데 빠졌다. 요즘은 저렇게 사진에 탐닉하는 게 흐름인 모양이었다. 폐쇄된 역 대합실을 돌아서 뒤쪽으로 발길을 옮겼다. 당시를 떠올렸지만 변해버린 모습에 기억이 더듬거리고 있었다. 현대식 모텔이 버티고 있어 당시의 분위기는 없어진 지 오래돼 보였다. 바람이 지나며 가슴을 파고들었다. 어디선가 통기타 소리가 들려오는 듯했다. 귀를 세우고 찾아봤지만 헛수고였다. 지나간 시간의 환청인가. 그때도 그랬었다. 창밖서 들려오는 기타 소리는 멀어졌다 가까워지기를 반복했고, 우린 서로의 몸에서 파도 소리를 들었다. 감성 여행지로 이곳을 택한 것도 그때의 파도 소리를 듣고 싶은 숨겨진 마음이 있었는지도 모를 일이었다.

교수님, 거기서 뭘 하세요? 커피 드시러 오세요.

파도 소리를 찾는 일은 슬그머니 접어 두고 학생들 쪽으로 향하는 어깨 위로 가을 햇살이 내려앉았다. 둘러본 느낌이

어떠냐고 하자 모두 좋았다고 했다. 추억 만들기에 딱 이라
면서. 좋다니 다행이었다. 그래 너희들도 좀 지나 봐, 추억 만
들기가 아니라 추억 찾기가 될 테니까. 마시던 커피잔을 들
고 버스 쪽으로 향했다.

　　예상치 못한 해후 앞에서 망설임이 이어졌다. 그녀에게 하
지 못해 후회하던 그 말이 어렵기만 했다. 망설임이 길게 줄
을 이어갔다. 이제 와 꺼내는 건 늦지 않았나 하는 생각이 들
었다. 에둘러 말해 볼까도 했지만 끝내 못할 거라는 걸 알고
있었다. 그녀도 뭔가를 생각하다 멈추고 술잔을 들어 신호를
보냈다. 그녀의 뜻에 따라 잔을 비우고는 자신도 놀란 엉뚱
한 질문이 뛰어나왔다.

　　유학 시절 잠시 귀국해 고향 집에 갔을 때를 물었다. 남자
를 만나고 왔다고 했다. 식사도 함께하고, 그때 자신이 가지
고 온 승용차도 그 사람 거라고 했다. 볼일을 보자면 필요할
테니 이용하라면서 빌려줬다고 했다. 다음 말을 기다렸다.
아버지가 아끼는 제자였다고 했다. 결혼 얘기도 나왔는데 자
신은 아직 관심이 없다고 했더니 그도 당장은 생각이 없다면
서 그 이야기는 다음으로 미뤘다고 했다. 그래서 서울로 올

라왔고. 그때 그랬었는데, 그걸 왜 이제 물어보느냐고 했다. 할 말이 없었다. 그래 진작 물어봤어야지…….

참 딱했다는 생각이 들었다. 더 이상의 질문은 의미가 없을 것 같아 잔을 비우고 화제를 돌렸다. 몇 시 차냐고 물었고 그녀는 밤찬데 아직 시간은 있다면서 눈길을 내게 줬다. 뭔가 기다리는 눈빛처럼. 철썩이는 파도 소리가 그녀의 어깨를 넘어 전해졌다. 밖은 불빛들이 조금씩 눈을 뜨면서 땅거미가 내려오고 있었다. 시간이 많이 흘렀다.

형, 식당 주인이 우릴 어떻게 생각할까?

왜, 궁금해? 우리 이야기 많이 했잖아.

어둠이 더 내려앉을 즈음 음식점을 나섰다. 불빛들이 점점 늘어나면서 밤을 재촉하고 있었다. 큰길을 지나 골목에 접어들자 불쑥 모텔 형광판이 반짝거렸다. 마음이 잠시 머뭇거렸다. 예전처럼 그녀의 손을 이끌면 응할지도 모른다는 생각이 들었다. 오랜만의 만남에다 지금까지 사랑 방법이 그랬으니까. 그러나 의미가 없다는 생각이 들었다. 지금껏 미루며 망설였던 그 말은 끝내 꺼내지 못할 거라는 느낌이 들면서 후회를 더 남기는 게 두려워졌다.

아직 시간이 많다고 한 그녀의 말을 되뇌면서 모텔을 지나

카페로 향했다. 그녀의 머리카락이 밤바람에 흩날리고 있었다. 작은 테이블을 사이에 두고 말없이 커피를 마셨다. 커피 맛이 썼다. 생각에 잠긴 그녀의 모습이 실루엣으로 유리창에 비쳤다. 밤이라 보이지 않는 어둠 속을 응시하는 모습이 왠지 방금 마신 커피 맛과 비슷해 보였다. 시간이 얼마나 흘렀을까? 기차의 기적 소리가 멀리서 들려왔다. 자리에서 일어났다. 기차역으로 향하는 그녀의 걸음이 무거웠다. 가을 저녁의 서늘한 기운이 감도는 대합실에는 벌써 승객들이 줄지어 승강장으로 나가고 있었다. 승객들 줄에서 떨어져 있던 그녀가 다가왔다.

형, 나 종일 기다린 거 알지? 나, 내일 출국한다.

그녀 특유의 3도 음정이 중심을 잃은 듯 파열음을 남기고는 빠르게 승객들 사이로 사라졌다. 그녀는 보이지 않았다. 열차는 기적 소리를 남기며 점점 멀어져 갔다. 모래사장을 걸었다. 아침의 그 카페가 보였다. 남겨진 발자국을 파도가 지우며 뒤를 따랐다.

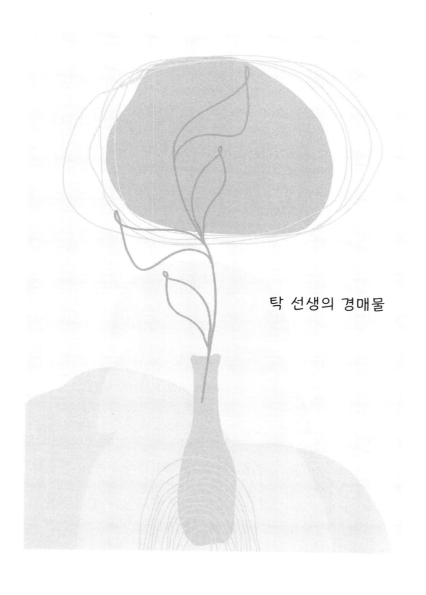

탁 선생의 경매물

경매 이야기를 꺼냈다가 실없는 소리라며 타박을 받았던 일이 다시 떠올랐다. 그때 꺼내놓았던 말이 조금 엉뚱하긴 했었다. 그래도 회원들이 그렇게 대응할 일은 아니라는 생각이 들었다. 그냥 웃고 넘어갈 수도 있는 일을 모둠으로 쓴소리를 한 것은 심했다는 생각은 여전하다. 그래 자신은 그렇게 속이 찬 인생이냐고? 묻고 싶었던 걸 참았었다. 참은 건지금 생각해도 잘한 것 같았다. 그런 일로 서로 서먹해진다면 남아있을 사람이 몇이나 되겠냐는 생각도 들었다.

그날 자신한테 그렇게 했던 것은 경매에 대해 모르기 때문이라는 생각을 하며 마음을 삭였다. 경매에 대해 알고 있는 것이라고는 법원 경매가 전부니 말이다. 거기에는 억울한 사연들이 있게 마련이다. 세상살이에 밝지 못한 서민들이 피해를 본다는 것이 알고 있는 전부라 해도 틀린 말은 아니다. 남의 집이나 땅을 제값은커녕 반 값도 안 되게 뺏다시피 한다는 생각이다. 자세한 내용이야 어떻든 간에 경매에 대한 생각이 그러니 좋은 소리가 나올 리 없었다. 사실 그들이 듣는 소식이라는 게 거의 그런 이야기다 보니 자신도 모르는 사이 그렇게 생각이 굳어지게 된 것이다. 철수네 집이 경매에 넘어가 쫓겨나게 됐다던가, 순이네 집터가 자기도 모르는 사이 경매에 넘어가 집이 헐리게 될 형편이라는 그런 이야기들 말이다. 그러니 경매는 어려운 사람을 피눈물 나게 하는 일이었다. 경매가 일어나기까지의 복잡한 흐름은 그냥 덮어져 알려지지 않는다. 나타난 결과만 보이게 마련이다.

사람들은 남의 일에 그 안팎을 미주알고주알 알려고 하지 않는다. 그냥 결과만 보고 나름대로 생각하는 것이다. 그 안에 속임수나 재산을 뒤로 빼돌리고 하는 셀프 경매 같은 것은 알려지지 않는다. 그래서 경매는 일반적으로 좋지 않은 제도로 알려지게 되었다. 경매에 대한 생각이 그런데 그걸 모르고 자신의 남아도는 시간을 경매에 내놓으면 어떻게 되겠냐고 불쑥 말을 꺼낸 게 불씨였다. 그건 자신이 자주 쓰는 은유적 표현이었다. 요즘 들어 시간 보내는 게 지루하다는 느낌이 들었다. 할 일이 있으면 그런 생각이 들지 않겠지만 퇴직한 지도 한참 지났으니 오라는 데도 없었다. 할 일 없이 시간을 보낸다는 건 힘든 일이다. 그래서 툭 던진 말이었는데 그들 마음의 부스럼을 긁었던 모양이다.

산정포럼 회원들은 말 같잖은 소리라 했다. 시간을 경매에 부칠 수도 없지만, 부쳐져 팔렸다 치면 당신은 그 시간을 어떻게 하겠냐고 했다. 가령 한 시간을 팔았다고 치자, 그럼 낙찰한 사람한테 당신의 한 시간을 뚝 잘라내는 기막힌 요술 같은 방법이라도 있느냐고 따졌다. 시간이 팔린다면 그것도 큰일이라고 했다. 그들의 힐난에 대답이 궁해졌었다.

햇살이 범위를 넓히면서 어둑하던 방안 모습이 조금씩 눈에 들어왔다. 창밖 멀리에 있는 것처럼 희미하던 물체들이 모습을 드러냈다. 책상 위엔 읽다 둔 책이 펼쳐진 채로 있다. 젊었을 적 읽었던 책이다. 시간에 여유가 생긴 요즘 다시 손에 들었지만, 마음과 달리 잘 넘어가지 않았다. 읽은 페이지가 많지 않아 보였다. 사고의 흐름이 전만 못하거나 한곳에

242

오래 머문 탓이리라. 새삼스레 책을 본다고 삶에 무슨 변화가 오지는 않겠지만 세상 보는 눈은 좀 밝아지라는 바람은 있었는지는 모른다. 몸을 뒤척이며 생각에 잠겼다. 다시 잠이 들기라도 할 듯 나른해졌다. 이러면 안 되겠다는 생각이 들면서 자리를 털고 일어났다.

어제 읽었던 문장 중에서 희망에 대한 부분이 떠올랐다. 자신이 가야 할 길이 보이지 않는다면 어떻게 될까? 그건 희망을 잃은 것이라 했다. 그로 인한 낭패감은 젊은이라면 더 심하겠지만 굳이 나이를 따져 등급을 매길 일은 아니다. 그런 낭패감에서 벗어나는 길은 새로운 방법을 찾으면 되지만 그 방법을 알 수 없으니 어려운 일이다. 개중엔 용케도 숨겨진 그 비법을 찾아내 자동차경주 선수처럼 삶의 페달을 힘껏 밟는 이들도 있긴 하다. 그러나 그들은 삶의 평균치에서 벗어난, 자신과는 상관없는 일로 생각하며 살아왔다. 마음이 복잡해질 때는 생각이 이어지는 끈을 놓아야 한다. 이럴 땐 산을 찾는 게 좋은 방법이라는 것을 알고 있다.

운동화를 찾아 신었다. 낡아서 그런지 헐겁다는 느낌이 들었다. '아직 더 신을 수 있을 텐데 벌써?' 끈을 조였다. 신발이 헐거우면 걷는 데 힘이 더 들고 걸음이 무거워지기 때문이다. 좋은 운동화는 발에 착 달라붙어 발과 함께 움직이며 가벼워야 한다. 거기다 지면과 닿았을 땐 촉촉한 흙의 촉감이 발바닥에 전해져야 한다. 그런 쾌감과 함께 더 걸을 수 있다는 느낌까지 든다면 최상이다. 지금 끈을 조이고 있는 운동화가 그런 걸 갖추고 있다. 매끈하던 끈에서 보풀이 이는 게 보였다. 발이 편해 오래 신다 보니 닳았다. 모든 게 시간이 지나면 낡아지는 것은 어쩔 수 없지만 아쉬움은 있게 마련이다.

신발이 주인의 발에 맞게 자신을 바꿔 가는 데는 시간이 필요하다. 처음엔 발가락마다 다른 느낌이 든다. 열 발가락 중 어느 것은 조이고 어느 것은 헐거운 그런 느낌이 들기도 한다. 그러다 차차 발가락에 맞춰가며 편해져 간다. 세상 모든 게 그렇듯 자신과 맞는다는 건 시간이 지나야 얻을 수 있다. 사랑도 그렇다. 첫눈에 반한 사랑도 있지만, 온전한 사랑은 아무래도 숙성의 시간이 필요하다. 나는 지금 퇴직 후 낯선 세상과 그런 숙성의 시간을 보내는 중이다.

산은 늘 너그러웠다. 내가 자주 찾는 산은 숲의 모든 것들을 두루 갖추고 있다. 큰 산은 아니지만, 수령이 오래된 소나무 숲이 우거져 시원했다. 겨울엔 바람도 막아줘 찾는 이들

이 많은 그런 산이다. 직박구리, 박새, 오목눈이 같은 새들의
노래도, 새들의 소리가 노래인지, 그들의 말인지는 모르지만
산을 찾는 즐거움을 더해준다. 거기다 언덕 아래엔 철마다
꽃들이 피어난다. 나는 그때쯤엔 꽃에 취하는 즐거움을 거르
지 않았다. 봄을 먼저 알리는 건 산수유다. 복수초가 먼저겠
지만 깊은 산이 아니다 보니 산수유가 노란 웃음으로 먼저 찾
아왔다. 그 뒤를 진달래와 철쭉이 따라오고, 잠시 시간이 지
나면 산벚나무 꽃이 온 산을 하얗게 뒤덮는다. 그럴 땐 종일
머물고 싶은 마음이 들기도 한다. 그런 모습을 보고 회원들
은 농을 건넸다.

　어이구, 탁 선생이 꽃에 또 취하셨네.

　그러고 보니 시든 꽃도 잘 어울리는데.

　그들의 말이 정겨웠다. 꽃은 차례로 한동안 자신을 피워낸
다. 그러다 신록이 날개를 펼칠 때면 몸과 마음이 새 기운을
받는 것 같은 느낌이 든다. 이어지는 여름의 울창한 푸른 시
간을 지나고 나면 가을이 찾아온다. 가을은 또 그랬다. 찬란
함 뒤에 쓸쓸함이 따랐다. 감성에 젖어 가슴이 아픈 시간이
기도 하다. 영화 필름이 돌아가듯 계절의 순환은 어김이 없
다. 바뀌는 계절을 보내고 나면 마음이 허전하다. 세월에 대

한 허허로움은 나이를 먹는다는 걸 알아간다는 뜻이다. 자신에게 타박했던 그들은 그런 허허로운 마음을 함께하는 이들이었다.

시간을 경매에 내놓을 수 없다는 그들의 말을 다시 생각해 봤다. 꼭 그렇지만도 않다는 생각이 든다. 우리가 직장에 다니는 게 모두 시간 계약이 아닌가. 정규직은 몇 년간의 정해진 기간에 회사를 위해 일하겠다는 것이고, 비정규직은 정해지진 않았지만, 고용주가 시키는 만큼의 시간에 일하겠다는 것은 다 알고 있는 사실이다. 시간을 계약한 것이다. 그러니 시간을 경매에 내놓는다는 게 말이 전혀 안 되는 건 아니라는 생각이다.

회원들은 경매에 내놓겠다는 시간을 아마도 자신들의 시간으로 여겼을 거란 생각이 들었다. 충분히 그럴 수 있는 일이었다. 경매에 대해 좋지 않게 생각하는데 거기다 그들 삶의 시간이 올려진다는 데 기분이 상했을 수도 있었다. 지금까지 열심히 여기까지 왔는데 그렇게 살아온 삶이 지금은 경매에나 부쳐질 정도가 되었나 하는 허탈감이 그날 그렇게 퉁명스럽게 나타났다는 생각이다. 경매라는 게 사실 내놓는다고 모두 팔리는 건 아니다.

새벽 인력시장에 가본 이들은 알 것이다. 꼭두새벽부터 줄을 서 기다리지만, 그들이 모두 일하러 가는 것은 아니다. 쓰겠다고 데려가는 이가 없으면 하는 수 없이 되돌아와야 한다. 말하자면 팔리지 않은 것이다. 다음날을 기다리는 수밖에 없다. 경매도 그렇다 1차에서 낙찰되지 않으면 인력시장에서 남겨진 이들처럼 다음 2차 경매로 가야 한다. 그럴수록 값은 내려간다.

회원들은 지금 자신의 시간을 내놓아도 1차에서 팔릴 가능성이 없다. 2차에서도 확신이 서지 않는다. 그런 자신들의 처지를 확인하는 말을 느닷없이 꺼내놓았으니 마음이 뒤틀렸음은 불을 보듯 했다. 그러나 그건 어쩔 수 없는 현실이다. 아무리 아니라고 해도 아닐 수 없는 일이다. 새벽 인력시장서 남겨진 이들이 자기는 능력 있다고 아무리 말해 봐야 소용없는 일이다. 그러나 오늘은 안되었지만, 내일이 있다. 실망할 일은 아니다. 그들에겐 다음을 기다릴 수 있는 시간이 있다. 기다릴 수 있다는 건 미래다. 미래는 희망이다. 희망이 있으면 의욕이 생긴다. 그러나 산정포럼 회원들은 그들과 달랐다. 2차 경매에 부쳐진 꼴이라 할까, 기다려야 할 내일을 약속할 수 없다. 그런 형편인데 거기다 경매에 부쳐보면 어떻겠냐며 엉뚱한 소리를 하는 자신한테 화가 날 수밖에 없었을 것이다.

회원들을 그렇게 화나게 한 경매에 대해 좀 더 알아보고 싶어졌다. 그런 쪽에 밝은 대학 동기 은희한테 연락했다.

원만이, 그런 건 도서관에 가면 다 있는데……. 어쨌든 이번에 봐줄 테니 다음엔 그대가, 알았지?

고맙네. 약속은 지키도록 하겠어.

은희가 들려준 이야기는 길었지만, 흥미 있었다.

경매의 역사는 오래되었어. 물건에 값이 생기면서지. 값이라는 게 일방적으로 정해지는 것은 아니잖아. 사려는 사람과 팔려는 사람이 서로 합의점을 이룰 때 가격이 이뤄지는 것이니 그 합의점을 이루는 게 경매라고 보는 게 일반적인 견해야.

그녀는 흥미로운 이야기도 곁들이며 이어갔다. 로마제국을 다룬 영화 중에는 검투사들의 혈투가 나오는 장면 하면, 콜로세움 원형경기장이 떠오른다면서 전쟁에서 패한 적국의 포로 4만 명을 동원해 세운 것이라고 했다. 그 안에서 노예 검투사들이 목숨을 걸고 싸우는 영화 중에 '글래디에이터'

가 최고라고 했다. 가족과 사랑이라는 테마는 마지막 장면에
선 가슴이 뭉클해졌다고 했다. 주인공 막시무스 장군이 노예
시장에서 경매로 팔리는 장면이 나오는데 그로 봐서 경매는
벌써 그 당시에도 있었다고 했다. 노예들의 가격은 건강, 힘
의 세기, 사고 능력, 생김새 등에 따라 달랐다. 원하는 사람한
테 제일 좋은 조건을 가진 노예가 높은 가격에 팔렸음은 당연
한 일이라 했다. 그 당시 노예가 로마의 평민들 수보다 많았
다고 하는데, 팔려간 노예들은 주인을 위해 생활에 필요한 모
든 것을 만들었다고 했다.

로마를 지탱한 건 노예였다고 했다. 그것을 역사의 아이러
니라고 했다. 그녀는 노예 경매에 관한 이야기를 이어갔다.
노예시장은 더 참혹해져 갔다고 했다. 콜럼버스가 신대륙을
발견하면서 탐욕스러운 백인들이 노예무역을 시작하면서 무
려 350여 년 동안 이어졌으니 참혹할 수밖에 없었을 것이라
했다. 아프리카의 노예들은 유럽 경매시장에서 팔렸다. 마지
막까지 아프리카 노예들을 수출했던 나이지리아 바다그리
(Badagry) 항구 해변 기념비에는 '돌아올 수 없는 바다그리
노예항로, 종착지를 알 수 없는 여정'이라는 문구가 새겨져
있다고 했다. 그 기념비는 오늘도 말없이 나이지리아의 푸른

바다를 바라보며 슬픔을 삼키고 있다.

이제 보니 대단하네, 언제 그런 지식을 쌓았어?

왜 이러시나, 그냥 아는 걸 얘기했을 뿐인데. 나중에 또 연락하자.

발에 착 붙는 운동화 촉감에다 날씨도 맑고 좋았다. 늘 다니는 산으로 향했다. 도시를 벗어나 언덕길로 접어들었다. 한참을 오르니 숨이 가빠졌다. 여기를 오른 지도 몇 년이다 보니 어느 지점서 몸이 어떻게 반응하는지 알고 있다. 그런데 요즘 들어 전과 다르다는 것을 느끼며 세월이 많이 흘렀다는 생각이 들었다. 흐르는 시간에 몸도 따라가는 모양이다.

산마루에 오르니 구름 한 점 없는 파란 하늘이 눈에 들어왔다. 움츠렸던 가슴이 펴졌다. 깊이 숨을 들이마셨다. 힘이 생기는 것 같은 느낌이 들었다. 바람이 솔 향기를 안겨주며 지나갔다. 오르면서 가빴던 숨도 평상을 찾았다. 마음이 한결 가벼워지면서 정신도 맑아졌다. 능선을 따라 구불구불 휘어진 길을 따라 걸었다. 중간지점에 있는 팔각정은 운동하러 나오는 이들의 쉼터며 산정포럼 회원들의 토론장이기도 했다.

정각만 덩그렇게 세워져 있고 이름이 없다. 요즘 들어 이런 등산로에 휴식처로 정각들을 쉽게 볼 수 있다. 고마운 일이지만 아쉬운 것은 자연과 어울리는 멋진 이름이 붙은 곳은 별로 보지 못했다. 옛날에 세워진 누정엔 모두 그럴듯한 이름의 현판이 있다. 지금 이름도 없이 덩그러니 서 있는 정각을 보면서 우리 삶에 여유가 없어진 모습이라는 생각이 들었다. 마음에 여유가 있는 세상이 왔으면 했다. 그 많은 공모전에 정각 이름 공모는 왜 없는지? 응해볼 수도 있는데 그런 소식은 아직 듣지 못했다.

이른 시간인데도 벌써 몇은 가쁜 숨을 내쉬며 자신의 곁을 지나갔다. 더운 기운도 따라 지나갔다. 젊은이들이 땀 흘리는 모습은 보기 좋았다. 풋풋함이 느껴졌다. 자신에게선 없어진 모습이다. 그러나 때로는 짙은 화장을 한 여인을 만날 때도 있었다. 화장으로 나이를 가리려 했는지 아니면 햇빛을 가리려 한 것인지는 구분이 어려웠지만 심하다는 생각이 들 때도 있다.

짙은 화장 냄새는 풋풋하지 않았다. 자연스러움이 아름다움이라는 걸 놓치는 것 같았다. 나이 듦은 자연스러운 일인데 굳이 감출 일은 아닐 것이다. 편안한 나이 듦도 아름다움일 수 있다. 운동하는 이들 중에 낯익은 이들은 아직 보이지 않았다. 여기서 만나는 사람들은 서로 인사를 나눈다. 친밀도에 따라 인사말이 조금씩 다르긴 하지만 그렇게 지낸다. 걸음이 점차 가벼워지면서 무겁던 몸도 조금씩 제자리를 찾아갔다. 능선을 따라 걷다 보니 몸이 땀에 흠뻑 젖어왔다. 잠시 쉬어야겠다며 앞에 있는 간이쉼터로 향했다.

먼저 온 이가 있었다. 알고 지내는 여인이었다. 낯선 이는 서먹한데 잘된 일이다. 여기서 만나는 사람 중 산정포럼 회원 외에 길게 인사를 주고받는 몇 안 되는 사람이다. 맞은편에 앉아 숨을 고르는데 차를 권하며 종류를 맞혀 보라고 했다. 미각이 둔했지만 짙은 향이 좋았다. 고개를 갸웃거리는 나를 향해 국화차라고 했다. 그녀는 가끔 이렇게 차를 준비해왔다. 비록 차 한 잔이지만 마음 씀이 고마웠다. 뭔가 칭찬을 해줘야 될 것 같았는데 그녀가 입고 있는 카디건이 세련돼 보였다. 젊은 데다 미적 감각이 있는 여인이라는 느낌이 왔다. 잘 어울린다고 하자, 고맙다면서 인터넷 경매에서 샀다고 했다. 인터넷에 그런 것도 있느냐고 하자 지금 마시는 차도 인터넷에서 샀다면서 거기엔 없는 게 없다고 했다.

모르셨어요? 요즘 젊은이들은 필요한 것을 인터넷에서 가격을 비교해보고 사요. 외국에서 가격이 헐하면 거기서 바로 사요.

직구라는 말도 그래서 나온 말이겠네?

맞아요, 요즘 젊은이들은 직구를 많이 하죠.

국내시장보다 싼 해외시장에서 바로 구매하는 건 자연스러운 일이 되었다고 했다. 인터넷이 서툴거나 정보가 어두운 나이 든 사람이야 어렵겠지만 종일 휴대폰을 손에서 놓지 않고 있는 젊은이들은 쉬운 일일 것이다. 어떤 젊은이들은 자기가 좋아하는 물건들을 인터넷상에서 이곳저곳 찾아다니며 사는 걸 즐기고 있다고 했다. 요즘은 인터넷으로 물건 사는 게 취미처럼 변한 사회가 되었다. 세상이 뛰어가는 게 아니라 날아간다는 생각이 들면서 자신의 지난 시절이 떠올랐다.

국산품 애용이라는 말로 애국심을 강요하던 때가 있었다. 외국제품을 사용하면 큰 잘못이라도 저지른 것처럼 따가운 눈총을 받기도 했었다. 자신의 젊은 시절이 그랬다. 지금은 담뱃가게에 국산과 수입 담배가 나란히 진열되어있다. 그 종류도 많아 이름을 대기도 어렵다. 그러나 지나간 그 시절엔 그렇지 않았다. 밀수한 외제 담배를 몰래 피우는 게 일종의 멋이기도 했다. 그때는 특별하다는 걸 나타내는 방법이 그리 많지 않았다. 사는 형편이 거의 비슷했으니까. 페라리도, 포르쉐도 없었으니 겉멋을 부리는 방법이 단순했다. 어찌 보면 원가가 적게 드는 멋 부리는 방법이었다. 이름도 잊히지 않는다. 그 당시 인기 있던 담배는 '말보루', 허영심의 아이콘이었다. 술값이 좀 나가는 곳에선 손님한테 몰래 내놓기도 했다. 손님은 그걸 피우며 우쭐하다 단속반에 적발되면 적지 않은 벌금을 내야 했다. 지난 시절의 한 장면이다. 지금 '직구' 세대들에겐 국산품 애용이라는 말의 뜻이나 알는지 모르겠다. 설혹 안다고 해도 이해는 되지 않을 것이다. 값이 싸고 물건이 좋으면 나라 구별 없이 살 수 있는 세상은 인터넷 덕이라 하겠다. 카디건을 그렇게 샀다는 말에 전에 한 이야기가 생각나 물어봤다.

경매라면 놀라지 않나요? 지난 시절 기억도 있을 텐데.

시간도 많이 지나서 이제 잊고 싶습니다.

그녀의 가정도 경매로 인해 어려운 시절을 보냈다는 이야기를 들은 적이 있었다. 그녀의 아버지가 사업을 하면서 집을 담보로 은행에서 대출을 받았다고 했다. 지금도 그렇지만 당시에는 사업하는 사람들은 다들 그렇게 해서 돈을 빌려 썼다. 잘 되던 사업이 IMF를 맞으면서 어려워져 은행 빚을 갚을 수 없게 되자 집이 경매로 넘어가게 되었다고 했다. 집에서 쫓겨난 그녀 가족들은 한동안 고생을 많이 했다는 이야기를 들었기에 경매라면 놀랄 거란 생각이 들었다. 그러나 아무렇지도 않은 듯이 말하는 그녀를 보면서 고개가 갸웃해졌다.

아무리 지나간 일이라 해도 어렵고 힘들었던 일은 그리 쉽게 잊게 되지 않는다. 늘 마음 한 곳에 자리해 자신을 괴롭히면서 놀라게 한다. 마음에 그늘이 생기고 우울해지게도 한다. 그런 증세가 심해지면 트라우마가 생기고 더 나빠지면 쉽게 말해 미쳐버리기도 한다. 그러나 지난 역사를 보면 꼭 그렇지만도 않은 것 같다.

지금 잠실대교 부근은 삼밭 나루로 불렸다. 삼전도라고도 하는데 남한산성으로 가는 길목에 있다. 조선의 임금 인조는 병자호란 때 남한산성에서 버티다 삼전도 벌판에서 이마를 세 번 조아린 후 청 태종한테 항복했다. 말할 수 없는 치욕이었다.

깨알같이 기록했다는 조선왕조실록 어디에도 그 많은 중신 중에 분을 못 이겨 미쳐버렸다는 기록은 찾아볼 수 없었다. 거기다 청 태종은 승전을 기념하는 비를 세우게 했으니 '삼전도비'다. 그 비가 아직도 잘 보관되고 있다고 한다. 역사에서 교훈을 얻으려는 뜻인진 몰라도 그 후의 일들을 보면 그런 것 같지는 않다. 어찌 됐든 그렇게 아픔을 잊으며, 아니 잊으려 하며 살아온 선조들은 무던했다. 자신에게 차를 따라주고 있는 그녀도 선조들의 그런 무던한 유전자가 몸에 흐르는 탓인지도 모른다.

산정포럼 회원들은 산에서 만나는 나이가 비슷한 이들이다. 정식 모임처럼 무슨 규정 같은 게 있는 것도 아니다. 싫으면 나오지 않으면 된다. 그렇다고 따질 사람도 없다. 쉽게 말해 퇴직한 이들이 시간을 보낼 겸 모여 한가로움을 나누는 모임이다. 여기서 퇴직이란 직장에 다녔던 사람만을 이르는 말이 아니다. 자영업을 했더라도 현직에서 물러난 이들도 포함된다.

산정포럼이라 부르게 된 건 만남이 오래되다 보니 무슨 이름이라도 있어야 하지 않느냐 해서 붙여진 것이다. 포럼이란 단어를 끌어들인 건 다분히 장난기였지만 굳이 까닭을 댄다면 포럼과 비슷하게 진행되기 때문이다. 누가 먼저 이야기를 꺼내면 다른 이들은 자기 생각을 자유롭게 말하는 것이 마치 포럼과 비슷하다고 갖다 붙인 거다. 처음 말을 꺼낸 사람이 발제자가 되고 나머지 사람은 토론자가 된다. 정해진 순서가 있는 것도 아니고 토론에 꼭 참여해야 하는 것도 아니다. 싫으면 그냥 청중으로 남아있어도 된다.

어떤 제약이나 조건도 없는 자유토론 방이다. 단지 요즘 흐름처럼 온라인상이 아닌 오프라인 이긴 하지만. 젊은이들이 사회관계망에서 토론방을 만들어 그들의 의견을 나누듯이 그것과 비슷했다. 그러나 그들과 다른 점은 익명성이다. 익명이라는 가림막 뒤서 특정 사건이나 사람에 대해 험담을 하는 일이 없다. 사회관계망 활동을 하는 젊은이들은 대부분 사실을 말하고 있지만 그렇지 않은 이들도 있는 건 사실이다. 자신들의 생각과 맞지 않으면 좌표를 찍어준다. 그러고 나면 일명 폭격이라는 댓글 부대들이 출동해 상대를 퇴출하거나 괴롭히는 토론방이 존재하는 건 모두 알고 있는 사실이다. 그러나 이곳은 그런 곳과는 달리 완전 실명제며 열린 토론방이다. 어떤 의견도 수용되는 열린 광장이다. 단지 회원 수가 적은 미니 토론방이긴 하지만 열린 광장인 것만은 확실하다.

열려있다는 것은 숨기는 게 없다는 뜻이다. 떳떳하다는 뜻도 된다. 열려있는 상태로 여럿이 이용하는 것 중에는 경매도 있다. 경매는 열려있지 않고는 운영이 어렵다. 보이지 않은 뒤에서 가격을 정할 수는 없는 일이다. 공개된 장소에서 경쟁하며 가격이 결정되는 게 경매의 원칙이다. 공개와 경쟁이라는 절차를 거치지 않은 것은 경매라 보기 어렵다. 보이지 않는 은밀한 곳에서 거래가 이루어졌다면 그건 공정하지 못한 담합이다. 그건 떳떳지 못한 일이다. 범죄가 될 수도 있는 일이기도 하다. 산정포럼은 숨겨야 할 그런 것은 없다.

산정포럼 모임에서 토론이란 용어를 사용하기엔 사실 어울리지 않는다. 대부분 과거에 경험했던 일들을 노변정담 같은 것으로 시간을 보내고 있으니 토론이라는 말이 어울리지 않는 건 분명하다. 이 때문에 용어에 무게를 두다 보면 엉뚱한 길로 갈 수 있기에 그냥 가볍게 생각하며 지나가자고 했다. 삶의 일선을 떠난 이들이 소일하는 곳인데 딱딱한 전문지식을 꺼내놓기엔 적합한 자리도 아니고 또 그렇게 하는 걸 다른 이들이 좋아할 리도 없기에 그냥 가벼운 말로 시간을 보낸다는 표현이 적당했다. 그렇지만 토론이란 용어는 그들이 지나온 한때를 짐작하게 하는 데는 충분했다.

회원들이 한 둘씩 올라왔다. 인사가 투박했다. 전에 있었던 경매 사건 때문은 아니라는 생각이 들었다. 그들 표현방식이 그랬다. 그 일은 벌써 잊어버렸을 거다. 꼭 기억해야 할 일도 금방 잊어버리는데 그 일을 아직도 담아두고 있을 리는 없다는 생각이다. 투박함이 정겨움의 표현이기도 했다. 그래도 전에 일이 멋쩍었던지 K가 먼저 사과 비슷하게 입을 열었다.

탁 선생. 요전엔 우리가 좀 과한 것 같았어. 마음에 담아두지 말게나.

그의 말이 끝나자 다른 회원들도 미안했다는 말을 이었다. 자신도 괜찮다고 하자 그 일은 없었던 것으로 되었다. 분위기가 한결 부드러워지면서 예전과 같이 세상일에 불평을 늘어놓았다. 나이가 들면 세상일 모두가 잘못되어가는 것으로 보이기에 불평이 절로 나오기 마련이다. 변화를 따라가기도 힘들고 두렵기도 하기 때문일 거다. 미안하다는 말을 먼저 했던 K가 얼마 남지 않은 선거가 있어서인지 선거에 대해 말문을 열었다.

선거라는 제도가 가장 민주적인 방법으로 보이지만 내 생각은 달라요. 선거는 당연히 표로 결정되지만, 그 표엔 좋고 나쁨이 구분되어 있지 않아요. 투표용지에 이 표는 착한 표입니다, 하고 표시되는 것도 아니고 반대로 나쁜 표라고, 돈

먹고 찍은 표라고, 부당한 약속을 한 표라고 나타나지도 않습니다. 그런데 좋고 나쁨이 똑같이 한 표가 된다는 게 말이 안 되잖아요. 선거라는 제도는 맘만 먹으면 얼마든지 나쁜 짓을 할 수 있습니다. 선거에 출마한 후보는 이기려고만 하다 보니 법에 어긋나는 방법을 몰래 꾸미는 일이 생길 수 있지요. 그러나 현실적으로 그런 방법을 막을 길은 없습니다.

그런 걸 막으라고 선거법이 있지 않습니까?

모르시는 소리, 법의 그물은 너무 헐거워 빠지는 게 많습니다. 그들에겐 전혀 두려움이 되지 않은 지 오래되었어요. 그런 탈법으로 당선된 게 발각된다 해도 대법원 판결까지는 그 직을 유지한다는 게 더 큰 문제입니다. 최종 판결까지 걸리는 기간은 당선자의 임기가 끝나갈 무렵이 되니 법이 있으나 마나 한 거지요.

회원 모두 고개를 끄덕이면서 그런 선거를 공정하다고 할 수 있을지 의문이라고 했다. 이치에 맞지 않는 일이 어디 그런 것뿐이겠냐며 다른 회원이 거들었다.

산을 좋아하다 보니 전국의 이름있는 산을 즐겨 찾는데 그때마다 입장료 때문에 기분이 언짢아졌습니다. 갈만한 산 대부분은 국립공원인데 그런 산에는 사찰이 있기 마련입니다.

전에는 국립공원에서 입장료를 받았습니다. 그러다 얼마 전부터 국립공원에서 입장료를 폐지했는데도, 공원 일부가 사찰 땅이라는 이유로 절에서 계속 받는 곳이 많아요. 산을 찾을 때마다 징수원과 입씨름을 하다 보니 자연히 기분이 상해졌습니다.

그러면서 덧붙였다. 자신이 믿는 종교에 신앙심으로 자신이 가진 일부를 바치는 것을 불가에서는 시주라고 한다. 인상 깊은 시주로는 시인 백석의 연인이 시주한 길상사라고 했다. 내용은 굳이 말하지 않아도 알 것이라면서 그 많은 재산도 백석의 시 한 줄만 못하다고 한 그 여인의 말은 두고두고 잊히지 않는다며, 그런 마음으로 하는 게 시주라면서 입장료를 강제로 받는 절의 스님은 아마도 그걸 시주로 생각하는 모양이라고 했다. 가사 장삼을 걸치고 부처님 뒤에서 눈을 감고 있는 스님은 부처님을 혼탁한 세상으로 모셔오지 말고 부처의 참뜻을 알아야 할 거라며 언성을 높였다.

그런 일은 가톨릭계에도 있습니다. 가톨릭 정신에도 맞지 않는 교리로 정치적인 강론을 쏟아놓는 신부 말입니다. 겉은 로만 칼라로 가려진 신부지만 정신적으론 여의도 정치판에서 가당치도 않은 일을 서슴지 않고 저지르는 그들과 똑같잖아요. 기왕 정치 얘기가 나왔으니 말인데 어제 TV를 보다 너무 기가 찼어요. 국정조사인지 뭘 한다며 기업의 CEO를 불러다 놓고는 새파랗게 젊은 의원이 삿대질하며 훈계를 하는 모습은 정말 못 봐주겠더라고요. 머리가 희끗희끗한 CEO들은 평생 기업을 일으켜 일자리를 만든 이들입니다. 이 나라 경제를 일으킨 주역들이지요. 기업을 운영하다 보면 작은 흠은 있을 수 있지만 그런 건 트집 잡힐 일이 아니지요. 삿대질하는 그런 정치인이 할 줄 아는 거라곤 데모와 대중 선동하는 것밖에 더 있겠어요. 그런 자들이 어쩌다 국회에 들어가 정치를 어지럽히고 있어요. '국민은 알 필요 없다'라며 법을 뜯어고치더니 그 모양이라고 했다.

정치에 대한 불평이 높아지자 자신도 한마디 해야겠다는 생각이 들었다.

그들이 하는 짓을 보면 기업들이 어쩌다 써먹는 노이즈마케팅을 흉내 내는 것 같아요. 자신의 존재감을 알리는 방법으로 좋은 법안이나 긍정적인 면으로는 능력이 모자라니 막말이나 뛰는 행동을 통해 언론에 알리는 것이지요. 그렇게 수위를 점점 높여가며 자신의 존재를 나타내는 걸 옆에서 지켜보던 초선들이 '이것 봐라' 하는 생각으로 따라 하게 되다 보니 정치는 점점 더 천박하게 되어가는 원인이기도 합니다. 사실 지금까지 우리의 정치입문 패턴이라는 게 거의 그렇잖아요. 어떤 쟁점이 되는 사회문제에 발언 수위를 높여 대중의 관심을 받게 되면, 다음 선거에서 비례대표에 당선 가능 번호를 받게 되고, 국회에 입성해서는 자신의 그런 투사적인 모습으로 주목받을 만한 발언을 선택적으로 하면서 자신의 자리를 굳혀가는, 거의 그렇잖아요. 그런 후 차기에 지역구를 배당받아 선명한 투사의 정치인이라는 이미지로 당선되고, 그러면서 당내 무슨 대책 위원장을 맡고 그렇게 커가는 거지요.

자신의 설명으로 포럼은 푸짐해진 것 같았다. 말이 끝나자 마치 무슨 선거 유세에서 입후보자의 소견발표에 동원된 지지자들처럼 손뼉을 쳤다. 소크라테스의 변명이 떠올랐다. 그리스 청년들의 정신을 병들게 했다는 죄로 고발당한 소크라테스는 법정에서 자신을 고발한 그들을 향해 내가 여기 선 것은 나를 고발한 당신보다 염치가 덜 없기 때문이라고 한 말이 생각났다.

그들을 전부 경매에 부치면 어떻게 될까?

값이 없을 것 같은데. 오염이 워낙 심해 누가 사겠어?

K의 엉뚱한 말에 한바탕 웃었다.

은희한테서 전화가 왔다. 자랑할 데가 마땅찮았던 모양이다. 자기 아들이 법원 경매에서 집을 샀는데 값도 싸고 깨끗해 너무 좋다며 자랑을 늘어놓았다. 요즘은 귀금속까지 범위를 넓혔다면서 자랑을 이어가다 전에 일이 궁금한지 물어왔다.

경매 공부는 좀 했어?

도서관에 다니긴 했지. 숙제하느라 힘은 들었는데 재미도 있더라고.

그래, 공부한 거 들어보자, 어서 해봐.

자신이 도서관을 다니면서 알게 된 내용을 은희한테 들려줬다.

고대 로마제국부터 있었던 노예시장은 없어졌지만, 일반 경매시장은 오히려 더 활발해졌다. 역사가 오래다 보니 경매 방식도 진화가 되었다고 했다. 영국의 오름식 경매와 네덜란드의 내림식 경매로 구분된다. 오름식이 대부분 사용되고 있지만, 물건에 따라 내림식이 사용되기도 한다. 네덜란드는 화훼와 생선을 수출하는 나라니, 꽃이 시들거나 생선의 신선도가 떨어지면 제값을 받을 수 없다. 처음 신선도가 좋을 때 가격에서 시간이 지날수록 값이 내려갈 수밖에 없으니 하향식을 사용할 수밖에 없다. 모든 게 그 지역의 특성에 맞게 적용된다는 사실을 새삼 깨달았다고 했다. 우리도 대부분 오름식이 적용되지만 화훼와 생선은 네덜란드식을 따르고 있다고 했다.

공부 많이 했네, 그런데 뭐 특별히 재미난 거 없어?

흥미가 당기지 않는 이야기인지 시큰둥한 반응이 돌아왔다.

특별한 거라, 이게 특별할지는 모르지만, 커피에 대한 건 어때?

커피 그거 좋지, 궁금한데 어디 들어보자.

우리가 하루에 몇 잔씩 마시는 커피의 재료인 원두도 세계시장에서 경매를 통해 들어오는 건 알겠지. 그런데 커피 경매는 특이해. 밀봉경매라고도 하는 비크리 경매 방식으로 거래되는데, 최고 입찰가를 써낸 사람에게 낙찰되면 낙찰자는 두 번째 입찰가를 써낸 가격을 낸다고 해. 말하자면 가격을 올리는 심리적인 방법을 이용하는 경매방식이지. 어쨌든 이렇게 들어오는 커피 값이 일 년에 6조 원이 넘는다니 놀라지 않을 수 없겠지.

그렇게나 많이? 놀랍네. 그리고 커피 경매방식이 별나다. 네 덕에 배웠다.

알면서 괜한 소리 같은데, 커피 얘기가 나왔으니 말인데 커피 축제를 하는 도시가 있어. 강릉말이야, 시간 될 때 한번 가봐.

기왕 말을 꺼냈으니 커피 축제 얘기해봐.

그녀도 커피 축제가 궁금한 모양이다. 지난해 울릉도에 가려고 강릉항을 찾았다. 울릉도를 오가는 페리호가 강릉항에 있기 때문이다. 시간이 남아있어 강릉항을 중심으로 둥글게 형성된 상가를 둘러보면서 무척 놀랐다. 대부분이 커피숍이었다. 아무리 커피 축제가 열리는 곳이라지만, 인구가 많지 않은 도시에서 이 많은 커피점이 과연 될까 하는 의문이 들었다. 지나가는 이를 붙잡고 물어봤다. 장사가 어떠냐고.

강릉 사람들은 하루 세 끼 중 한 끼는 커피로 합니다.

그의 대답에 무릎을 쳤다. 강릉인의 기질을 엿볼 수 있었다. 전국에 여러 축제가 있지만, 대부분이 전통에 뿌리를 둔 것이거나 지역 특산물 판매 형식을 가진 것들이다. 그런데 커피 축제라니 생뚱맞다는 생각에 얼른 이해가 되지 않는 축제였다. 우리나라에는 커피가 생산되지 않는 기후다. 동해안에 있는 강릉이라고 특별할 리 없다. 그런 도시에서 커피 축제가 생긴 데는 그럴만한 이유가 있었던 것 같았다.

아시아의 커피 공급은 한동안 일본이 도맡아 왔다. 커피 소비층도 얇고 커피 시장에 대해 잘 알지도 못했기 때문이다. 그러다 소득이 높아지면서 커피 소비량이 늘어나자 시장 규모가 커지게 되었다. 말하자면 돈이 모이는 곳이 되었다. 커피에 관심이 컸던 국내 기업인이 세계 커피 경매장에서 직접 원두를 들여오면서 일본의 공급권이 무너졌다. 그 기업인은 강릉에 원두 공장을 차려 국내에 커피 원료를 공급했다. 거기다 이름이 꽤 알려진 바리스타가 강릉에 자리를 잡으면서 강릉 커피 시장에 불을 붙였다고 한다.

강릉은 자연환경이 아름다운 곳이다. 파도가 아리아처럼 들려오는 바닷가 커피숍은 환상적이다. 유명한 안목 커피 거리의 모습이 그렇다. 지금은 시내 모든 지역에 커피숍이 없는 데가 없을 정도가 되었다면서 지역축제가 열릴 만한 곳이다. 지금은 커피 축제 기간과 관계없이 전국의 커피마니아들이 찾아와 즐기고 있다. 향토적인 이미지의 강릉이 서구적이라 할 수 있는 커피 축제를 한다는 것은 변화하는 모습임은 틀림없다.

아, 멋진 곳이네. 언제 강릉에 커피 마시러 같이 가자.

그녀의 반응이 의외였다.

산정포럼 회원들이 사회에 대한 불평이 끝나자 K가 엉뚱한 말을 꺼냈다.

탁 선생, 지난번에는 좀 그랬는데 경매가 궁금해졌어. 우리도 좀 배우면 어떨까?

그래요, 오늘 신문에 미술품 얘기가 실렸는데 뭘 알아야지. 설명 좀 해 줘봐.

뭐 궁금하다면 얘길 할 수는 있지만, 다른 사람들 생각은 어떤지 모르겠네.

그러면서 회원들을 죽 둘러보니 모두 궁금하다는 표정이었다.

그럼 여러분들이 흥미 있을 것 같은 미술품 경매에 관해 얘길 하지.

국내 경매시장도 요즘 들어 활동 범위를 넓혀가고 있는데 그중 가장 뜨겁게 경매시장을 달구는 것은 부동산일 거라고 했다. 아파트값이 자고 나면 오르니 그럴 수밖에 없을 거라면서 국내에선 그렇다 치더라도 세계 경매시장의 큰손은 미술품 경매시장이라고 했다. 그 시장을 움직이는 곳은 역시 영국이고, 런던의 크리스티 경매와 소더비 경매가 있다고 했다. 미술품 가격은 국내의 아파트 가격과는 격이 다르다고 했다. 평생 가난으로 찌들었던 빈센트 반 고흐의 '해바라기' 작품이 크리스티 경매에서 530억 원에 낙찰되었다니 무덤에 있는 고흐의 생각은 어떨지 궁금하다면서 회원들의 표정을 살펴봤다. 모두 그 금액에 실감이 나지 않는지 눈만 크게 뜨고 껌벅였다. 얼마 전 홍콩 크리스티에서 김환기 화가의 '우주'가 132억에 낙찰됐다는 뉴스를 보고 놀라지 않을 수 없었다며 국내 미술 경매시장도 만만찮다고 했다. 박수근 화가의 '빨래터'가 45억, 이중섭 화가의 '소'가 47억에 낙찰됐다. 부동산과는 격이 다른 건 확실하다고 했다. 자신의 이야기를 들으면서 회원들은 놀라는 표정이었지만 긴가민가한 표정을 짓는 이도 있었다.

사람은 생각을 쉽게 바꾸지 않는다. 생각이나 신념이 잘못된 것으로 판명되어도 쉽게 바뀌지 않는다. 그런 사람을 '사고의 확신범'이라 한다. 오직 자기 생각이 옳은 것이라는 믿음에 변함이 없다. 산정포럼에서 흘러가는 세월에 저항하듯이 불만을 털어놓는 그들도 어쩌면 그런 '사고의 확신범'에 속할지도 모른다는 생각이 들었다. 그러니 경매에 대한 지금까지의 생각을 바꿀지는 알 수 없는 일이다.

가슴을 다 털어내고 나서 산정포럼이 끝났다. 하산 채비를 하려는데 이야기에 잘 끼지 않던 회원이 입을 열었다. 이렇게 보내는 시간이 아깝다는 생각이 들 때가 있다면서 무슨 좋은 방법이 없겠냐고 했다. 생각지도 않았던 질문이었는지 모두 할 말이 떠오르지 않아 한참 뜸을 들였다.

집에 가서 버려둔 유물이라도 있는지 찾아봐요. 뭐라도 있으면 인사동으로 가자고.

우리 집에 백자 비슷한 꿀단지가 있는데 인사동에 가면 제 값을 쳐줄지 모르겠네?

그야 경매 전공인 탁 선생한테 맡기면 될 일이지. 뭔 걱정이람.

산정포럼 회원들 모두 한바탕 웃고 나서 하산 길에 들었다. 나는 구불구불 휘어진 산길을 내려오면서 생각에 빠져들었다. 삶도 인생이라는 화덕에서 구워낸 예술품이라는 생각은 지금도 변함이 없다. 그 예술품이 가끔 궁금할 때가 있다. 인사동 같은데 말고 격이 다른 미술품 경매시장 같은 데서 자신이 구워낸 예술품을 내놓는다면 어떨까? 이것도 회원들이 들으면 타박을 줄 것이 확실했다.

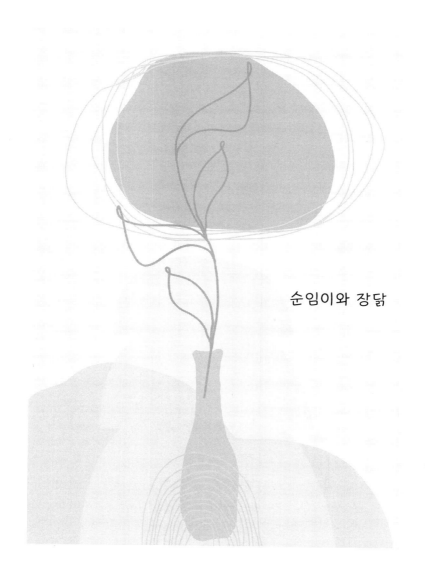

순임이와 장닭

가을은 부지깽이도 부린다고 했다. 바쁜 시기다. 들에는 거둠을 기다리는 알곡들이 줄을 서 있다. 알이 무거운 수수대가 금방 고개가 꺾어질 것 같았다. 빨리 이삭을 잘라줘야 하는데 손이 나지 않는다. 마당에 펼쳐 놓은 고추도 말라서 바람에 바스락거리는 소리가 유난하다. 텃밭 한 모서리를 차지하고 있는 참깨도 꼬투리서 까만 씨를 곧 쏟아놓을 듯이 입을 크게 벌리고 있다. 잔잔한 일들이 순임이의 손길을 기다리고 있었다.

남편인 만수는 가장 큰 농사인 벼 추수를 마치고 나서는 며칠째 술타령에 낮짝 보기가 어렵다. 한편으로는 남편이 바뻔 건 이해가 되기도 했다. 추수한 벼를 농협 공매에서 좋은 값을 받아 내려고 대포집을 들락거린다는 것은 알고 있다. 거기다 추수하느라 임대한 농기계 값이며 일을 도와준 이들 노임까지 계산해 주느라 술이 빠질 수 없다는 것도 알고 있다. 그러나 사람은 이성과 감성은 다른 것이다. 이해한다고 마음이 편한 것은 아니다. 어디까지나 그건 그것이고 이건 이거다. 둘이 함께 뒤섞여 화학반응을 일으켜 마음이 편해지게 되는 것은 아니다. 이해하면서도 미워지는 건 어쩔 수 없는 일이었다. 남편은 어제도 밤늦게 잔뜩 취해서 들어와 아직도 방에서 정신이 없다. 그런 날은 속이 쓰린지 꿍꿍대며 반나절을 보낸다. 그런 걸 알면서도 조절하지 못하고 한계를 넘는 남편이 이해가 되지 않았다.

그놈의 술이라는 게 처음엔 사람이 술을 먹다가 나중엔 술이 사람을 먹는다는 그들끼리의 말을 순임은 알 수 없었다. 어느 정도 되면 잔을 엎어놓으면 되지 않겠나 하는 생각이었다. 그러나 그건 어디까지나 술을 못하는 순임의 생각이고 술꾼들은 그러지 못한다는 것을 순임으로선 알 재간이 없었다. 마당을 바쁘게 뛰어다니는 순임의 발치에 수탉이 어슬렁거리며 거치적거린다. 미운데 업으란다고 혼자서 그러는 게 아니라 '꼬꼬꼬……' 암놈을 불러 모아 떼로 몰려다니며 거치적거린다.

매번 시장에 나가 달걀을 사는 것도 번거롭고 기왕에 터도 넓으니 닭도 키워보자 해 들여놓은 게 이제는 제법 수가 늘어나 십여 마리가 되었다. 손도 모자라는 판에 모이 주는 것도 어려워 풀어놓고 키우는데 이것들이 멀리 가지 않고 늘 마당 주위를 맴돌면서 먹이를 찾고 있었다. 그리고 암탉들은 하나같이 수탉이 '꼬꼬꼬……' 하면 쪼르르 달려가는 게 눈에 거슬렸다. '저 바보들 수놈이 뭐라고 그렇게 따라 다니냐……?' 거기다 수놈은 돌아가면서 암놈을 쪼아대기도 하고 수시로 등에 올라타 자신의 욕구를 채웠다. 수놈의 끝일 줄 모르는 그런 욕구 덕에 몸에 좋다는 유정란을 먹기는 하지만 순임이 눈에 거슬리는 것은 어쩔 수 없었다. 발치서 어정거리며 암놈을 쪼아대는 수탉을 향해 발길질을 날렸다. 수놈은 폴짝 날아올라 저만큼 달아나고 순임이 신고 있던 고무신만 남편이 누워 있는 문 앞에 떨어졌다. 불현듯 남편이란 자가 미워졌다. 참을성 많은 순임이의 임계점이 한계에 다다랐다.

"이봐요 만수 씨, 이제 나와서 손을 좀 거들어야지……?"

안에서는 아무런 대꾸도 없었다. 순임이의 화가 더 치밀어

올랐다.

"어이 김만수 일어나봐. 누가 억지로 먹였어? 지금 며칠째
야, 어지간해야 봐주지. 바빠 죽겠구먼……."

남편 만수와는 나이가 동갑이기도 해 화가 날 때는 말을
놓기도 한다. 사실 아무리 동갑이라지만 남편한테 그러면 안
된다는 것은 알지만 극약 처방이 아니면 자리서 일어나게 하
는 방법이 없다는 걸 경험으로 체득했기 때문에 가끔 써먹는
다. 그제서야 남편은 부스럭거리며 일어나 푸석한 얼굴로 문
을 열고 나왔다. 퉁퉁 불어있는 순임이한테 미안한지 머리를
긁적거렸다.

"어제는 어쩔 수 없었어, 혼자 빠지기도 어려웠단 말이
야……."

말끝을 흐리게 남기고는 낫을 찾아 들고는 밭으로 향했다.
'어이구 모질지도 못해서는, 혼자 왜 못 나와. 자기도 생각이
있었으니 죽치고 그랬겠지……?'

순임은 말을 입안에 넣고 중얼거리며 부엌으로 향했다. 밉
더라도 쓰린 속은 풀어줘야 하겠기에 콩나물을 듬뿍 넣어 해
장국을 끓이기 시작했다. 구수하면서 매콤한 냄새가 솥뚜껑
을 들썩거렸다. 참깨밭에서 어물거리는 남편한테 들어오라

했다. 큰 대접에 국물을 가득 담아 건넸다. 남편은 헤벌쭉 입을 벌리고 좋아하면서도 웬일로 미안한 티를 냈다. 전에는 하지 않던 짓이었다. 이제야 철이 드는가 하는 생각을 하면서, 땀을 방울처럼 흘리며 속을 채우는 남편을 보면서 이제 나이 들어가는 걸 보는 듯했다.

가을 거둠의 급한 일들은 부지런을 떠는 순임의 손끝에서 거의 마무리가 되어갔다. 그러는 사이 남편은 여전히 읍내 나들이가 멈추지 않았다. 읍내라지만 차로는 반 시간이 채 걸리지 않아 이웃이나 마찬가지였다. 농사지은 것을 내다 팔아서 돈 구경을 하려면 읍내에 가는 건 어쩔 수 없는 일이기도 했다. 그러나 남편이 매일 농사지은 걸 팔러 가는 것도 아닌 것 같았다. 뻔질나게 오는 전화가 오늘도 왔다. 남편은 전화기를 들고 밖으로 나갔다. 자신이 듣는 게 불편한 모양이다.

"뭐 하고 있어? 오늘 매상 마감이잖아. 복길이는 벌써 와 있는데, 바쁜가?"

"아니야, 바쁘더라도 나가봐야지."

전화기 밖으로 마구 뛰어나오는 소리는 그냥 순임의 귀로 들어왔다. 나이도 그렇게 많지 않고 귀도 멀쩡한 사람들이 목소리는 왜 그렇게 큰지 모를 일이었다. 그 덕에 귀동냥하면서 저들이 무슨 일을 하는지 알 수 있었다. 그러면서 때로는 어쩌려고 저러는가 하는 걱정이 들 때도 있었다. 남편의 친구라야 순임이 거의 알고 있었다. 좁은 농촌이다 보니 누구라면 다 알 만했다. 남편 친구들은 사는 게 고만고만하고 하는 일도 비슷해 서로 정보를 교환하고 지냈다.

순임은 전화기서 나오는 그들의 대화를 흘려버린 채 마당으로 나와 치우다 만 일을 다시 시작했다. 망태기를 들고 재바른 걸음을 걷는 순임이 앞으로 수탉이 암탉을 거느리고 어슬렁거리는 게 눈에 들어왔다. 거기다 암탉 등을 타고 욕심을 채우고는 내려와 암탉의 볏을 쪼아댔다. 그런데도 암탉은 아무런 저항도 없이 쥐죽은 듯이 그저 고분고분하기만 했다. 다른 암탉들도 그러든 말든 수탉 뒤를 졸졸 따라다니는 게 부아가 났다.

'어이구 저 머저리들, 저 수놈을 내다 팔아버릴까? 그러면 유정란은 먹을 수 없겠지……?'

순임이는 유정란이 어디에 얼마만큼 좋다는 과학적인 데이터를 본 적은 없었다. 그저 사람들이 좋다 하니 그런가 보다 생각하면서 무정란은 병아리를 깔 수 없으니 먹어봐야 별로라는 막연한 생각을 하고 있을 뿐이었다. 그래서 수놈을 없애버리는 게 마땅찮았다. 그놈의 유정란에 대한 미련 때문이었다. 어쨌든 수탉이 하는 짓이 눈에 거슬려 오늘도 발길질을 했지만 수놈의 털끝 어디에도 닿지 않았다. 보기에는 느릿했지만, 자신을 해코지한다는 걸 알았을 때는 가히 비호 같다고나 할까 재빠르기 이를 데 없었다. 그럴수록 순임이의 미움은 더해졌다. 이번엔 고무신을 벗어 집어던졌다. 그놈은 풀쩍 날아올라 피하면서 '꼬꼬꼬, 꼬꼬댁…….' 하면서 뒤뜰로 달아났다. 암탉들도 수놈을 따라 엉덩이를 뒤뚱거리며 날개를 퍼덕였다.

가을 햇살은 순임이의 손에 녹아내려 저물어갔다. 이제 가을 거둠은 어지간히 마무리했지만 한가로운 시간은 여전히 없었다. 농촌 일이라는 게 끝이 없었다. 하나 하고 나면 또 다른 일거리가 기다리고 있었다. 지금부터는 겨울 채비를 조금씩 해야 한다. 배추밭에 나가 처진 잎을 손질하고 벌레도 잡아줘야 한다. 집에서 먹을 거라 농약을 사용하지 않고 키우다 보니 일손이 몇 배나 들어갔다. 그래도 제 입에 들어갈 건데 하면서 농약 사용은 지금껏 하지 않고 있는데 점점 힘이 들다 보니 언젠가는 지금의 생각도 바뀔 때가 올 것 같기도 했다.

잠시 허리도 펼 겸 마당 가장자리에 덩그러니 놓여 있는 나무의자에 앉았다. 햇살이 자글자글 몸에 내려앉는다. 땀 흘려 일할 때는 싫었는데 이럴 때는 사르르 피로를 녹여 주는 것 같아 좋았다. 그래 저 햇살이 없으면 농사고 뭐고 있을 수 없지, 덥든 말든 그저 고맙기만 하지……. 스르르 눈이 감기려는 순간 '따르릉따르릉…….' 전화벨이 울렸다.

"언니 바빠? 시장 가려고 하는데 같이 가는 거 어때요?"

이웃에 사는 명자였다. 그녀의 남편 복길이와 자신의 남편이 동창이다 보니 언니라 부르며 가깝게 지내고 있었다. 얼마 전에 끝난 매상 금액이 궁금해졌다. 얼마나 받았는지 아직 듣지 못했다. 이참에 반찬거리도 사고 통장 확인도 해볼까 하는 생각이 들었다. 순임이의 대답이 떨어지자 명자는 금방 승용차를 문 앞에 대령했다.

"언니 어서 타. 오늘 시장 보고 나서 근사한데 가서 차도 한잔합시다. 우리라고 맨날 밭에 쭈그리고 있어서 되겠어?"

"그래, 모처럼 바람도 쐴 겸 그렇게 하지…….."

둘은 농협은행에 들러 필요한 돈부터 찾았다. 순임은 통장을 ATM 기계에 넣었다. 잠깐 찌르륵거리다 ATM이 토해낸 통장을 펼쳐보니 평소보다 긴 숫자가 입금란에 찍혀있었다. 명자가 옆에 있어 붕긋해지는 마음을 누르고 통장을 지갑에 넣었다. 시장에 들러 필요한 이것저것을 샀다. 사놓고 보니 그 수도 만만치 않았다. 승용차 없이 들고 다니기에는 마땅찮았다. 가끔 이렇게 자신을 불러 편의를 제공해주는 명자가 고맙기도 했다. 남편과 함께 시장을 온다는 건 매우 어려운 일이었다.

"언니, 이제 볼 일 다 봤으니 분위기 좋은 데 가자. 오늘은 내가 쏠게."

"그러자, 총잡이는 누가 하든 일단 가보자……."

명자는 핸들을 바닷가 쪽으로 꺾었다. 읍내에서 경치 좋기로 소문이 난 커피숍이 있는 금진 바닷가로 가는 모양이었다. 전에도 둘이 한번 들렀던 곳이기도 했다. 커피를 주문하고 순임이 먼저 카드를 내밀었다.

"언니, 내가 먼저 가자고 했잖아? 이건 아닌데……."

"괜찮아, 자주 태워줘서 고마워서야. 오늘은 내가 총잡이다."

바다가 시원하게 내려다보이는 창가에 자리했다. 바다는 잔잔했다. 가끔 작은 파도가 일면서 하얀 물거품이 일었다가 사라지고는 했다. 아주 평화로운 풍경이었다. 가슴이 후련해지면서 밭에서 땀을 흘리던 일들이 씻겨나갔다. 주문한 커피가 나왔다. 커피잔 위에 크림으로 하트모양을 새겨놓았다. 엷은 쓴맛에다 달콤한 그 맛을 기억한다. 남편이 서울에서 직장을 다닐 때 함께 마시던 그 커피 향을 아직은 잊을 수 없었다. 무슨 바람이 불었는지 귀농을 한다면서 직장을 그만두고 고향인 강릉으로 내려온 후로는 그 커피 향을 조용히 함께 나눌 시간이 별로 없었다. 이제 삼 년 차 농부 아내가 된 순임이 손도 농부의 손을 닮아가고 있었다. 두툼해진 손으로 커피잔을 들었다. 하얀 파도가 커피잔에서 일렁였다. 짧은 순간 시간여행을 했다.

"언니, 또 옛날 생각해? 많이 힘들겠지……?"

"아니야, 이제 적응이 됐어. 이렇게 찻집에 오면 가끔 옛날 생각이 나기는 해……."

"그렇겠지, 그런데 언니한테 말해도 될지 모르겠어? 나 요즘 무척 속상하다……."

명자는 나를 빤히 쳐다보면서 말 꺼내기를 주저했다.

"괜찮아, 언니한테 못할 말이 어딨어? 마음 놓고 해봐. 그래야 마음이 조금이라도 풀리지."

"어디 말할 데도 없고, 요즘 남편이 좀 이상한 것 같아……?"

그러면서 명자가 털어놓은 이야기는 남편이 엉뚱한 곳에 돈을 쓰고 다닌 것 같다고 했다. 읍내 친구들과 어울리는 게 걱정되어 농작물을 시장에다 팔아 입금된 돈을 확인해보니 많이 차이가 났다고 했다. 그것도 자그마치 백만 원씩이나. 화가 나 다그쳤더니 실토하더라고 했다.

이런저런 일로 친구들과 술집에 몇 번 갔었다고. 좀 비싼 술집이긴 했어도 자기는 술만 먹었지 그 외 별일은 없었다고 했다. 순진한 복길이가 친구들 추렴에 빠지지 못한 모양이었 다. 땀 흘려 지은 농사인데 그걸 판 돈으로 비싼 술집에 갔다 니 말이 되지 않았다. 남편이 술집 여자와 바람을 피우진 않 았지만, 명자로서는 분했을 것이다. 그런 사정을 아무한테 말 하기도 창피한 일이고 그렇다고 가슴에 담고 혼자 끙끙거리 는 것도 힘든 일이었을 것이다. 누군가에게 속내를 털어놓으 면 속이 후련해지게 된다. 오늘 자신을 불러낸 건 그래서일 거다.

"동생이 속을 많이 끓이셨구먼, 속 풀어, 그러려니 하면서 살아야지 어쩌겠어? 그래도 네 남편은 착하다. 거짓말은 하 지 않잖아?"

"그건 그래, 거짓말은 잘 못 하지."

"보통 남자들은 그럴 땐 엉뚱한 거짓말로 둘러대며 변명을 한다. 그러지 않는 것만도 다행이라 여겨…….."

명자는 자신의 위로에 어느 정도 마음이 풀렸는지 표정이 풀어졌다. 그러면서 덧붙였다.

"별일이 없었다는데 그걸 어떻게 믿어……?"

집으로 돌아오는 차 안에서 며칠 전 일이 떠올랐다. 그날도 읍내에 갔다가 거나해 밤늦게 들어온 남편이 옆에서 술 냄새를 풍기며 치근거리기에 짜증을 내면서 밀쳐냈었다. 다른 날에는 멀쩡히 있다가 술 먹은 날에 집적거리는 게 싫었다.

'말짱한 날에 제대로 좀 분위기 잡아봐, 그러면 난들 싫다하겠어, 아직도 뭘 모른다니까….' 순임은 속으로 중얼거리며 피식 웃었다. 그날 저녁에도 남편은 친구들과 어울렸는지 거나해 들어와 잠자리에 바로 들었다. 순임은 잠이 오지 않아 낮에 시장에서 사 온 반찬거리를 정리하다 문득 통장 생각이 났다. 낮에 명자 때문에 자세히 살펴보지 못한 게 궁금해졌다. 통장을 펼쳐 찍혀있는 숫자를 확인했다.

'어……. 이게 뭐야? 이상하다. 수확량은 지난해보다 늘었는데 돈은 왜 그대로지? 올해는 수매가도 올랐는데……. 혹

시 이 인간도?'

아침에 일어나자 어제 명자 이야기가 자꾸 떠올랐다. 남편이 일어나면 단단히 따져봐야겠다며 마당으로 내려갔다. 수탉은 여전히 암탉 등에 올라탔다가 내려와서는 암탉의 볏을 쪼아댔다. 순임의 눈에 불이 켜졌다. 이번엔 고무신 대신 빗자루를 들고 내리쳤다. 여전히 비껴갔다. 순임이가 맞힌 적은 한 번도 없었다.

"어이구 이 바보들아, 왜 그러고 있어. 몸뚱이도 주고, 알까지 낳아주는데 그렇게 쪼이면서 말도 못 하냐? 거기다 졸졸 따라다니긴 왜 해. 저놈의 장닭을 내일 당장 내다 팔아야겠다."

순임이 큰 소리는 안방까지 쩌렁쩌렁했다. 화가 잔뜩 묻은 불평은 수탉이 아니라 남편인 자신한테 하는 것으로 들렸다. 만수는 이불 속으로 더 깊이 파고들었다.

해설

시간과 공간에 대한 아홉 번의 연구

이승하(문학평론가, 시인)

나에겐 '박성규'라는 이름은 시인으로 각인되어 있었다. 1995년에 등단하여 4권의 시집을 펴낸 중견 시인인데 2019년인가에 소설을 써 발표하는 것이었다. 그 뒤에 지상에 발표한 7편의 소설과 미발표작 2편을 묶어 소설집을 내려 한다고 김성달 형이 연락을 해왔다. 박성규 씨는 팬데믹 시대에 칩거하면서 소설만 쓴 것인지, 소설가로 다시금 입지를 굳히고 있었던 것이다.

작가 박성규의 나이를 모른다. 강릉에서 출생한 것만 알지 그의 직업도 학업도 현재의 삶도 모른다. 동해변에 위치한 도시 강릉을 삶의 터전으로 삼고 살아온 분으로서 뒤늦게 소설을 쓰고 있다는 것이 그에 대해 내가 갖고 있는 정보의 전부다.

대체로 그의 소설에는 대학생이 나오거나 대학 시절을 회상하는 내용이 나온다. 가버린 청춘에 대한 송가일까, 혈기왕성했던 때를 종종 시간적 배경으로 삼는다. 그렇지만 소설의 소재는 아주 다양하다. 특히 현대 조직사회의 문제점과 조직원 사이의 갈등 양상을 다루는 소설을 보면 이 작가의 나이가 30대인가 하는 생각이 든다. 나이에 비해 훨씬 젊은 소설을 쓴다는 것은 독자층의 다변화를 꾀할 수 있으므로 바람직한 현상이다. 이제 몇 편 소설에 대해 간단한 소감을 적어보려고 한다.

등단작이라고 할 수 있는 「아픔이 노래가 되는」은 정신적인 문제로 오른손 3번 손가락이 제대로 안 움직여 피아노를 못 치게 된 피아니스트 한나정이 신경정신과 치료를 받는 과정이 소설의 기둥 줄거리다. 정신과 몸의 불균형에서 오는 분열정동 장애의 초기 증상을 앓는 한나정의 과거지사가 띄엄띄엄 전개되는데, 콩쿠르에 나가 라흐마니노프 피아노 협주곡 3번을 연주하면서 '솔'음을 빠뜨리고 했던 것이 뒤늦게 확인된다. 의사는 그것이 원인이 되어 어린애가 꿈에 계속 나온 것이라고 한나정의 정신을 분석한다. 군대 간 성악 전공의 남자친구 김성우를 만나러 화천에 갔다 온 에피소드도 펼쳐지는데 여주인공 피아니스트가 내상內傷을 찾는 과정이 전개되는 이 소설은 결국 해피엔딩으로 끝난다. 원인이 파악됨으로써 결과를 바꿀 수 있는 것이 인생이라면 얼마나 좋으랴.

「멈춰진 시간의 기억」은 마나슬루 등반에 나선 산악인들의 이야기가 전개된다. K 대학 부설 시민 교실에서 히말라야의 마나슬루봉을 등정한 경험을 수강생들에게 들려주는 이강산의 등반기가 소설의 전면에 자연스럽게 펼쳐진다. 여자 스키선수 출신인 주희의 용맹함이 소설 읽는 재미를 배가시키는데, 주희는 크레바스를 건너다가 그만 추락사하고 만다. 이강산 강사의 모델이 혹 엄홍철이 아닐까? 이강산 강사가 강좌를 진행하는 과정에서 히말라야 14좌에 대해 들려주었다고 하는데 산 하나하나의 등정 과정이 다 엄청난 드라마였을 것이다. 8000미터급 산은 모두 인간과 대결한 드라마를 갖고 있을 테고, 인간의 사투와 희생이 있었을지라도 산은 시종일관 침묵만 지키고 있을 터이다.

「진화하는 학습이론」과 「멀티시대의 초대 방식」은 현대의 샐러리맨들 이야기다. 조직사회에서 살아가려면 업무에 대한 완전 파악과 실력 발휘 외에 무엇이 필요한 것일까? 「진화하는 학습이론」의 한 장면을 보자.

엘리베이터를 타고 10층을 향했다. 함께 탄 직원들도 말없이 침묵을 지켰다. 좁은 공간이 답답하다는 느낌이 들 무렵 엘리베이터는 육중한 몸을 멈추고 문을 열어줬다. 엘리베이터를 나서자 텁텁하던 공기가 몸에서 빠져나갔다. 안내 표지를 따라 긴 통로를 지나갔다. 회의실은 부서별로 마련되어있었다. 그녀는 아시아 부라 써 붙인 묵직한 문을 열고 들어섰다. 널찍한 회의실 뒷부분 적당한 곳에 자리를 차지하고 앉았다. 적당한 자리라는 게 있을 수 없지만, 마음의 자리라는 게 있게 마련이다. 같은 공간이라도 조금은 편할 것 같은 자리, 사실은 조금 덜 불편한 자리가 맞을지도 모른다. 어쨌든 그런 자리를 찾아 자신을 내려놓았다. 다른 직원들도 그랬다.

소설의 이 대목에서 작가는 '자리'에 대해 묘사하고 있다. 공기업이건 사기업이건 기업체에 들어간다는 것은 어떤 자리를 차지한다는 것이다. 그 자리는 직급이나 지위를 뜻하기도 한다. 그 한 자리를 갖기 위해 초중고와 대학을 다니고 대학원까지도 다닌다. 그런데 K 산업 총괄지원부에 근무하는 그녀는 코로나 핑계로 6개월 재택근무를 하게 되는데, 구조조정의 과정에서 권고사직의 암시가 들어가 있는 문자를 받게 된다.

　'안녕하십니까? 그동안 회사를 위해 애써주신 점에 대해 감사를 드립니다. 귀하의 재택근무 기간이 끝나감에 따라 회사는 기간 종료 후의 일을 귀하와 협의하고자 합니다. 면담 일자를 정할 수 있도록 인사과로 연락 바랍니다. 참고로 이 내용은 본인만 알고 있기를 바랍니다. 자칫 본인에게 불이익이 갈 수도 있기에 미리 알려드립니다. K 산업 인사과장 드림'

겉으로는 그냥 한번 만나자는 내용이지만 1차 구조조정 때 인센티브를 준다는 조건에 현혹되어 계약, 자기 무덤을 이미 파놓은 상태였기에 이제는 그만두어야 할 시점에 이르렀음을 예감한다. 소설은 끝에 가서 반전을 보여주는데 독자를 위해 그 내용은 밝히지 않겠다. 아무튼 이 소설은 기업체의 생리를 잘 알지 않고선 쓰기 어려운 것이라 박성규 소설가의

292

전직이 무척 궁금해진다.

9편 소설 중에서 해설자가 가장 주목한 작품은 「멀티시대의 초대 방식」이었다. G 그룹이 스마트폰 신제품 '프로타콘 F'를 발표하는 날의 광경으로부터 이 소설은 시작한다. 대형화면에 3D 빔으로 꽃, 새, 폭포, 눈 덮인 산 같은 자연의 이모저모를 보여주는데 제품은 아주 잠깐 살짝 나온다. 눈 깜빡할 사이에 놓쳐버릴 수 있을 정도다. 배경 음악은 베토벤 교향곡 9번이다. 그런데 발표회장이 한국이 아니다. 미국 맨하탄에 있는 TH(Tomorrow House) 빌딩이다. 주인공격인 이길수 팀장과 입사 동기인 채지혜가 등장한다. 미국의 인기가수 마리아 캐리(머라이어 캐리?)를 초청, 행사장에서 노래를 부르게 하는 오더가 이들에게 주어진다. 인기가 상종가를 올리고 있는 마리아 캐리를 한 달도 채 남지 않은 시점에 섭외한다는 것은 불가능한 일이었는데 마침 지혜의 미국 친구의 이모여서 극적으로 섭외에 성공한다. 신상품 개발과 공모전 채택은 이 회사 모든 직원의 꿈이었다.

연구원들은 신제품 개발 프로젝트 공모를 모두 기다린다. 공모전에 채택되면 인센티브가 주어져 그들 수입과 승진에 직결되기 때문이다. 개발한 제품이 일정 수익 이상을 가져오면 성과급이 나온다. 운이 좋으면 목돈을 만질 수도 있었다. 신기술을 사용했다면 특허권을 인정했다. 개발자에겐 큰 혜택이었다. 거기다 승진 가산점도 있었다. 평생 연구원으로만 지낼 수는 없었다. 전무나 이사가 된다는 것은 아주 매력적이었다.

개발부의 총괄 책임을 맡은 나 이길수는 지혜와의 성관계까지 유쾌하게 진행이 되어 살맛이 나는데 갑자기 인도로 발령이 난다. 프로타콘 F가 세계시장에서 인기를 끌면서 주문이 쏟아지는 와중에 왜 회사는 두 사람을 인도로 가라고 한 것일까? 부품의 자체생산이 80%, 나머지는 수입해 쓰고 있는데 문제는 제품의 리콜이었다. 부품 중 RF(무선 주파수 송수신 반도체) 칩에서 오류를 발견하게 되는데, 그것은 알고 보니 노 팀장이라는 자의 계략 때문이었다. 누가 승진되면 누가 승진에서 탈락하는 비정한 조직사회에서 두 사람은 좌천된 것이었고, 인도산 제품의 리콜 책임을 져야 하는 두 사람은 결국 승진자 명단에서 빠진다. 국가와 국가 간, 기업과 기업 간의 스파이전도 치열하지만 이처럼 기업 내부에서도 권력 암투가 치열해서 승리자와 희생양이 나온다는 것이다. 그런데 이 소설은 후반부에 이르러 설득력이 떨어진다. 세부 묘사의 밀도가 떨어지자 '오로라의 작전'과 '100불의 팁'이라는 풍자성이 농후한 상징물을 내세운다. 그렇게 하지 말고 회사 내부 암투의 비정함을 더욱 부각시키는 방향으로 나아갔다면 좋았을 것이라는 아쉬움이 남는다. 그리고 신제품 채택으로 주어지는 인센티브, 즉 성과급, 신기술 3개에 대한 특허, 승진 부가점수가 왜 하나도 인정되지 않는지, 그것에 대한 이유 설명이 부족하다. 어떻든 이 소설은 스마트폰 기술 개발에 앞장선 G 그룹의 내부자들을 예로 들면서 IT 강국의 면모를 무색하게끔 한다. AI가 인간을 돕는 이 세상에서 인간이 인간을 돕기는커녕 자신의 출세를 위해 깎아내리는 비정한 세상이 우리가 사는 세상인 것이다.

최첨단 기술개발을 다룬 이런 소설과는 정반대로 「그리움에 시간표는 없다」는 강신무 모녀의 이야기를 다루고 있다. 세습무와 달리 강신무는 거역할 수 없는 운명의 결과물이다. 아파서 죽을 것만 같아 무당이 되는 것이므로.

나는 K 대학을 정년퇴직한 지 몇 해 되었으므로 60대 말의 초로이다. 진규는 대학 때의 단짝 친구로 가끔씩 등산을 같이 가거나 술잔을 나누는 사이다. 진규에게는 안타까운 러브

스토리가 있다. 대학 때 만난 캠퍼스 커플 선화의 어머니는 내림굿을 받아 무당이 된 여인이었다. 이런 경우 그 집의 딸을 며느리로 맞으려 하는 부모는 거의 없다. 운명은 선화에게 끝내 무병이 찾아오게 하고 선화는 진규 곁을 떠난다. 그런데 몇 년 뒤에 진규는 선화 집 마당에서 선화를 쏙 빼닮은 여자아이를 보고 깜짝 놀란다. 불교의 인연설을 다룬 소설 같기도 하고 무속의 운명설을 다룬 소설 같기도 하다. 사실 우리네 인생사는 대체로 필연보다는 우연이 많지 않은가. 뜻밖의 일이 연속되니.

태백산에 등산을 간 진규 일행은 무당 세계와 무속 세계에 대해 이야기를 많이 나눈다. 선화도 신령한 이곳 어디에 들어와 사는 모양이다. 그러나 그녀도 이제는 나이 일흔이 다되어 있을 것이다. 진규와 나는 그녀의 현재 생활이 걱정된다.

무당이 나이 들면 삶이 어려워진다고 했다. 굿을 하러 오는 이도 줄어들고, 전국의 행사에 불려가는 것은 젊은 무당들이라 했다. 무당들은 그런 걸 대비해 한참 전성기에 제자를 두고 키운다고 했다. 제자를 구하는 형태는 여러 가지라고 했다. 입양하는 방법도 있고 자신의 딸일 수

도 있다고 했다. 무녀들이 가정을 이루는 경우는 그리 흔
치는 않지만, 자식이 있는 무녀들은 있다고 했다. (중략)
굿을 할 때 필요한 물품들이 많다. 그것을 나르거나 준비
하는 것은 그들 몫이다. 굿은 팀을 이뤄야 할 수 있다. 당
연히 무녀는 팀의 수장이다. 그들과 일하다 보면 눈이 맞
아 잠시 같이 사는 경우가 있어 자녀를 두게 되는 경우
가 있다. 그런 경우가 아니더라도 무녀가 의도적으로 남
자한테 접근해 자식을 두는 일도 있다고 했다. 딸을 낳아
뒤를 잇는 세습무를 시키려고. 그렇게 그들은 자신의 뒤
를 이어갔다.

이와 같이 무속 세계의 속내에 대한 설명에 작가는 상당
한 양을 할애한다. 무당의 세계는 남존여비가 아니라 여존남
비이다. 여자가 이끌고 남자는 따라간다. 여자를 당골이라고
하고 남자를 박수무당이라고 한다. 무녀가 남자를 찍어 씨를
받으므로 완전히 이상적인 페미니즘의 세계다. 하지만 여성
의 자립으로 이룩한 세계이므로 노후가 되면 남자의 도움 없
이 홀로 서야 하는 어려움이 있다.

태백산에를 다녀온 이후 진규가 내게 연락을 해온다. 자신
이 가서 특강을 했던 대학에 '가야'라는 여학생이 내림굿을
받고 싶은 곳이 있다고 해서 철원의 신당에 다녀왔다고 하면

서. 가야가 말한 반야라는 신당이 선화의 것이 아닌지, 혹 또 선화와 반야가 모녀 사이가 아닌지 확실히 밝히지 않고 소설은 문득 끝난다. 우리네 모든 인연이 문득 시작하고 문득 끝나듯이. 통일신라 시대에 창건되었다는 절 이름이 도피안사 到彼岸寺라는 것도 이 소설의 기이한 인연의 중첩에 한 몫을 한다. 이 절의 무산 스님과 선화는 또 어떤 사이일까? 선화가 무산 스님을 지목해 씨를 받아 태어난 아이가 가야인가? 작가는 독자에게 구체적인 이야기를 하지 않고 소설을 끝마친다.

또 한 편의 이색적인 소설은 「탁 선생의 경매물」이다. 소설의 앞부분에서 시간을 경매하는 이야기가 한참 나온다. 소설의 화자인 탁 선생이 자신의 남아도는 시간을 경매에 내놓으면 어떻게 되겠냐고 불쑥 말을 꺼낸 게 불씨가 되어 계속 시간 경매를 두고 이야기가 진행된다. 등반 모임인 산정포럼 멤버들 사이에서 계속 회자되는 시간 경매라는 것.

산정포럼 회원들은 말 같잖은 소리라 했다. 시간을 경매에 부칠 수도 없지만, 부쳐져 팔렸다 치면 당신은 그 시간을 어떻게 하겠냐고 했다. 가령 한 시간을 팔았다고 치자, 그럼 낙찰한 사람한테 당신의 한 시간을 뚝 잘라내는 기막힌 요술 같은 방법이라도 있느냐고 했다. 시간이 팔린다면 그것도 큰일이라고 했다.

이 정도 논의에서 시간 경매가 끝나는 것이 아니다. 그러고 보니 우리는 타임머신이니 과거로의 여행이니 하는 공상도 해보았고 미래로 가는 시간여행도 상상 속에서 해보지 않았던가. 누구를 고용한다는 것은 그의 시간을 내가 산다는 것, 일리가 있는 말이 아닌가.

시간을 경매에 내놓을 수 없다는 그들의 말을 다시 생각해 봤다. 꼭 그렇지만도 않다는 생각이 든다. 우리가 직장에 다니는 게 모두 시간 계약이 아닌가. 정규직은 몇 년간의 정해진 기간에 회사를 위해 일하겠다는 것이고, 비정규직은 정해지진 않았지만, 고용주가 시키는 만큼의 시간에 일하겠다는 것은 다 알고 있는 사실이다. 시간을 계약한 것이다. 그러니 시간을 경매에 내놓는다는 게 말이 전혀 안 되는 건 아니라는 생각이다.

이런 생각을 하고 있던 터에 만난 대학 동기 은미는 경매의 역사에 대해 흥미로운 이야기를 들려주기도 한다. 로마를 지탱케 한 것은 노예 경매였다는 얘기를 곁들여 해주면서.

등산길에 만난 여인이 내게 들려준 말은 요즈음 인터넷 경매가 대유행이라서 자기는 입고 있는 카디건도 보온병에 넣어 와서 마시는 차도 인터넷 경매를 통해 산 것이라고 한다. 이제는 외국제품도 해외 경매 사이트를 통해 구매한다고 하니 경매 세상, 경매의 천국이 되었다. 그녀가 들려주는 이야기는 아버지가 사업을 하면서 집을 담보로 은행에서 대출을 받았다, IMF를 맞아 집이 경매에 넘어갔다는 것으로 이어진다. 경매가 사람을 살리고 죽인다. 망하게도 하고 흥하게도 한다.

대학 동기인 은희는 전화를 해 자랑을 늘어놓는다. 자기 아들이 법원 경매에서 집을 샀는데 값도 싸고 깨끗해 너무 좋다면서. 이렇듯 누군가의 불행이 누군가의 행복이 되기도 하는 것이 경매의 세계다. 강릉을 유명하게 한 커피에 대한 이야기도 나온다. 영국의 오름식 경매나 네덜란드의 내림식 경매(화훼와 생선은 시간이 지날수록 신선도가 떨어져 값이 내려간다)와는 달리 밀봉경매에 의해 팔고 산다. 최고 입찰가를 써낸 사람에게 낙찰되면 낙찰자는 두 번째 입찰가를 써낸 가격을 내는 비크리 경매 방식을 취한다고 한다. 우리나라 미술품 중 최고가인 132억에 홍콩 크리스티 경매장에서 낙찰된 김환기의 〈우주〉에 대한 이야기도 나온다. 박수근의 〈빨래터〉가 45억, 이중섭의 〈소〉가 47억에 낙찰되었단다. 그런데 이들 세 화가는 생이 뭐 그렇게 행복하지도 않았고 장수하지도 않았다. 특히 이중섭은 일본인 아내와 두 아들을 일본으로 보낸 이후 미술전람회의 실패(음화라고 하여 일부 철거명령을 받았고 사 간다는 사람들이 나타나지 않아 수익을 거의 올리지 못함)와 재일교포의 사기로 아내의 빚까지 떠안게되어 괴로워하다가 나이 마흔이 되자마자 정신이상자가 되어 죽었다. 화가 자신은 부도 명예도 누려보지 못했지만 그림 값은 천정부지로 치솟고 있으니 경매 세계는 요지경인 것이다.

「순임이와 장닭」은 김유정의 소설을 연상시킨다. 강원도 춘성군 실레마을이 낳은 위대한 소설가 김유정의 작풍과 많이 닮아 있다. 젊은 주부 순임이는 추수한 이후 남편이 빈둥빈둥 놀며 술추렴이나 하는 것이 영 못마땅하다. 남편은 한해 농사 끝냈다고 나날이 무위도식이요 술독에 빠져 산다. 마당에서 노는 닭들을 보니 장닭이 암놈들 위에 수시로 올라타 욕정을 채운다. 그 덕에 유정란을 먹게 되어 다행이긴 하지만 장닭의 행동이 순임이는 몹시 얄밉다.

순임은 명자의 차로 읍내 나들이를 한다. 경치 좋은 찻집에 가서 차를 마시면서 농사와 집안일 때문에 쌓인 스트레스를 푼다. 명자는 남편 복길이 농사해서 번 돈을 읍내 비싼 술집(양주를 파는 곳인 듯)에 친구들과 어울려 다니면서 탕진하는 꼴이 눈꼴사나워 미칠 지경이다. 순임은 명자의 말을 듣고 더욱더 화가 난다. 화풀이를 장닭한테 한다. '저놈의 장닭을 내일 당장 내다 팔아야겠다'고 생각하는 데서 소설은 끝난다. 박성규가 작심하고서 김유정을 본받고자 했지만 김유정은 향토적이었고 박성규는 현대적이다. 현대적 감수성을 갖고서 그린 「순임이와 장닭」은 이번 창작집에서 가장 짧은 소설이지만 문장이 세련되고 유머 감각을 보여주어 아주 잘 읽힌다.

9편 소설 중 아직 언급하지 않은 「도돌이표가 없는 연주」와 「파도 위 걷기」는 러브스토리다. 이런 달콤한 연애를 해본 적이 없는 해설자는 작품 평을 쓰기가 조심스럽다. 이 소설집에 대한 분석은 독자의 몫으로 돌릴까 한다.

앞에서 말했다시피 강릉이 낳은 소설가 박성규의 첫 소설집 『멈춰진 시간의 기억』에 초대받은 이는 복되다. 모두 시간여행을 떠나 추억에 잠겼을 테니까. 9편 단편소설의 또 하나의 특징은 이야기들이 문득 끝난다는 것이다. 기승전결의 구조를 지향하는 것이 현대소설은 한 특징인데 박성규의 소설은 홍상수가 감독한 영화처럼 거의 다 문득 끝나고 만다. 그런데 그것이 어색하지 않고 소설에 세련미를 더해준다. 즉, 박성규는 어떻게 된 것이, 강릉이라는 지역에서 활동하면서도 강릉에 집착하지 않는다. 히말라야의 고산에도 오르고 경매에 몰두하기도 한다. 스마트폰 개발팀에서 일하다 피아노 연주도 한다. 구조조정의 과정에서 회사 밖으로 밀려나기도 하고, 무속 세계에 관심을 쏟기도 한다. 이렇게 다양한 작품세계를 갖고 있으므로 다음 소설집에서는 또 얼마나 많은 스펙트럼을 보여줄 것인가 기대가 된다. 이왕 늦깎이로 소설을 쓰게 된 마당이라면 강릉의 소설가에서 한국의 소설가로 발돋움하기 바란다.

　낙타는 사유하며 걷는 유일한 동물이라고 한다. 소설을 쓰면서 나도 낙타의 한 종이 된 것 같다. 생각이 많아졌다. 밤에는 눈 외의 감각들이 사유의 주도권을 갖는다. 방해받지 않는 사유의 시간이다. 사유가 깊을수록 내면에 있는 또 다른 나를 보게 된다. 소설 쓰기는 내 안의 그 어렴풋한 나를 찾아보는 일이다. 그 또 다른 나는 나일 수도 당신일 수도 있다. 그런 내가 셀 수 없이 많다는 것을 독자들은 알고 있을 거다.

　9편의 작품에 살아가는 나와 또 다른 나의 모습을 그렸다. 서정의 색채가 짙은 그런 모습 말이다. 문학의 바탕은 서정성이라는 믿음을 아직은 가지고 있다. 우리 삶의 패턴을 바꿔놓은 팬데믹과 사회의 뒷면을 그린 작품 몇 편도 실었다. 형상이 제대로 그려졌는지는 알 수 없다. 서툰 화가의 터치처럼 알아보기 어려울 수도 있다.

미국의 소설가 데이비드 소로는 우리의 지식은 햇빛보다는 달빛에 흡사하다고 했다. 불확실성을 말한 것이리라. 달빛에는 여분이 있다. 변화의 여유를 말이다. 우리는 처음부터 사고의 선명성에 문제가 있는 존재인 모양이다.

작품이 세상에 빛을 보게 되어 기쁘다. 소설의 작중 인물은 작가가 인용한 인물이지만 작품에서 각자 자신들의 삶을 살아간다. 작가와는 무관한 독립된 객체다. 그들이 세상 밖으로 나와 독자들과 만나는 것은 새로운 생명을 얻는 것이다. 작품에 나타난 삶은 우리가 살아가는 또 다른 모습이기도 하다.

꽤 오랜 기간 시를 쓰다가 호흡이 긴 소설 쓰기는 힘이 들었다. 그렇지만 쓰는 즐거움은 있었다. 힘든 게 즐거움이었다. '써놓은 것만이 남는다'는 평범함을 잊지 않으려 한다.

느지막한 저에게 소설의 문을 열게 해준 시인이며 소설가인 윤후명 선생님께 감사를 드린다.

그리고 내 소설의 첫 평론가이며 긴 시간 옆에서 지켜봐준 아내에게도 고마움을 전한다.

2022년
포시러운 어느 봄날
박성규

멈춰진 시간의 기억

초판 1쇄인쇄 2022년 7월 8일
초판 1쇄발행 2022년 7월 11일

저   자 박성규
발행인 박지연
발행처 도서출판 도화
등   록 2013년 11월 19일 제2013 - 000124호
주   소 서울시 송파구 중대로34길 9 - 3
전   화 02) 3012 - 1030
팩   스 02) 3012 - 1031
전자우편 dohwa1030@daum.net
인   쇄 유진보라

ISBN 979 - 11 - 90526 - 86 - 9 *03810
정가 13,000원

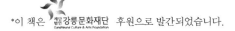

*이 책은 강릉문화재단 후원으로 발간되었습니다.

도화道化, fool는

고정적인 질서에 대한 익살맞은 비판자,
고정화된 사고의 틀을 해체한다는 뜻입니다.